CONAN DOYLE

DAS TAL DER ANGST

–

SHERLOCK HOLMES

WERKAUSGABE IN NEUN EINZELBÄNDEN

NACH DEN ERSTAUSGABEN NEU UND GETREU

ÜBERSETZT

–

ROMANE

BAND IV

SIR ARTHUR CONAN DOYLE

Das Tal der Angst

NEU ÜBERSETZT VON

HANS WOLF

HAFFMANS VERLAG

Titel der Originalausgabe:
»The Valley of Fear«,
The Strand Magazine, September 1914–Mai 1915,
Buchausgabe: London und New York 1915

Umschlagzeichnung von
Peter Neugebauer

Satz aus der Baskerville von Jung SatzCentrum, Lahnau
Druck und Bindung: Ebner Ulm
ISBN 3 251 20103 4

Inhalt

TEIL I

Die Tragödie von Birlstone

TEIL II

Die Scowrers

TEIL I

Die Tragödie von Birlstone

1. DIE WARNUNG

ICH denke ...« sagte ich.

»Das wäre ratsam«, bemerkte Sherlock Holmes unwillig.

Ich glaube, ich bin einer der langmütigsten Sterblichen; dennoch muß ich gestehen, daß mich diese hämische Unterbrechung ärgerte.

»Also wirklich, Holmes«, sagte ich unwirsch, »manchmal ist es mit Ihnen kaum auszuhalten.«

Er war zu sehr in seine Gedanken versunken, um meinen Vorwurf unverzüglich zu erwidern. Vor ihm stand sein nicht angerührtes Frühstück; auf eine Hand gestützt, starrte er auf einen Zettel, den er soeben aus einem Umschlag gezogen hatte. Dann nahm er den Umschlag selbst, hielt ihn vor das Licht und musterte sehr sorgfältig Vorderseite und Falzklappe.

»Das ist Porlocks Handschrift«, sagte er nachdenklich. »Wenn ich sie auch erst zweimal zu Gesicht bekommen habe, hege ich doch keinen Zweifel daran, daß das Porlocks Handschrift ist. Das griechische ›e‹ mit dem eigenartigen Schnörkel oben ist bezeichnend. Wenn das Schreiben jedoch von Porlock kommt, dann muß es eine Sache von äußerster Wichtigkeit sein.«

Er sprach eher mit sich als mit mir, aber mein Ärger verschwand hinter dem Interesse, das seine Worte in mir erweckten.

»Wer ist denn dieser Porlock?« fragte ich.

»Porlock ist ein *nom de plume*, Watson, ein reines Erkennungszeichen, hinter dem sich allerdings eine gerissene, schwer faßbare Persönlichkeit verbirgt. In einem früheren Brief hat er mir frank und frei mitgeteilt, daß das nicht sein richtiger Name sei und er mir nicht zutraue, ihn unter den wimmelnden Millionen dieser großen Stadt jemals aufzuspüren. Porlock ist wichtig, nicht seinetwegen, sondern wegen des großen Mannes, mit dem er in Verbindung steht. Stellen Sie sich den Lotsenfisch neben dem Hai vor, den Schakal neben dem Löwen – irgend etwas Unbedeutendes verbündet mit etwas Furchtbarem. Nicht nur etwas Furchtbarem, Watson, nein, Unheilvollem – im höchsten Grad Unheilvollem. Daher gehört er in meine Interessensphäre. Habe ich Ihnen gegenüber schon einmal Professor Moriarty erwähnt?«

»Den berühmten wissenschaftlichen Verbrecher? In Ganovenkreisen ebenso berühmt wie ...«

»Sie machen mich schamrot, Watson«, murmelte Holmes abwehrend.

»Ich wollte sagen, ›wie er der Öffentlichkeit eine unbekannte Größe ist.‹ «

»Touché – eindeutig touché!« rief Holmes. »Sie entwickeln einen gewissen Hang zu pfiffigem Humor, den ich Ihnen nicht zugetraut hätte; ich muß lernen, mich dagegen zu wappnen. Aber wenn Sie Moriarty einen Verbrecher nennen, sprechen Sie in den Augen der Justiz eine Verleumdung aus, und da liegen Glanz und Gloria der Sache. Der größte Ränkeschmied aller Zeiten, der Organisator jedweder Teufelei, das Zentralgehirn der Unterwelt – ein Gehirn, das die Geschicke ganzer Nationen im Guten wie im Schlechten lenken könnte: das ist unser Mann. Aber er ist über jeden gemeinen Verdacht so erhaben – so gefeit gegen jede Kritik – und so bewundernswert in seiner Fähigkeit, die Fäden in der Hand und sich selbst im Hintergrund zu halten, daß er Sie schon für die Worte, die Sie eben geäußert haben, vor Gericht zerren könnte und Ihre Jahresrente als Schmerzensgeld für seine verletzte Ehre einstriche. Immerhin ist er der gepriesene Verfasser von *Dynamik eines Asteroiden* – einem Buch, das solch luftige Höhen der reinen Mathematik erklimmt, daß man behauptet, es habe sich in der gesamten Fachpresse kein Kopf gefunden, der imstande wäre, das Werk zu rezensieren. Ist das ein Mann, den man verleumdet? Der schandmäulige Doktor und der verunglimpfte Professor – so sähe die Verteilung Ihrer Rollen aus. Das ist eben Genie, Watson. Aber solange mich die kleineren Ganoven am Leben lassen, ist gewiß noch nicht aller Tage Abend.«

»Möge ich es miterleben!« rief ich inbrünstig aus. »Aber Sie haben vorhin von diesem Porlock gesprochen.«

»Ah, ja – der sogenannte Porlock ist ein Glied in der Kette, in kleinem Abstand allerdings von dem großen Brocken, an dem sie hängt. Unter uns gesagt, Porlock ist nicht gerade ein starkes Glied. In jener Kette stellt er sogar die einzige Schwachstelle dar, soweit ich das bisher überprüfen konnte.«

»Aber keine Kette ist stärker als ihr schwächstes Glied.«

»Genau, mein lieber Watson. Daher die außerordentliche Bedeutung von Porlock. Verlockt von rudimentären Anwandlungen eines Bedürfnisses nach Recht und ermutigt durch das klug dosierte Stimulans einer gelegentlichen Zehn-Pfund-Note, die ihn auf Umwegen erreichte, hat er mir ein- oder zweimal Vorabinformationen zukommen lassen, die von Wert waren – und zwar von jenem höchsten Wert, der es möglich macht, einem Verbrechen zuvorzukommen und es zu verhindern, statt es zu rächen. Gewiß würden wir feststellen, daß diese Nachricht von der erwähnten Art ist, hätten wir nur den Schlüssel dazu.«

Erneut strich Holmes das Stück Papier auf dem unbenutzten Teller glatt. Ich erhob mich, beugte mich über ihn und starrte auf die merkwürdige Mitteilung, die folgendermaßen lautete:

534 K2 13 127 36 31 4 17 21 41

DOUGLAS 109 293 BIRLSTONE

26 127 171

»Werden Sie daraus schlau, Holmes?«

»Es ist offensichtlich der Versuch, eine Geheiminformation zu übermitteln.«

»Aber welchen Nutzen hat eine verschlüsselte Nachricht ohne den Schlüssel?«

»In diesem Fall überhaupt keinen.«

»Wieso betonen Sie ›in diesem Fall‹?«

»Weil es viele Geheimschriften gibt, die ich mit der gleichen Leichtigkeit lese, mit der ich die Apokryphen der Seufzerspalte zu entziffern pflege. Solche durchsichtigen Spielereien ergötzen die Intelligenz, ohne sie zu erschöpfen. Aber das hier ist etwas anderes. Es handelt sich ganz klar um einen Hinweis auf die Wörter einer Seite in irgendeinem Buch. Solange ich allerdings nicht weiß, welche Seite und welches Buch, bin ich machtlos.«

»Aber weshalb ›Douglas‹ und ›Birlstone‹?«

»Weil dies offensichtlich Wörter sind, die nicht auf der fraglichen Seite stehen.«

»Warum hat er denn das Buch nicht angegeben?«

»Der Ihnen eigene Scharfsinn, mein lieber Watson, jene angeborene Schlauheit, die Ihre Freunde so sehr entzückt, würde Sie doch gewiß davon abhalten, Schlüssel und Nachricht in denselben Umschlag zu stecken. Gerät er in die falschen Hände, ist es um Sie geschehen. So aber muß schon beides sein Ziel verfehlen, um Schaden anrichten zu können. Unsere zweite Post ist bereits überfällig, und ich wäre sehr überrascht, wenn sie uns nicht entweder einen weiteren Brief mit einer Erklärung oder, was wahrscheinlicher ist, eben jenes Buch brächte, auf das sich diese Ziffern beziehen.«

Nur ein paar Minuten später erwies sich Holmes' Berechnung als richtig, denn Billy, der Hausbursche, erschien tatsächlich mit dem Brief, den wir erwartet hatten.

»Dieselbe Handschrift«, bemerkte Holmes, als er den Umschlag öffnete, »und sogar unterschrieben«, fügte er frohlokkend hinzu, nachdem er den Brief entfaltet hatte. »Na also, wir kommen vorwärts, Watson.«

Seine Stirn umwölkte sich jedoch, als er den Inhalt überflog.

»Meine Güte, das ist aber sehr enttäuschend! Ich fürchte, Watson, all unsere Hoffnungen werden zunichte gemacht. Ich hoffe nur, daß unserem Porlock nichts zustößt.

›Lieber Mr. Holmes‹, schreibt er, ›ich werde diese Angelegenheit nicht weiter verfolgen. Es ist zu gefährlich. Er verdächtigt mich. Ich kann sehen, daß er mich verdächtigt. Er ist ganz unerwartet bei mir aufgetaucht, nachdem ich eben diesen Umschlag adressiert hatte, um Ihnen den Kodeschlüssel zu schikken. Ich konnte ihn gerade noch wegstecken. Wenn er ihn bemerkt hätte, wäre es mir schlecht ergangen. Aber ich habe Argwohn in seinen Augen gelesen. Bitte verbrennen Sie die verschlüsselte Nachricht, die Ihnen jetzt nicht mehr von Nutzen sein kann. – FRED PORLOCK.‹«

Eine kurze Zeit lang saß Holmes da, den Brief zwischen den Fingern biegend, und starrte mit gerunzelter Stirn ins Kaminfeuer.

»Trotzdem«, sagte er schließlich. »Vielleicht hat das gar nichts zu bedeuten. Vielleicht meldet sich nur sein schlechtes Gewissen. Da er selber weiß, daß er ein Verräter ist, hat er vielleicht deshalb die Anschuldigung in den Augen des anderen gelesen.«

»Der andere ist vermutlich Professor Moriarty?«

»Kein Geringerer. Wenn einer aus dieser feinen Gesellschaft von einem ›Er‹ spricht, weiß man sofort, wer damit gemeint ist. Für sie alle gibt es nur einen allesbeherrschenden ›Er‹.«

»Aber was kann er denn tun?«

»Hm! Das ist eine weitreichende Frage. Wenn man einen der ersten Köpfe Europas zum Gegner hat, hinter dem die versammelten Mächte der Finsternis stehen, gibt es unendlich viele Möglichkeiten. Immerhin ist Freund Porlock offensichtlich von Sinnen vor Angst. Vergleichen Sie doch gütigerweise einmal die Handschrift der Nachricht mit der auf dem Umschlag, der laut Porlock vor diesem unheilschwangeren Besuch beschriftet worden ist. Da ist die Schrift klar und fest; im Brief dagegen ist sie kaum lesbar.«

»Warum hat er denn überhaupt geschrieben? Warum hat er die Sache nicht einfach fallenlassen?«

»Weil er befürchten mußte, daß ich in diesem Falle Nachforschungen über ihn anstellen und ihn dadurch möglicherweise in Schwierigkeiten bringen würde.«

»Zweifellos«, sagte ich. »Es ist allerdings« – ich hatte die eigentliche verschlüsselte Nachricht in die Hand genommen und beugte den Kopf darüber – »fast zum Verrücktwerden, wenn man bedenkt, daß dieser Zettel vielleicht ein wichtiges Geheimnis birgt und es außerhalb des Menschenmöglichen ist, es zu ergründen.«

Sherlock Holmes hatte das unangetastete Frühstück weggeschoben und seine unappetitliche Pfeife entzündet, die Gefährtin seiner tiefsten Gedankengänge.

»Das ist die Frage!« sagte er; er lehnte sich zurück und starrte zur Zimmerdecke. »Vielleicht gibt es doch noch einige Punkte, die Ihrem eines Machiavelli würdigen Intellekt entgangen sind. Lassen Sie uns das Problem im Licht der reinen Vernunft betrachten. Der Hinweis dieses Mannes gilt einem Buch. Das ist unser Ausgangspunkt.«

»Der ist aber reichlich vage.«

»Dann wollen wir mal sehen, ob wir ihn nicht schärfer eingrenzen können. Nun, da ich mich darauf konzentriere, erscheint mir die Sache eigentlich weniger unergründlich. Welche Anhaltspunkte haben wir, was dieses Buch angeht?«

»Keine.«

»Na, na, ganz so schlimm steht es doch sicherlich nicht. Die verschlüsselte Nachricht beginnt mit einer dicken 534, nicht wahr? Als erste Arbeitshypothese können wir annehmen, daß 534 die betreffende Seite bezeichnet, die als Schlüssel dient. Somit ist aus unserem Buch schon ein *dickes* Buch geworden, was uns sicherlich ein Stück weiterbringt. Welche weiteren Anhaltspunkte haben wir hinsichtlich der Beschaffenheit dieses dicken Buches? Das nächste Zeichen lautet K2. Was folgern Sie daraus, Watson?«

»Zweifellos das zweite Kapitel.«

»Das wohl kaum, Watson. Ich bin sicher, Sie werden mir zustimmen, daß durch die Angabe der Seitenzahl die Bezeichnung eines Kapitels unerheblich geworden ist. Und daß die Länge des ersten Kapitels, wenn wir uns auf Seite 534 erst im zweiten befänden, geradezu unerträglich gewesen sein müßte.«

»Kolumne!« rief ich.

»Brillant, Watson. Sie sprühen heute früh vor Geist. Ich müßte mich sehr täuschen, wenn es nicht Kolumne bedeutet. Wie Sie sehen, beginnt vor unserem geistigen Auge nun ein dikkes Buch zu erstehen, zweispaltig, wobei die Spalten eine beträchtliche Länge aufweisen müssen, da eines der Wörter in dem Schriftstück als das zweihundertdreiundneunzigste bezeichnet wird. Haben wir damit die Grenzen dessen, was uns vernünftige Überlegung liefert, schon erreicht?«

»Ich fürchte, ja.«

»Sie tun sich bestimmt Unrecht. Lassen Sie es noch einmal sprühen, mein lieber Watson. Noch ein Geistesblitz. Wenn es ein seltenes Buch wäre, dann hätte er es mir geschickt. Er hatte aber – bevor seine Pläne durchkreuzt wurden – die Absicht, mir den Schlüssel in diesem Umschlag zu übersenden. So schreibt er jedenfalls in seinem Brief. Dies scheint darauf zu deuten, daß er angenommen hat, ich würde es mir ohne Schwierigkeiten beschaffen können. Er besitzt es und stellt sich vor, daß auch ich es besitze. Kurz gesagt, Watson, es handelt sich um ein sehr verbreitetes Buch.«

»Was Sie da sagen, klingt allerdings einleuchtend.«

»Somit haben wir das Feld unserer Suche auf ein dickes, zweispaltiges und weitverbreitetes Buch eingeengt.«

»Die Bibel!« rief ich triumphierend.

»Gut, Watson, gut! Aber, wenn ich so sagen darf, noch nicht gut genug. Auch wenn ich das als Kompliment für mich selbst gelten ließe, könnte ich Ihnen schwerlich ein Buch nennen, das mit geringerer Wahrscheinlichkeit bei einem von Moriartys Helfershelfern in Griffnähe läge. Überdies gibt es die Heilige Schrift in so zahlreichen Ausgaben, daß er kaum annehmen kann, daß auch nur zwei Exemplare die gleiche Paginierung aufweisen. Hier dagegen handelt es sich zweifellos um ein Standardwerk. Er weiß ganz genau, daß seine Seite 534 mit meiner Seite 534 vollkommen übereinstimmt.«

»Das würde aber nur auf wenige Bücher zutreffen.«

»Genau. Darin liegt unsere Rettung. Unsere Suche beschränkt sich auf Standardwerke, die jedermann zu besitzen pflegt.«

»Das Kursbuch!«

»Da gibt es ein paar Schwierigkeiten, Watson. Der Wortschatz des Kursbuches ist zwar kräftig und knapp, aber beschränkt. Sein Wortvorrat wäre zur Übermittlung einer allgemeinen Nachricht kaum ausreichend. Das Kursbuch können wir also streichen. Ich fürchte, aus dem gleichen Grund ist auch ein Wörterbuch nicht zulässig. Was bleibt dann noch übrig?«

»Ein Almanach.«

»Hervorragend, Watson! Ich müßte mich sehr irren, wenn Sie damit nicht den Punkt getroffen hätten. Ein Almanach! Prüfen wir nach, ob *Whitaker's Almanack* unseren Ansprüchen genügt. Er ist weitverbreitet. Er hat die erforderliche Seitenzahl. Er ist zweispaltig gedruckt. Sein Wortschatz ist zwar anfangs etwas zurückhaltend, wird aber, wenn ich mich recht entsinne, gegen Ende ziemlich verschwatzt.« Er nahm den betreffenden Band vom Schreibtisch. »Hier haben wir Seite 534, Spalte zwei, ein ansehnlicher Block Gedrucktes; er schildert, wie ich feststelle, Handelswesen und Rohstoffbestände von Britisch-Indien. Notieren Sie kurz die Wörter, Watson. Nummer dreizehn lautet ›Mahratta‹. Kein besonders verheißungsvoller Anfang, fürchte ich. Nummer hundertsiebenundzwanzig ist ›Regierung‹, was immerhin einen Sinn ergibt, wenn auch wenig in bezug auf uns und Professor Moriarty. Nun, probieren wir weiter. Was macht die Mahratta-Regierung? O weh! Das nächste Wort lautet ›Schweinsborsten‹. Wir sind erledigt, mein guter Watson! Es ist aus.«

Er hatte in scherzhaftem Ton gesprochen, aber das Zucken seiner buschigen Augenbrauen verriet seine Enttäuschung und Verärgerung. Ich saß hilflos und betrübt da und starrte ins Kaminfeuer. Die lange Stille wurde durch einen plötzlichen Ausruf von Holmes unterbrochen, der zu einem Schrank stürzte, von dem er mit einem weiteren Band in gelbem Leinen zurückkehrte.

»Das ist der Preis dafür, Watson, daß wir zu sehr auf dem neuesten Stand der Dinge sein wollen«, rief er. »Wir sind unserer Zeit voraus und müssen dafür wie üblich büßen. Da heute der siebte Januar ist, haben wir uns schon den neuen Almanach zugelegt. Es ist aber mehr als wahrscheinlich, daß Porlock seine Nachricht der alten Ausgabe entnommen hat. Das hätte er uns zweifellos mitgeteilt, wenn der Brief mit der Erklärung geschrieben worden wäre. Sehen wir einmal nach, was die Seite 534 für uns hat. Nummer dreizehn lautet ›Dort‹, das klingt schon vielversprechender. Nummer einhundertsiebenundzwanzig heißt ›ist‹ – ›Dort ist‹« – Holmes' Augen glänzten vor Erregung, und seine dünnen, nervösen Finger zuckten, als er die Wörter auszählte – »›Gefahr‹. Ha! Ha! Ausgezeichnet! Schreiben Sie das auf, Watson. ›Dort ist Gefahr – kann – sehr – bald – geschehen – gewisser‹. Dann haben wir ja den Namen ›Douglas‹ – ›reich – Landgut – Birlstone – Überzeugung – ist – dringend‹. Na also, Watson! Was halten Sie nun von der reinen Vernunft und ihren Früchten? Wenn unser Gemüsehändler so etwas wie Lorbeerkränze hätte, würde ich Billy danach schikken.«

Ich starrte auf die seltsame Nachricht, die ich, während er sie entschlüsselte, über dem Knie auf einen Bogen Kanzleipapier gekritzelt hatte.

»Was für eine sonderbare und ungereimte Art, sich mitzuteilen!« sagte ich.

»Im Gegenteil, er hat seine Sache bemerkenswert gut gemacht«, sagte Holmes. »Wenn man eine einzelne Druckspalte nach Wörtern absucht, mit deren Hilfe man das ausdrücken will, was man zu sagen hat, kann man kaum erwarten, auch jedes gewünschte Wort zu finden. Zwangsläufig muß man dann einiges der Intelligenz des Empfängers überlassen. Der Sinn ist doch vollkommen klar. Irgendeine Teufelei ist im Gange gegen einen gewissen Douglas, wer immer das sein mag, der, soweit hier steht, als reicher Gutsherr auf dem Lande lebt. Außerdem ist er sicher – ›Überzeugung‹ kommt dem beabsichtigten ›überzeugt‹ so nahe wie möglich –, daß es dringend ist. Womit wir unser Ergebnis hätten – nach einem kleinen Musterstück fachmännischer Analyse.«

Bei seinen guten Leistungen empfand Holmes die unpersönliche Freude des echten Künstlers; ebenso grämte er sich finster, wenn er unter dem hohen Niveau blieb, das er anstrebte. Er schmunzelte noch immer über seinen Erfolg, als Billy mit Schwung die Tür öffnete und Inspektor MacDonald von Scotland Yard in den Raum geleitete.

In jenen frühen Tagen gegen Ende der achtziger Jahre hatte Alec MacDonald noch längst nicht den landesweiten Ruhm errungen, den er heute genießt. Er war ein junges, aber schon angesehenes Mitglied der Kriminalpolizei und hatte sich in verschiedenen Fällen, die ihm anvertraut worden waren, bereits ausgezeichnet. Seine hochgewachsene, starkknochige Gestalt ließ auf außerordentliche Körperkräfte schließen, während der große Schädel und die tiefliegenden, glänzenden Augen nicht weniger deutlich auf seinen schneidenden Verstand hinwiesen, der unter den buschigen Augenbrauen hervorblitzte. Der Mann war schweigsam, akkurat, ein wenig stur und sprach mit hartem Aberdeen-Akzent. Schon zweimal in seiner Laufbahn hatte ihm Holmes zu Erfolgen verholfen, wobei sein eigener Lohn einzig in der intellektuellen Freude am jeweiligen Problem bestanden hatte. Aus diesem Grund waren Zuneigung und Respekt des Schotten gegenüber seinem Amateurkollegen tiefempfunden, und das ließ er auch offen erkennen durch die Freimütigkeit, mit der er Holmes in jeder schwierigen Lage konsultierte. Mittelmaß kennt nichts Erhabeneres als sich selbst, Talent jedoch erkennt Genie sofort, und MacDonald hatte genügend Talent zu seinem Beruf, daß er keine Demütigung erblickte in der Bitte um die Hilfe eines Mannes, der in Hinsicht auf seine Gaben und Erfahrungen in Europa bereits einzig dastand. Holmes neigte nicht zu Freundschaften, aber dem großgewachsenen Schotten gegenüber war er duldsam, und er lächelte jetzt, als er ihn sah.

»Sie sind offenbar mit den Hühnern aufgestanden, Mr. Mac«, sagte er. »Ich wünsche Glück auf Ihrer Jagd nach fetten Würmern. Aber ich fürchte, es bedeutet wohl, daß etwas Ungutes im Gange ist.«

»Wenn Sie statt ›fürchten‹ ›hoffen‹ gesagt hätten, käme das wohl der Wahrheit näher, würd ich meinen, Mr. Holmes«, erwiderte der Inspektor mit wissendem Grinsen. »Na gut, ein winziges Schlückchen würde die rauhe Morgenkälte vielleicht vertreiben. Nein danke, so früh rauche ich noch nicht. Ich muß mich gleich wieder auf den Weg machen, weil ja die ersten Stunden eines Falles die kostbaren sind, was niemand besser weiß als Sie. Aber – aber...«

Der Inspektor hatte plötzlich innegehalten und starrte absolut fassungslos ein Blatt Papier auf dem Tisch an. Es war der Bogen, auf den ich die rätselhafte Botschaft gekritzelt hatte.

»Douglas!« stammelte er. »Birlstone! Was ist denn das, Mr. Holmes? Menschenskind, das ist ja Hexerei! Wo, um alles in der Welt, haben Sie diese Namen her?«

»Es ist eine verschlüsselte Botschaft, die Dr. Watson und ich mal eben entziffert haben. Aber warum – was stimmt nicht mit den Namen?«

Der Inspektor blickte uns nacheinander wie betäubt vor Verblüffung an.

»Nur so viel«, sagte er, »daß Mr. Douglas von Birlstone Manor House heute früh auf schreckliche Weise ermordet worden ist.«

2. MR. SHERLOCK HOLMES DOZIERT

Es war einer jener dramatischen Augenblicke, für die mein Freund lebte. Gleichwohl wäre es übertrieben zu behaupten, die erstaunliche Mitteilung habe ihn aus der Fassung gebracht oder auch nur aufgeregt. Nicht, daß in seinem einzigartigen Wesen eine Spur von Grausamkeit gelegen hätte; aber die langjährige Überreizung hatte ihn zweifellos abgehärtet. Seine Gefühlsregungen waren abgestumpft; seine intellektuelle Wahrnehmungskraft blieb jedoch außerordentlich rege. Folglich gab es bei ihm keine Anzeichen des Grausens, welches ich bei dieser knappen Erklärung verspürt hatte, sondern seine Miene zeigte eher die ruhige und interessierte Gelassenheit eines Chemikers, der das Ausfallen der Kristalle in einer übersättigten Lösung beobachtet.

»Bemerkenswert!« sagte er; »bemerkenswert!«

»Sie scheinen gar nicht überrascht zu sein.«

»Interessiert, Mr. Mac, aber kaum überrascht. Warum sollte ich auch? Von einer mir als wichtig bekannten Quelle erhalte ich eine anonyme Nachricht mit der Warnung, daß einer bestimmten Person Gefahr droht. Im Verlauf einer Stunde erfahre ich, daß diese Gefahr tatsächlich Gestalt angenommen hat und daß die Person tot ist. Ich bin interessiert; aber, wie Sie bemerken, nicht überrascht.«

In ein paar kurzen Sätzen erläuterte er dem Inspektor, was es mit dem Brief und der Geheimschrift auf sich hatte. MacDonald saß da, das Kinn auf den Händen, und seine dichten, sandfarbenen Augenbrauen zogen sich zu einem gelben Büschel zusammen.

»Ich wollte noch heute früh nach Birlstone runter«, sagte er. »Eigentlich bin ich hergekommen, Sie zu fragen, ob Sie mich begleiten möchten – Sie und Ihr Freund hier. Aber nach dem, was Sie sagen, könnten wir hier in London vielleicht mehr erreichen.«

»Das glaube ich eigentlich nicht«, sagte Holmes.

»Zum Henker, Mr. Holmes!« rief der Inspektor. »In ein oder zwei Tagen sind die Zeitungen voll mit Berichten über das Rätsel von Birlstone; bloß, was ist daran rätselhaft, wenn es in London einen Mann gibt, der das Verbrechen vorher schon groß ankündigt? Wir brauchen uns doch nur diesen Mann zu greifen, und alles übrige ergibt sich von selbst.«

»Ohne Zweifel, Mr. Mac. Aber wie haben Sie sich die Ergreifung des sogenannten Porlock vorgestellt?«

MacDonald drehte den Brief um, den Holmes ihm überreicht hatte.

»Aufgegeben in Camberwell – das hilft uns nicht viel weiter. Der Name ist nur angenommen, sagen Sie. Wahrhaftig nicht viel für den Anfang. Haben Sie nicht gesagt, Sie hätten ihm mal Geld geschickt?«

»Zweimal.«

»Und wie?«

»Banknoten, postlagernd Camberwell.«

»Haben Sie sich nie bemüht zu erfahren, wer sie abgeholt hat?«

»Nein.«

Der Inspektor sah überrascht aus und ein wenig empört.

»Warum nicht?«

»Weil ich mein Wort zu halten pflege. Nach seinem ersten Brief hatte ich versprochen, ich würde nicht versuchen, ihm nachzuspüren.«

»Sie glauben, es steht jemand hinter ihm?«

»Ich *weiß* es.«

»Dieser Professor, den Sie mir gegenüber mal erwähnt haben?«

»Genau.«

Inspektor MacDonald lächelte, und ein Augenlid zwinkerte, als er mir einen raschen Blick zuwarf.

»Ich will Ihnen nicht verhehlen, Mr. Holmes, daß wir vom C. I. D. glauben, daß Sie sich mit diesem Professor eine klitzekleine Grille in den Kopf gesetzt haben. Ich habe in der Sache persönlich einige Nachforschungen angestellt. Er scheint zu einer ausgesprochen ehrbaren, gelehrten und talentvollen Sorte Mensch zu zählen.«

»Es freut mich, daß Sie immerhin sein Talent erkannt haben.«

»Menschenskind, das muß man doch erkennen! Nachdem ich Ihre Meinung über ihn gehört hatte, bin ich von Berufs wegen mal zu ihm gegangen. Wir haben über Sonnenfinsternisse geplaudert. Keine Ahnung, wie wir gerade darauf gekommen sind; aber er hat 'ne Lampe mit Reflektor geholt und einen Globus, und in 'ner Minute hat er mir alles klargemacht. Er hat mir auch ein Buch geliehen; aber das war dann doch ein bißchen zu hoch für mich – trotz meiner guten Aberdeen-Ausbildung; das kann ich ja ruhig zugeben. Er hätte 'n guten Pfaffen abgegeben, mit seinem schmalen Gesicht und dem grauen Haar und der feierlichen Art, wie er spricht. Beim Abschied hat er mir sogar die Hand auf die Schulter gelegt – das war wie Vaters Segen, bevor man in die kalte grausame Welt zieht.«

Holmes kicherte und rieb sich die Hände.

»Großartig!« sagte er; »großartig! Sagen Sie, Freund MacDonald; diese erbauliche und rührende Unterhaltung hat, wie ich annehme, im Studierzimmer des Professors stattgefunden?«

»So ist es.«

»Ein feines Zimmer, nicht wahr?«

»Sehr fein – wirklich, Mr. Holmes, sehr hübsch.«

»Sie saßen vor seinem Schreibtisch?«

»Ganz recht.«

»Sie die Sonne im Gesicht und er im Schatten?«

»Tja, es war Abend; aber ich erinnere mich, daß die Lampe auf mich gerichtet war.«

»Ganz bestimmt war sie das. Haben Sie über dem Kopf des Professors zufällig ein Bild bemerkt?«

»Mir entgeht so leicht nichts, Mr. Holmes. Höchstwahrscheinlich habe ich das von Ihnen gelernt. Ja, ich hab das Bild gesehen – eine junge Frau mit dem Kopf auf den Händen, die einen so von der Seite anguckt.«

»Dieses Gemälde ist von Jean Baptiste Greuze.«

Der Inspektor bemühte sich, ein interessiertes Gesicht zu machen.

»Jean Baptiste Greuze«, fuhr Holmes fort, während er seine Fingerspitzen aneinanderlegte und sich in den Stuhl zurücklehnte, »war ein französischer Maler, dessen Blütezeit zwischen den Jahren 1750 und 1800 lag. Damit beziehe ich mich natürlich auf seine Schaffensperiode. Die moderne Kunstkritik hat die hohe Wertschätzung, die seine Zeitgenossen ihm entgegenbrachten, mehr als bestätigt.«

Die Augen des Inspektors nahmen einen abwesenden Ausdruck an.

»Sollten wir nicht lieber...« sagte er.

»Wir sind gerade dabei«, unterbrach ihn Holmes. »Alles, was ich sage, hat einen sehr unmittelbaren und wichtigen Bezug zu dem, was Sie das Rätsel von Birlstone genannt haben. In der Tat könnte man es in gewissem Sinne geradezu als sein Zentrum bezeichnen.«

MacDonald lächelte schwach und sah mich flehend an.

»Ihre Gedanken bewegen sich ein bißchen zu schnell für mich, Mr. Holmes. Sie lassen ein oder zwei Glieder aus, und ich kriege die Lücke nicht zusammen. Was in aller Welt soll der Zusammenhang sein zwischen diesem toten Herrn Maler und der Sache in Birlstone?«

»Jeder Wissenszweig ist für den Detektiv von Nutzen«, bemerkte Holmes. »Besonders die triviale Tatsache, daß im Jahre 1865 ein Bild von Greuze mit dem Titel *La Jeune Fille à l'Agneau* bei der Portalis-Auktion nicht weniger als viertausend Pfund erzielt hat, dürfte doch in Ihrem Kopf eine Reihe von Überlegungen in Gang setzen.«

Das tat sie ganz offensichtlich. Der Inspektor machte ein unverhohlen interessiertes Gesicht.

»Ich darf Sie daran erinnern«, fuhr Holmes fort, »daß das Gehalt des Professors sich aus mehreren zuverlässigen Nachschlagewerken ermitteln läßt. Es beträgt siebenhundert Pfund im Jahr.«

»Wie kommt er dann in den Besitz ...«

»Ganz recht. Wie kommt er dazu?«

»Tja, das ist bemerkenswert«, sagte der Inspektor gedankenvoll, »Sprechen Sie weiter, Mr. Holmes. Die Sache gefällt mir. Das klingt gut.«

Holmes lächelte. Aufrichtige Bewunderung ließ ihn immer auftauen – ein Kennzeichen des wahren Künstlers.

»Und was ist mit Birlstone?« fragte er.

»Wir haben noch Zeit«, sagte der Inspektor; er warf einen schnellen Blick auf seine Uhr. »Mein Wagen steht vor der Tür, und zur Victoria Station brauchen wir keine zwanzig Minuten. Aber nochmal zu dem Bild – mir war, Mr. Holmes, als ob Sie mir mal erzählt hätten, daß Sie Professor Moriarty noch nie begegnet sind.«

»Nein, noch nie.«

»Woher wissen Sie dann über seine Wohnung Bescheid?«

»Oh, das steht auf einem anderen Blatt. In seiner Wohnung bin ich bereits dreimal gewesen; zweimal habe ich unter verschiedenen Vorwänden auf ihn gewartet und bin vor seiner Rückkunft wieder fortgegangen. Einmal – tja, davon dürfte ich einem Kriminalbeamten eigentlich gar nicht erzählen. Beim letzten Mal habe ich mir nämlich die Freiheit genommen, rasch seine Unterlagen zu überfliegen, was zu höchst unerwarteten Resultaten geführt hat.«

»Sie haben etwas Kompromittierendes gefunden?«

»Absolut nichts. Das war ja das Verblüffende. Wie auch immer, Sie haben jetzt den springenden Punkt bezüglich des Gemäldes erkannt. Es weist ihn als sehr vermögenden Mann aus. Aber wie kommt er zu diesem Vermögen? Er ist unverheiratet. Sein jüngerer Bruder ist Bahnhofsvorsteher im Westen von England. Sein Lehrstuhl bringt ihm siebenhundert im Jahr. Aber er besitzt einen Greuze.«

»Und weiter?«

»Die Schlußfolgerung ist doch wohl einfach.«

»Sie meinen, er hat hohe Einkünfte und muß sie sich auf illegale Weise verschaffen?«

»Ganz genau. Selbstverständlich habe ich noch weitere Gründe zu diesem Verdacht – Dutzende dünnster Fäden, die kaum wahrnehmbar zum Zentrum des Netzes hinführen, wo die giftige, regungslose Kreatur auf der Lauer liegt. Ich erwähne den Greuze auch nur, weil er die Sache in den Bereich Ihrer eigenen Beobachtungen rückt.«

»Tja, Mr. Holmes, ich gebe zu, was Sie da sagen, ist interessant. Mehr als interessant – es ist geradezu wunderbar. Aber lassen Sie uns ein wenig deutlicher werden, wenn möglich. Handelt es sich um Fälscherei, Falschmünzerei oder Einbrüche? Woher kommt das Geld?«

»Haben Sie schon mal was über Jonathan Wild gelesen?«

»Naja, also der Name kommt mir vertraut vor. Jemand aus 'nem Roman, oder? Ich mach mir nicht viel aus Detektiven in Romanen – diese Burschen kriegen immer alles raus und lassen einen nie dahinterkommen, wie sie's anstellen. Bei denen ist alles bloß Eingebung und keine solide Arbeit.«

»Jonathan Wild war kein Detektiv, und er kommt auch nicht in einem Roman vor. Er war ein meisterlicher Verbrecher und hat im vorigen Jahrhundert gelebt – so um 1750 herum.«

»Dann nützt er mir nichts. Ich bin ein Mann der Praxis.«

»Mr. Mac, das Beste, was Sie für Ihre Praxis im Leben je tun könnten, wäre, sich zwölf Monate lang einzuschließen und täglich zwölf Stunden Kriminalhistorie zu studieren. Alles wiederholt sich in Zyklen, selbst Professor Moriarty. Jonathan Wild war die verborgene Kraft hinter der Londoner Verbrecherwelt, an die er seine Intelligenz nebst seiner Organisation für einen fünfzehnprozentigen Anteil verkauft hatte. Das alte Rad dreht sich weiter, und dieselbe Speiche kommt zum Vorschein. Alles ist schon einmal dagewesen und kehrt immer wieder. Ich will Ihnen ein paar Einzelheiten über Moriarty erzählen, die Sie interessieren dürften.«

»Und ob die mich interessieren!«

»Zufällig weiß ich nämlich, wer das erste Glied in seiner Kette ist – dieser Kette mit dem fehlgeleiteten Napoleon am einen Ende, am anderen hundert gebrochenen Schlägern, Taschendieben, Erpressern und Falschspielern, und dazwischen jeder nur erdenklichen Sorte von Verbrechen. Sein Stabchef ist Colonel Sebastian Moran, ein Mann, der es ebenso wie Moriarty selbst versteht, sich abseits zu halten, auf der Hut zu sein und sich dem Zugriff des Gesetzes zu entziehen. Was glauben Sie, wieviel er dem bezahlt?«

»Lassen Sie hören.«

»Sechstausend im Jahr. Ein gutes Hirn hat seinen Preis, wie Sie sehen – amerikanisches Geschäftsprinzip. Dieses Detail habe ich ganz zufällig erfahren. Das ist mehr, als der Premierminister verdient. Jetzt haben Sie einen Begriff von Moriartys Einkünften und vom Ausmaß seiner Geschäfte. Und noch etwas. Kürzlich habe ich es mir angelegen sein lassen, einigen von Moriartys Schecks nachzugehen – ganz gewöhnlichen, harmlosen Schecks, mit denen er seine Haushaltsrechnungen begleicht. Sie waren auf sechs verschiedene Banken ausgestellt. Gibt Ihnen das einen Eindruck?«

»Das ist natürlich sonderbar. Aber was folgern Sie daraus?«

»Er will nicht, daß sich sein Reichtum herumspricht. Kein einzelner Mensch darf erfahren, wieviel er besitzt. Ich hege keinen Zweifel daran, daß er zwanzig Bankkonten unterhält – wobei der Großteil seines Vermögens wohl im Ausland lagert, wahrscheinlich bei der Deutschen Bank oder dem Crédit Lyonnais. Sollten Sie irgendwann einmal ein paar Jahre überschüssige Zeit haben, empfehle ich Ihnen ein Studium des Professor Moriarty.«

Im Verlauf des Gesprächs hatte Inspektor MacDonald sich mehr und mehr beeindruckt gezeigt. Sein Interesse hatte ihn gänzlich in Anspruch genommen. Nun aber beförderte ihn sein praktischer schottischer Verstand mit einem Schlag zurück zu den laufenden Ereignissen.

»Das hat jedenfalls Zeit«, sagte er. »Sie haben uns mit Ihren interessanten Anekdoten auf Abwege gebracht, Mr. Holmes. Was für mich wirklich zählt, ist Ihre Bemerkung, daß zwischen dem Professor und diesem Verbrechen irgendeine Verbindung besteht. Das schließen Sie aus der Warnung, die Sie von diesem

Porlock erhalten haben. Ist für uns da sonst noch was praktisch Brauchbares drin?«

»Zunächst können wir uns eine Vorstellung hinsichtlich der Motive des Verbrechens machen. Soviel ich Ihren anfänglichen Bemerkungen entnehme, handelt es sich um einen unerklärlichen oder zumindest ungeklärten Mord. Einmal angenommen, der Ausgangspunkt des Verbrechens läge dort, wo wir ihn vermuten, dann kämen zwei verschiedene Motive in Betracht. Zunächst darf ich vorausschicken, daß Moriarty seine Leute mit eiserner Rute regiert. Seine Disziplin ist fürchterlich. Und seine Gesetze kennen nur eine Strafe: den Tod. Wir dürften also annehmen, der Ermordete – dieser Douglas, von dessen herannahendem Schicksal einer der Untergebenen des Erzverbrechers Wind bekam – habe den Chef in irgendeiner Weise verraten. Es folgte seine Bestrafung, von der alle erfahren werden – und sei es nur, um ihnen Todesangst einzujagen.«

»Schön, das wäre die eine Möglichkeit, Mr. Holmes.«

»Die andere ist, daß Moriarty die Sache im Zuge eines ganz gewöhnlichen Geschäftsganges durchgeführt hat. Ist denn etwas geraubt worden?«

»Nicht daß ich wüßte.«

»Wenn ja, so spräche das natürlich gegen die erste Hypothese und zugunsten der zweiten. Moriarty könnte demnach gegen Zusicherung eines Beuteanteils mit der Durchführung betraut worden sein, vielleicht hat man ihm aber auch vor der Vollstreckung einen hohen Vorschuß gezahlt. Beides ist möglich. Aber welches davon es auch immer sein mag, oder falls eine dritte Kombination vorliegt – die Lösung müssen wir in Birlstone suchen. Ich kenne unseren Mann zu gut, um damit zu rechnen, daß er *hier* irgendeine Spur hinterlassen hat, die uns zu ihm führen könnte.«

»Dann auf nach Birlstone!« rief MacDonald; er schnellte aus dem Stuhl. »Meine Güte! Es ist schon später, als ich gedacht habe. Meine Herren, ich kann Ihnen fünf Minuten geben, um sich fertig zu machen, mehr nicht.«

»Die genügen uns reichlich«, sagte Holmes, während er aufsprang und hastig aus dem Hausrock in seinen Mantel schlüpfte. »Unterwegs, Mr. Mac, sind Sie bitte so freundlich, mir alles zu erzählen.«

›Alles‹ erwies sich als enttäuschend wenig, und doch war es genug, uns davon zu überzeugen, daß der vorliegende Fall sehr wohl die gespannteste Aufmerksamkeit eines Experten verdiente. Holmes' Miene erhellte sich, und er rieb sich die dünnen Hände, während er den spärlichen, aber bemerkenswerten Einzelheiten lauschte. Hinter uns lag eine lange Reihe unersprießlicher Wochen, und hier bot sich endlich wieder einmal ein angemessenes Objekt für jene bemerkenswerten Fähigkeiten, die, wie jede Spezialbegabung, ihrem Besitzer zur Last werden, solange sie brachliegen. Bei längerer Untätigkeit stumpfte dieser rasiermesserscharfe Verstand ab und rostete vor sich hin. Dagegen glitzerten Sherlock Holmes' Augen, die bleichen Wangen nahmen einen wärmeren Farbton an, und sein ganzes gespanntes Gesicht erstrahlte von einem inneren Feuer, wenn ihn der Lockruf der Arbeit erreichte. Während der Fahrt im Wagen lauschte er vornübergebeugt und aufmerksam MacDonalds kurzer Skizzierung des Problems, das uns in Sussex erwartete. Der Inspektor seinerseits war, wie er uns erklärte, angewiesen auf einen hingekritzelten Bericht, der ihm in den frühen Morgenstunden mit dem Milchzug zugesandt worden war. Mit White Mason, dem für die Grafschaft zuständigen Kriminalbeamten, verband ihn eine persönliche Freundschaft, und daher war MacDonald sehr viel schneller in Kenntnis gesetzt worden, als dies bei Scotland Yard der Brauch ist, wenn man dessen Hilfe in der Provinz benötigt. In allgemeinen verfolgt der aus der Metropole herbeigerufene Experte eine schon reichlich kalte Spur.

»Lieber Inspektor MacDonald«, begann der Brief, den er uns vorlas, »der offizielle Antrag auf Ihren Einsatz befindet sich im separaten Umschlag. Das hier ist für Sie persönlich. Geben Sie mir telegraphisch Nachricht, welchen Zug nach Birlstone Sie heute vormittag nehmen können; ich hole Sie dann ab – oder lasse Sie abholen, falls ich zu beschäftigt sein sollte. Der Fall ist ein Knaller. Verlieren Sie keinen Augenblick, und machen Sie sich auf den Weg. Wenn Sie können, bringen Sie bitte Mr. Holmes mit, er wird hier nämlich was finden, das ganz nach seinem Geschmack ist. Man könnte meinen, das Ganze sei eine effektvoll gestellte Szene fürs Theater, wenn es da nicht mittendrin einen Toten gäbe. Ich sag's Ihnen, wirklich ein Knaller!«

»Ihr Freund scheint kein Dummkopf zu sein«, bemerkte Holmes.

»Nein, Sir; White Mason ist sehr auf Draht, wenn ich nicht ganz danebenliege.«

»Schön, haben Sie noch etwas?«

»Nur, daß er uns alle Einzelheiten am Treffpunkt mitteilen wird.«

»Wie haben Sie dann von Mr. Douglas erfahren und der Tatsache, daß er auf schreckliche Weise ermordet worden ist?«

»Das steht im beigefügten offiziellen Bericht. Natürlich ohne den Zusatz ›auf schreckliche Weise‹. Das ist kein amtlich gültiger Ausdruck. Der Bericht gibt den Namen John Douglas an. Er meldet, daß sein Schädel Verletzungen aufweist, die vom Schuß einer Schrotflinte stammen. Ferner gibt er den Zeitpunkt an, zu dem Alarm geschlagen wurde: kurz vor Mitternacht. Und er fügt noch hinzu, daß es sich zweifellos um einen Mordfall handelt, daß aber bisher noch keine Festnahme erfolgt ist und daß dieser Fall einige sehr verwirrende und außergewöhnliche Merkmale aufweist. Das ist absolut alles, was wir momentan haben, Mr. Holmes.«

»Dann wollen wir es, mit Ihrer Erlaubnis, dabei belassen, Mr. Mac. Die Versuchung, aufgrund unzulänglicher Daten vorschnelle Theorien aufzustellen, ist der Fluch unseres Berufes. Vorläufig sehe ich nur zweierlei mit Gewißheit: ein großes Gehirn in London und einen toten Mann in Sussex. Die Verbindung dazwischen, die werden wir aufspüren.«

3. DIE TRAGÖDIE VON BIRLSTONE

Und nun bitte ich um die Erlaubnis, meine unbedeutende Person einen Augenblick lang auszuklammern und die Ereignisse, die sich vor unserer Ankunft am Schauplatz abgespielt haben, im Licht unserer späteren Erkenntnisse zu schildern. Denn nur so kann ich dem Leser zu einer richtigen Vorstellung von den beteiligten Personen sowie der bizarren Kulisse, vor der ihr Schicksal seinen Lauf nahm, verhelfen.

Das Dorf Birlstone besteht aus einer kleinen Gruppe sehr alter Fachwerkhäuser an der Nordgrenze der Grafschaft Sussex. Jahrhundertelang war es unverändert geblieben, aber während der letzten paar Jahre haben sein pittoreskes Erscheinungsbild und seine Lage eine Anzahl wohlhabender Leute angelockt, die sich hier niederließen und deren Villen aus den umliegenden Wäldern hervorlugen. Geographisch darf man diese Wälder noch zum äußersten Zipfel des großen Weald-Forstes zählen, der sich gegen die Kreidehügel der North Downs hin immer mehr lichtet. Mehrere kleine Läden wurden eröffnet, um den Bedürfnissen der angewachsenen Bevölkerung entgegenzukommen, so daß Birlstone offenbar einige Aussicht hat, sich schnell von einem alten Dorf zu einer modernen Stadt zu entwickeln. Es bildet das Zentrum eines ansehnlichen Gebiets in diesem Landstrich, da die nächstgelegene Ortschaft von Bedeutung, Tunbridge Wells, zehn bis zwölf Meilen weiter im Osten und bereits jenseits der Grenze von Kent liegt.

Ungefähr eine halbe Meile vom Ort entfernt steht in einem alten Park, der für seine riesigen Buchen berühmt ist, das bejahrte Birlstone Manor House. Ein Teil dieses ehrwürdigen Gebäudes stammt noch aus der Zeit des ersten Kreuzzuges, als Hugo de Capus im Zentrum des Landgutes, das ihm König Wilhelm der Rote übertragen hatte, eine kleine Feste errichtete. Diese wurde im Jahre 1543 durch Feuer zerstört, und als dann später, zur Zeit König James' des Ersten, auf den Ruinen des feudalen Schlosses ein Landhaus aus Ziegelsteinen errichtet wurde, verwendete man einige der rauchgeschwärzten Eckpfeiler mit. Das Manor House mit seinen vielen Giebeln und den Butzenscheiben sah fast noch genau so aus, wie es sein Erbauer im frühen siebzehnten Jahrhundert zurückgelassen hatte. Den äußeren der beiden Gräben, die das weiland wehrhafte Gebäude geschützt, hatte man austrocknen lassen; er erfüllte nun die bescheidene Funktion eines Gemüsegartens. Den inneren gab es noch; er zog sich in einer Breite von vierzig Fuß – inzwischen allerdings nur noch wenige Fuß tief – rund um das ganze Haus. Ein kleiner Bach speiste ihn und floß jenseits des Grabens weiter, so daß der Wasserstreifen zwar trüb, aber keineswegs faulig oder ungesund war. Die Fenster des Erdgeschosses lagen einen Fuß über der Wasseroberfläche. Der einzige Zugang zum Haus führte über eine Zugbrücke, deren Winde und Ketten lange Zeit vor sich hin gerostet hatten und zerbrochen waren. Die neuen Besitzer des Manor House hatten jedoch diese Mängel mit charakteristischer Energie behoben, und die Zugbrücke ließ sich nicht nur wieder hochziehen, sondern wurde tatsächlich jeden Abend hochgezogen und jeden Morgen gesenkt. Diese Erneuerung eines Brauches aus alten, feudalen Tagen verwandelte das Manor House nachtsüber in eine Insel – ein Umstand, der von großer Bedeutung war für jenes Rätsel, welches binnen kurzem die Aufmerksamkeit von ganz England auf sich ziehen sollte.

Das Haus hatte einige Jahre leergestanden und zu einer pittoresken Ruine zu zerfallen gedroht, bevor die Familie Douglas es in Besitz nahm. Diese bestand lediglich aus zwei Personen: John Douglas und seiner Frau. John Douglas war ein bemerkenswerter Mann, sowohl dem Charakter wie seiner Erscheinung nach; er mochte ungefähr fünfzig Jahre zählen und hatte ein verwittertes Gesicht mit stark ausgeprägten Kieferknochen, einem angegrauten Schnurrbart und eigenartig stechenden grauen Augen; seine drahtige, kraftvolle Figur hatte nichts von der Festigkeit und Aktivität ihrer Jugend eingebüßt. Er war fröhlich und freundlich gegen jedermann, aber in seinem Auftreten lag etwas Saloppes, das den Eindruck vermittelte, er habe das Leben in gesellschaftlichen Schichten kennengelernt, die wohl einiges unter dem Niveau der Gutsherren der Grafschaft Sussex lagen. Wurde er von seinen kultivierteren Nachbarn mit einer gewissen Neugier und Reserve betrachtet, erwarb er sich dafür bei den Dörflern alsbald große Beliebtheit, da er alle Unternehmungen im Ort großzügig unterstützte und auch zu Hauskonzerten und sonstigen Festivitäten erschien, wo er mit seinem bemerkenswert volltönenden Tenor jederzeit gern ein Lied zum besten gab. Er schien eine Menge Geld zu haben, das er dem Vernehmen nach auf den kalifornischen Goldfeldern gemacht hatte, und aus seinen Erzählungen und denen seiner Frau wurde klar, daß er einen Teil seines Lebens in Amerika verbracht hatte. Der gute Eindruck, den seine Freigebigkeit und sein demokratisches Auftreten hervorriefen, wurde noch dadurch verstärkt, daß er im Ruf stand, Gefahren gegenüber vollkommen gleichgültig zu sein. Obwohl er ein miserabler Reiter war, fand er sich nämlich zu jedem Jagdtreffen ein und nahm in seiner Entschlossenheit, es den Besten gleichzutun, die erstaunlichsten Stürze in Kauf. Auch als einmal das Pfarrhaus brannte, zeichnete er sich durch seine Furchtlosigkeit aus; denn er drang wiederholt in das Gebäude ein, um Hab und Gut zu bergen, nachdem die örtliche Feuerwehr es als unmöglich aufgegeben hatte. So kam es, daß sich John Douglas vom Manor House innerhalb von fünf Jahren einen beachtlichen Ruf in Birlstone erworben hatte.

Auch seine Frau war beliebt bei denen, die ihre Bekanntschaft gemacht hatten; englischer Sitte entsprechend kamen jedoch zu Fremden, die sich ohne gesellschaftliche Einführung in der Grafschaft niederließen, nur wenige Besucher – und auch die nur in großen Abständen. Dies machte ihr aber nicht viel aus, da sie von Natur aus zurückgezogen und durch ihren Gatten und häusliche Pflichten allem Anschein nach vollkommen in Anspruch genommen war. Man wußte, daß sie Engländerin war und den damals noch verwitweten Mr. Douglas in London kennengelernt hatte. Sie war eine schöne Frau, hochgewachsen, dunkelhaarig, schlank und gut zwanzig Jahre jünger als ihr Mann; ein Altersunterschied, der die Harmonie ihres Zusammenlebens anscheinend in keiner Weise beeinträchtigte. Die sie am besten kannten, bemerkten jedoch manchmal, daß das Vertrauen zwischen den beiden nicht vollkommen zu sein schien, denn in Hinsicht auf die Vergangenheit ihres Gatten war die Frau entweder sehr zurückhaltend oder aber, was wahrscheinlicher war, sehr mangelhaft unterrichtet. Auch hatten ein paar Aufmerksame beobachtet und kritisch vermerkt, daß es bei Mrs. Douglas zuzeiten Zeichen einer gewissen nervlichen Anspannung gab und daß sie heftiges Unbehagen erkennen ließ, wenn ihr Gatte einmal besonders lange wegblieb. In einer ruhigen ländlichen Gegend, wo jeder Klatsch willkommen ist, konnte man diese Schwäche der Lady vom Manor House nicht achtlos übergehen, und in der Erinnerung der Leute nahm sie um so mehr Raum ein, als dann jene Ereignisse eintraten, die ihr eine ganz besondere Bedeutung verleihen sollten.

Es gab unter diesem Dach noch eine weitere Person, die sich allerdings nicht ständig dort aufhielt; aber ihre Anwesenheit zur Zeit jener merkwürdigen Begebnisse, die ich nun erzählen will, rückte ihren Namen in den Vordergrund der Öffentlichkeit. Es handelte sich um Cecil James Barker aus Hales Lodge, Hampstead. Cecil Barkers hochgewachsene und schlaksige Gestalt war auf der Hauptstraße der Gemeinde Birlstone ein vertrauter Anblick, denn er war ein häufiger und willkommener Gast im Manor House. Man nahm von ihm um so mehr Notiz, als er der einzige Freund aus der unbekannten Vergangenheit von Mr. Douglas war, der je in dessen neuer englischen Umgebung auftauchte. Barker selbst war unzweifelhaft Engländer, aber aus seinen Bemerkungen ging klar hervor, daß er Douglas in Amerika kennengelernt und dort mit ihm auf vertrautem Fuß gestanden hatte. Er schien ein Mann von beträchtlichem Vermögen zu sein und galt als Junggeselle. Er war etwas jünger als Douglas, höchstens fünfundvierzig – ein hochgewachsener, breitbrüstiger Bursche mit aufrechtem Gang und einem glattrasierten Preisboxergesicht; ein gebieterisches Paar schwarzer Augen unter den dichten, kräftigen schwarzen Brauen hätte ihm auch ohne die Hilfe seiner überaus tüchtigen Hände den Weg durch eine feindliche Menge bahnen können. Er war kein Reiter und ging auch nicht auf die Jagd, sondern brachte seine Tage damit zu, mit der Pfeife im Mund durch das alte Dorf zu schlendern und mit seinem Gastgeber oder – bei dessen Abwesenheit – mit seiner Gastgeberin Ausfahrten in die schöne Umgebung zu machen. »Ein angenehmer, freigebiger Gentleman«, sagte Ames, der Butler. »Aber, bei Gott, ich möchte lieber nicht in der Haut des Mannes stecken, der ihm in die Quere kommt.« Barkers Umgang mit Douglas war herzlich und vertraut, und mit dessen Gattin war er nicht weniger befreundet; ja, diese Freundschaft schien beim Gatten mehr als einmal eine gewisse Gereiztheit hervorzurufen, so daß selbst die Dienerschaft seine Verärgerung bemerkte. Das also war die dritte Person, die zum Zeitpunkt der Katastrophe zur Familie gehörte. Was die sonstigen Bewohner des alten Gebäudes angeht, so mag es genügen, aus dem großen Hauspersonal den steifen, achtbaren und tüchtigen Ames zu erwähnen sowie Mrs. Allen, eine dralle und fröhliche Person, die der Lady im Haushalt manche Last abnahm. Die übrigen sechs Bediensteten des Hauses sind für die Ereignisse der Nacht vom 6. Januar nicht von Bedeutung.

Um elf Uhr fünfundvierzig erreichte die erste Alarmmeldung den kleinen örtlichen Polizeiposten, der Sergeant Wilson von der Sussex Constabulary unterstellt war. Mr. Cecil Barker war höchst aufgeregt zur Tür gestürzt und hatte wie wild die Glocke geläutet. Im Manor House habe es eine schreckliche Tragödie gegeben und Mr. John Douglas sei ermordet worden. So lautete der Kern seiner atemlos vorgetragenen Botschaft. Dann war er zum Haus zurückgehastet. Wenige Minuten später folgte ihm der Polizei-Sergeant, der kurz nach zwölf Uhr am Tatort eintraf, nachdem er unverzüglich Schritte unternommen hatte, die Behörden der Grafschaft zu benachrichtigen, daß etwas Ernstes vorgefallen sei.

Beim Manor House angekommen, hatte der Sergeant die

Zugbrücke herabgelassen vorgefunden, die Fenster hell erleuchtet und das ganze Haus im Zustand wilden Durcheinanders und Aufruhrs. In der Empfangshalle drängten sich die schreckensbleichen Dienstboten zusammen, und an der Eingangstür stand händeringend der erschrockene Butler. Nur Cecil Barker schien sich und seine Gefühlsregungen zu beherrschen. Er hatte die dem Eingang nächstgelegene Tür geöffnet und dem Sergeant ein Zeichen gegeben, ihm zu folgen. In diesem Augenblick traf Dr. Wood ein, ein energischer und tüchtiger Arzt aus dem Dorf. Die drei Männer betraten gemeinsam das Todeszimmer; der von Grauen geschüttelte Butler folgte ihnen auf den Fersen und schloß hinter sich die Tür, um die schreckliche Szene den Blicken der Dienstmädchen zu entziehen.

Der Tote lag auf dem Rücken, die Glieder gespreizt, in der Mitte des Zimmers. Er hatte nur einen rosafarbenen Schlafrock an, der sein Nachtgewand bedeckte. Seine bloßen Füße staken in Filzpantoffeln. Der Arzt kniete neben ihm und hielt eine kleine Lampe, die auf dem Tisch gestanden hatte, über ihn gesenkt. Ein Blick auf das Opfer zeigte dem Heilkundigen, daß seine Anwesenheit entbehrlich war. Die Wunden des Mannes waren schrecklich. Quer über seiner Brust lag eine seltsame Waffe, eine Schrotflinte, deren Läufe etwa dreißig Zentimeter vor den Abzügen abgesägt waren. Offensichtlich war diese Flinte aus nächster Nähe abgefeuert worden, und er hatte die volle Ladung ins Gesicht bekommen, wodurch fast sein ganzer Schädel zerschmettert worden war. Die Abzüge hatte man mit Draht zusammengebunden, um durch die gleichzeitige Entladung eine noch verheerendere Wirkung zu erzielen.

Der Dorfpolizist war entnervt und verwirrt angesichts der ungeheuren Verantwortung, die ihm so plötzlich aufgebürdet worden war.

»Es wird nichts angerührt, bis meine Vorgesetzten kommen«, sagte er mit gedämpfter Stimme; er starrte mit Grausen auf den schaurigen Schädel.

»Bis jetzt ist nichts berührt worden«, sagte Cecil Barker. »Dafür bürge ich. Sie sehen alles genau so, wie ich es vorgefunden habe.«

»Wann ist das passiert?« Der Sergeant hatte sein Notizbuch gezückt.

»Es war gerade halb zwölf. Ich hatte mich noch nicht ausgezogen und saß in meinem Schlafzimmer am Kamin, als ich den Knall hörte. Er war nicht sehr laut – er klang irgendwie gedämpft. Ich bin runtergerannt. Ich glaube, es hat keine dreißig Sekunden gedauert, bis ich im Zimmer hier war.«

»Stand die Tür offen?«

»Ja. Der arme Douglas lag so da, wie Sie ihn jetzt sehen. Auf dem Tisch hat noch seine Schlafzimmerkerze gebrannt. Die Lampe habe ich angezündet, einige Minuten später.«

»Haben Sie niemand gesehen?«

»Nein. Ich hörte Mrs. Douglas hinter mir die Treppe herunterkommen und bin wieder aus dem Zimmer gestürzt, um sie von diesem entsetzlichen Anblick fernzuhalten. Dann kam Mrs. Allen, die Haushälterin, und hat sie fortgeführt. Inzwischen war auch Ames erschienen, und wir sind beide noch einmal zurück in das Zimmer gerannt.«

»Soviel ich aber gehört habe, wird die Zugbrücke abends hochgezogen.«

»Ja, sie war oben – bis ich sie runtergelassen habe.«

»Wie hätte dann irgendein Mörder entkommen können? Das ist nicht möglich. Mr. Douglas muß sich selbst erschossen haben.«

»Das war auch unser erster Gedanke. Aber sehen Sie einmal.« Barker zog den Vorhang beiseite und zeigte auf ein großes Fenster mit Butzenscheiben, das völlig offenstand. »Und sehen Sie hier!« Er hielt die Lampe tiefer und beleuchtete einen Schmierer Blutes auf dem Fensterbrett, der wie der Abdruck einer Schuhsohle aussah. »Hier ist jemand beim Aussteigen hingetreten.«

»Sie meinen, jemand ist durch den Graben gewatet?«

»Genau.«

»Dann muß er ja, wenn Sie schon nach einer halben Minute im Zimmer waren, zu der Zeit gerade im Wasser gewesen sein.«

»Ich habe keinen Zweifel daran. Beim Himmel, ich wünschte, ich wäre zum Fenster gerannt. Aber das war ja durch den Vorhang verdeckt, wie Sie sehen, deshalb bin ich gar nicht erst auf den Gedanken gekommen. Dann habe ich die Schritte von Mrs. Douglas gehört, und die konnte ich ja nicht ins Zimmer lassen. Das wäre zu grauenhaft gewesen.«

»Grauenhaft, allerdings!« sagte der Arzt; er betrachtete den zerschmetterten Schädel und die schrecklichen Spuren ringsum. »Seit dem Zugunglück habe ich hier in Birlstone keine solchen Verletzungen mehr gesehen.«

»Ja, aber hören Sie mal«, bemerkte der Polizei-Sergeant, dessen behäbig-bukolischer Verstand noch über das offene Fenster nachgrübelte. »Das ist ja alles schön und gut, wenn Sie sagen, daß ein Mann durch diesen Graben gewatet und entwischt ist; aber ich frage Sie – wie ist er denn überhaupt ins Haus gekommen, wenn die Brücke oben war?«

»Ah, das ist allerdings die Frage«, sagte Barker.

»Um wieviel Uhr wurde sie hochgezogen?«

»Es war fast sechs Uhr«, sagte Ames, der Butler.

»Ich habe gehört«, sagte der Sergeant, »daß sie gewöhnlich bei Sonnenuntergang hochgezogen wird. Das wäre dann eher gegen halb fünf als um sechs, zu dieser Jahreszeit.«

»Mrs. Douglas hatte Besuch zum Tee«, sagte Ames. »Ich konnte die Brücke erst hochwinden, nachdem die Herrschaften gegangen waren. Darauf habe ich das eigenhändig besorgt.«

»Dann läuft es also auf Folgendes hinaus«, sagte der Sergeant. »Wenn jemand von draußen gekommen ist – ich sage *wenn* –, dann muß er vor sechs über die Brücke hineingelangt sein und sich solange versteckt haben, bis Mr. Douglas nach elf in diesen Raum kam.«

»So ist es. Mr. Douglas hat jeden Abend, bevor er sich schlafen legte, als letztes noch einen Rundgang durchs Haus gemacht, um nachzusehen, ob alle Lichter gelöscht sind. Und das hat ihn auch hierher geführt. Der Mann hat hier gelauert und ihn erschossen. Darauf hat er sein Gewehr zurückgelassen und ist durchs Fenster geflohen. So sehe ich es – alles andere würde nicht zu den Umständen passen.«

Der Sergeant hob eine Karte auf, die neben dem Toten auf dem Boden lag. Sie trug die mit Tinte flüchtig hingekritzelten Anfangsbuchstaben V. V., darunter die Zahl 341.

»Was ist denn das?« fragte er; er hielt die Karte hoch.

Barker sah sie sich neugierig an.

»Die ist mir noch gar nicht aufgefallen«, sagte er. »Die muß der Mörder zurückgelassen haben.«

»V. V. 341. Ich kann nichts damit anfangen.«

»Was bedeutet V. V.? Wahrscheinlich jemandes Initialen. Was haben Sie denn da, Dr. Wood?«

Es handelte sich um einen recht großen Hammer, der auf dem kleinen Teppich vor dem Kamin gelegen hatte – einen richtigen handwerksgerechten Hammer. Cecil Barker deutete auf den Kaminsims, wo eine Büchse mit Messingkopfnägeln stand.

»Mr. Douglas hat gestern die Bilder umgehängt«, sagte er. »Ich habe selbst gesehen, wie er auf diesem Stuhl dort stand und das große Bild darüber befestigte. Soviel zum Hammer.«

»Wir legen ihn am besten wieder auf den Teppich zurück, wo wir ihn gefunden haben«, sagte der Sergeant; in seiner Verwirrung kratzte er sich den angestrengt nachdenkenden Schädel. »Da müssen die besten Köpfe der Polizei ran, um dieser Sache auf den Grund zu kommen. Damit wird London sich befassen müssen, wenn was draus werden soll.« Er hob die Tischlampe hoch und schritt langsam im Zimmer umher. »Hallo!« rief er aufgeregt und zog den Fenstervorhang zur Seite. »Um wieviel Uhr sind diese Vorhänge zugezogen worden?«

»Als die Lampen angezündet wurden«, antwortete der Butler. »Das dürfte kurz nach vier gewesen sein.«

»Hier hat sich tatsächlich jemand versteckt.« Er senkte die Leuchte, und in der Ecke waren sehr deutlich die Abdrücke von schlammigen Stiefeln zu sehen. »Ich muß zugeben, daß das Ihre Theorie bestätigt, Mr. Barker. Es sieht so aus, als ob der

Mann nach vier, als man die Vorhänge zugezogen hat, und noch vor sechs, als die Brücke hochgezogen wurde, ins Haus gelangt ist. Dann ist er in dieses Zimmer geschlüpft, weil es das erste war, das er sah. Und weil es hier keine sonstigen Versteckmöglichkeiten gab, ist er hinter den Vorhang gezischt. Das alles scheint ziemlich klar zu sein. Wahrscheinlich hatte er einen Einbruch vor, aber Mr. Douglas hat ihn zufällig ertappt, und da hat er ihn ermordet und ist geflohen.«

»So sehe ich es auch«, sagte Barker. »Aber, sagen Sie mal, verschwenden wir nicht kostbare Zeit? Wir könnten doch schon mal anfangen, die Gegend abzusuchen, bevor der Kerl noch entkommt.«

Der Sergeant überlegte einen Augenblick.

»Vor sechs Uhr morgens fahren keine Züge, mit der Bahn kann er also nicht entkommen. Und wenn er mit seinen klatschnassen Hosen die Straße entlanggeht, dann ist es mehr als wahrscheinlich, daß ihn jemand bemerkt. Trotzdem, ich kann hier nicht fort, bevor ich abgelöst werde. Außerdem glaube ich, daß keiner von Ihnen gehen sollte, ehe wir klarer sehen, wie die Dinge liegen.«

Der Arzt hatte die Lampe ergriffen und untersuchte inzwischen sorgfältig den Leichnam.

»Was ist denn das für ein Zeichen?« fragte er. »Könnte das hier mit dem Mord in irgendeinem Zusammenhang stehen?«

Der rechte Arm des Toten ragte aus dem Schlafrock hervor und war bis zum Ellenbogen hinauf entblößt. Etwa auf halber Höhe des Unterarms befand sich eine merkwürdige braune Zeichnung, ein Dreieck in einem Kreis; sie hob sich in plastischer Deutlichkeit von der schmalzfarbenen Haut ab.

»Das ist keine Tätowierung«, sagte der Arzt; er sah es sich durch die Brille genau an. »So etwas habe ich noch nie gesehen. Dem Mann hat man einmal ein Brandzeichen aufgedrückt, so, wie man es mit dem Vieh macht. Was hat das zu bedeuten?«

»Ich will ja nicht behaupten, daß ich seine Bedeutung kenne«, sagte Cecil Barker; »aber gesehen habe ich das Zeichen die ganzen letzten zehn Jahre über an Douglas.«

»Ich auch«, sagte der Butler. »Mir ist das eigenartige Zeichen mehrmals aufgefallen, wenn der Herr die Ärmel hochgekrempelt hatte. Ich habe mich oft gefragt, was es wohl bedeutet.«

»Dann hat es jedenfalls nichts mit dem Verbrechen zu tun«, sagte der Sergeant. »Aber komisch ist es trotzdem. Alles an diesem Fall ist komisch. Ja, was ist denn jetzt los?«

Der Butler hatte einen Ausruf des Erstaunens ausgestoßen und deutete auf die ausgestreckte Hand des Toten.

»Man hat ihm den Ehering abgenommen!« stieß er hervor.

»Wie?!«

»Ja, wirklich! Der Herr trug seinen schlichten Gold-Ehering immer am kleinen Finger der linken Hand. Diesen Ring hier mit dem rohen Nugget hatte er darüberstecken, und den gewundenen Schlangenring am Mittelfinger. Da ist der Nugget, und da ist die Schlange; aber der Ehering ist fort.«

»Er hat recht«, sagte Barker.

»Wollen Sie damit sagen«, fragte der Sergeant, »daß der Ehering *unter* dem anderen gesteckt hat?«

»Immer!«

»Dann hat ihm der Mörder, oder wer immer sonst, zuerst diesen, wie Sie ihn nennen, Nugget-Ring abgezogen, danach den Ehering, und hinterher hat er ihm den Nugget-Ring wieder angesteckt.«

»So ist es.«

Der brave Dorfpolizist schüttelte das Haupt.

»Mir scheint, je schneller wir London in diesen Fall einschalten, desto besser«, sagte er. »White Mason ist ein gerissener Kerl. Hier draußen hat's noch nie'n Fall gegeben, dem White Mason nicht gewachsen war. Es wird jetzt wohl nicht mehr lange dauern, bis er hier ist und uns hilft. Aber ich seh's kommen, bis wir da durch sind, müssen wir uns doch noch an London wenden. Egal wie, 'ne Schande ist es nicht, wenn ich zugebe, daß das 'ne Nummer zu groß ist für einen wie mich.«

4. DUNKELHEIT

Um drei Uhr morgens traf, dem dringenden Ruf Sergeant Wilsons aus Birlstone folgend, der oberste Kriminalbeamte der Grafschaft Sussex aus dem Hauptquartier ein; der Traber vor seinem leichten Einspänner war außer Atem. Der Detektiv schickte dann seine Meldung morgens mit dem Fünf-Uhr-Vierzig-Zug an Scotland Yard, und um zwölf Uhr hieß er uns am Bahnhof von Birlstone willkommen. White Mason war ein ruhiger, behäbig wirkender Mann; er neigte zur Korpulenz, und mit seinem glattrasierten, rosigen Gesicht, dem lokker sitzenden Tweed-Anzug und den gewaltigen, gamaschengeschmückten Säbelbeinen sah er aus wie ein Kleinbauer oder ein Wildhüter im Ruhestand – jedenfalls wie alles andere auf der Welt denn wie ein besonders vorteilhaftes Exemplar eines Kriminalbeamten aus der Provinz.

»Ein echt hundertprozentiger Knaller, Mr. MacDonald«, wiederholte er mehrmals. »Die Presseleute stürzen sich wie die Fliegen darauf, wenn sie davon erfahren. Ich will nur hoffen, daß wir mit unserer Arbeit schon fertig sind, bevor die ihre Nasen reinstecken und alle Spuren verwischen. So was wie das hat's hier meines Wissens noch nicht gegeben. Ich müßte mich sehr irren, wenn Ihnen da nicht das eine oder andere zu schaffen machte, Mr. Holmes. Und auch Ihnen, Dr. Watson; bis wir das abschließen, hat nämlich die Medizin auch noch ein Wörtlein mitzureden. Sie wohnen im Westville Arms. Einen anderen Gasthof gibt's hier nicht, ich habe aber gehört, er ist sauber und gut. Der Mann da trägt Ihr Gepäck. Hier entlang, Gentlemen, wenn ich bitten darf.«

Er war sehr rührig und munter, dieser Kriminalpolizist aus Sussex. Nach zehn Minuten hatten wir uns einquartiert. Und nach weiteren zehn Minuten saßen wir in der guten Stube des Gasthauses, wo man uns zunächst einmal mit einer raschen

Skizzierung jener Ereignisse aufwartete, die im vorausgegangenen Kapitel in groben Zügen dargestellt wurden. MacDonald machte sich gelegentlich Notizen, dieweil Holmes versunken und mit jenem Ausdruck des Erstaunens und ehrfürchtigen Entzückens dasaß, mit dem der Botaniker eine seltene und kostbare Blume betrachtet.

»Bemerkenswert!« sagte er, als der Bericht zu Ende war. »Höchst bemerkenswert! Ich kann mich an kaum einen Fall erinnern, dessen Merkmale eigenartiger waren.«

»Ich hab mir gedacht, daß Sie das sagen würden, Mr. Holmes«, sagte White Mason hocherfreut. »Wir kommen gut mit, hier in Sussex. Jetzt hab ich Ihnen erzählt, wie die Dinge standen bis zu dem Zeitpunkt, als ich zwischen drei und vier heute früh von Sergeant Wilson übernommen hab. Ich sag's Ihnen, ich hab die alte Mähre nicht schlecht in Trab gesetzt! Aber, wie sich dann rausgestellt hat, hätt ich mich gar nicht so zu beeilen brauchen; da gab's nichts, was ich unmittelbar hätte tun können. Sergeant Wilson hatte ja die Fakten schon alle beisammen. Ich bin sie durchgegangen und hab sie erwogen; kann sein, daß ich dann selber noch ein paar beigesteuert hab.«

»Und welche wären das?« fragte Holmes gespannt.

»Naja, zuerst hab ich mal den Hammer untersucht. Dabei hat mir Dr. Wood geholfen. Wir haben daran nichts gefunden, was auf Gewaltanwendung hinweist. Ich hatte ja gehofft, daß Mr. Douglas, wenn er sich mit ihm verteidigte, dem Mörder vielleicht noch einen Denkzettel verpaßt hat, bevor er den Hammer auf den Teppich fallen ließ. Aber da war nicht ein Fleck.«

»Das beweist natürlich gar nichts«, bemerkte Inspektor MacDonald. »Bei so manchem Mord mit dem Hammer gab's am Hammer keine Spur.«

»Das stimmt. Es beweist nicht, daß er nicht benutzt wurde. Aber es hätten ja Flecken darauf sein können, und die hätten uns weitergeholfen. Tatsache ist, da waren keine. Dann hab ich mir das Gewehr vorgenommen. Es waren Patronen mit grobem Schrot, und die Abzüge, darauf hat mich Sergeant Wilson aufmerksam gemacht, waren mit Draht zusammengebunden, so daß, wenn einer am hinteren zieht, beide Läufe auf einmal losgehen. Wer immer das fabriziert hat, wollte keinesfalls riskieren, daß er seinen Mann verfehlte. Das abgesägte Gewehr war nicht länger als zwei Fuß; das könnte einer bequem unterm Mantel tragen. Es stand kein vollständiger Herstellername drauf; aber in die Vertiefung zwischen den Läufen waren die Buchstaben ›PEN‹ eingeprägt, den Rest des Namens hat die Säge abgeschnitten.«

»Ein großes ›P‹ mit einem Schnörkel darüber – ›E‹ und ›N‹ kleiner?« fragte Holmes.

»Genau.«

»Pennsylvania Small Arm Company – eine wohlbekannte amerikanische Firma«, sagte Holmes.

White Mason starrte meinen Freund an, wie ein kleiner Dorfarzt den Spezialisten aus der Harley Street anschaut, der mit einem Wort die Schwierigkeiten lösen kann, die jenen verwirren.

»Das hilft uns weiter, Mr. Holmes. Sie haben zweifellos recht. Wundervoll – wundervoll! Tragen Sie die Namen von allen Büchsenmachern der Welt im Kopf herum?«

Holmes tat das Thema mit einer Handbewegung ab.

»Kein Zweifel, das ist eine amerikanische Schrotflinte«, fuhr White Mason fort. »Ich glaub, ich hab mal gelesen, daß in einigen Ecken von Amerika abgesägte Schrotflinten als Waffe benutzt werden. Abgesehen von dem Namen auf dem Lauf war mir schon so eine Ahnung gekommen. Folglich hätten wir einen ziemlich klaren Beweis, daß dieser Mann, der ins Haus eingedrungen ist und den Hausherrn umgebracht hat, ein Amerikaner war.«

MacDonald schüttelte den Kopf. »Menschenskind, also jetzt gehen Ihnen aber wirklich die Pferde durch«, sagte er. »Ich weiß noch von keinem Beweis, daß überhaupt irgendein Fremder im Haus war.«

»Das offene Fenster, das Blut auf dem Fensterbrett, die komische Karte, die Stiefelspuren in der Ecke, das Gewehr.«

»Da ist nichts, was nicht hätte arrangiert werden können. Mr. Douglas war Amerikaner oder hat lange in Amerika gelebt. Mr. Barker ebenso. Sie brauchen also keinen Amerikaner von außen einzuführen, um Amerikanisches zu erklären.«

»Ames, der Butler...«

»Wie steht's mit ihm? Ist er zuverlässig?«

»Er war zehn Jahre bei Sir Charles Chandos – verläßlich wie ein Fels. Er ist schon bei Douglas, seit der vor fünf Jahren das Manor House übernommen hat. Ein Gewehr von dieser Art hat er noch nie im Haus gesehen.«

»Das Gewehr war zum Verstecken gedacht. Deshalb sind ja die Läufe abgesägt worden. Es würde in jede Kiste passen. Wie kann er denn beschwören, daß es kein solches Gewehr im Haus gab?«

»Tja, jedenfalls hat er nie eines gesehen.«

MacDonald schüttelte den sturen schottischen Schädel. »Ich bin noch nicht überzeugt, daß da überhaupt irgendwer im Haus war«, sagte er. »Ich bitt Sie, überlegen Sie doch mal« – sein Aberdeen-Akzent wurde deutlicher, als er sich in seine Folgerungen verlor. »Ich bitt Sie, überlegen Sie doch mal, was daraus folgt, wenn Sie voraussetzen, daß es eine Person von außen war, die das Gewehr ins Haus geschafft und all diese seltsamen Dinge angestellt hat. Oh, Menschenskind, das ist doch einfach undenkbar! Das geht glatt gegen den gesunden Menschenverstand. Ich will Ihnen sagen, Mr. Holmes, was ich nach allem Gehörten davon halte.«

»Nun, tragen Sie Ihren Fall vor, Mr. Mac«, sagte Holmes in seinem schönsten Richterton.

»Der Mann ist kein Einbrecher; vorausgesetzt, es gibt ihn überhaupt. Die Ringgeschichte und die Karte deuten auf vorsätzlichen Mord aus irgendeinem persönlichen Grund. Sehr gut. Da ist also ein Mann, der in ein Haus schlüpft mit der wohlbedachten Absicht, einen Mord zu begehen. Er weiß – wenn er überhaupt was weiß –, daß er bei seiner Flucht Schwierigkeiten haben wird, weil das Haus von Wasser umgeben ist. Was für eine Waffe wird er wählen? Man sollte meinen, die leiseste von der Welt. Dann kann er nämlich hoffen, nach vollbrachter Tat rasch aus dem Fenster zu schlüpfen, durch den Graben zu waten und sich in aller Ruhe aus dem Staub zu machen. Das wäre einleuchtend. Aber ist es einleuchtend, daß er so verrückt sein soll, die lauteste Waffe mitzubringen, die er kriegen kann, wo er doch wohl weiß, daß die jeden Menschen im Haus sofort im Sauseschritt herbeilockt und daß er höchstwahrscheinlich gesehen wird, ehe er noch über den Graben gelangen kann? Ist das glaubhaft, Mr. Holmes?«

»Tja, Sie haben den Fall überzeugend dargestellt«, erwiderte mein Freund nachdenklich. »Die Sache bedarf gewiß einer ganzen Menge von Erklärungen. Darf ich fragen, Mr. White Mason, ob Sie gleich die andere Seite des Grabens untersucht haben, um festzustellen, ob es dort irgendwelche Anzeichen dafür gab, daß der Mann aus dem Wasser gestiegen ist?«

»Da gab's keine Anzeichen, Mr. Holmes. Allerdings handelt es sich um eine Steinkante, und da kann man kaum welche erwarten.«

»Keine Schuhabdrücke oder Fußspuren?«

»Nichts.«

»Ha! Hätten Sie etwas dagegen, Mr. White Mason, wenn wir gleich zum Haus gingen? Vielleicht gibt es dort noch die eine oder andere Kleinigkeit, die uns anregen könnte.«

»Das wollt ich gerade vorschlagen, Mr. Holmes, aber ich hielt es für richtig, Sie mit allen Fakten vertraut zu machen, bevor wir gehen. Ich nehme an, wenn Ihnen was auffällt ...« White Mason sah den Amateur voller Zweifel an.

»Ich habe schon mit Mr. Holmes gearbeitet«, sagte Inspektor MacDonald. »Er hält sich an die Spielregeln.«

»Zumindest an meine Vorstellung von den Spielregeln«, sagte Holmes lächelnd. »Ich nehme mich eines Falles an, um die Ziele der Gerechtigkeit und die Arbeit der Polizei zu unterstützen. Wenn sich mein Weg einmal vom amtlichen trennte, so deswegen, weil man sich zuerst von mir getrennt hat. Ich habe nicht den Wunsch, auf Kosten anderer einen Vorteil zu erzielen. Gleichzeitig jedoch, Mr. White Mason, nehme ich das

Recht in Anspruch, auf meine Weise zu arbeiten und meine Resultate zu einem von mir gewählten Zeitpunkt bekanntzugeben – und dann lieber vollständig als etappenweise.«

»Ihre Anwesenheit ist uns natürlich eine Ehre, und Ihnen alles zu zeigen, was wir wissen, auch«, sagte White Mason herzlich. »Kommen Sie, Dr. Watson; später einmal hoffen wir alle auf ein Plätzchen in Ihrem Buch.«

Wir spazierten die malerische Dorfstraße hinunter, durch eine Reihe gestutzter Ulmen zu beiden Seiten. Just dahinter standen zwei uralte, verwitterte und von Flechten bedeckte Steinpfeiler, deren Spitzen ein formloses Etwas trugen, das weiland den aufgerichteten Löwen des Capus von Birlstone dargestellt hatte. Ein kurzer Marsch längs der gewundenen Auffahrt, mit Rasen und Eichen ringsum von solcher Art, wie man sie nur im ländlichen England findet; dann eine plötzliche Biegung, und da lag das langgestreckte, niedrige Haus aus König James' Zeiten mit seinen schmutzigen, leberfarbenen Ziegelsteinen vor uns; zu beiden Seiten erstreckte sich ein altmodischer Garten mit beschnittenen Eiben. Als wir näherkamen, sahen wir die hölzerne Zugbrücke und den schönen breiten Burggraben; er lag so still und klar wie Quecksilber im kalten winterlichen Sonnenschein. Drei Jahrhunderte waren an dem alten Manor House vorübergeflossen, Jahrhunderte der Geburt und des Heimgangs, der Reihentänze und der Fuchsjagden. Sonderbar, daß nun, im hohen Alter, diese dunkle Begebenheit ihren Schatten auf die ehrwürdigen Mauern werfen sollte. Und doch waren diese seltsamen spitzen Dächer und malerisch überhängenden Giebel ein passender Rahmen für finstere und schreckliche Machenschaften. Als ich die tiefliegenden Fenster und die langgestreckte Flucht der mattfarbenen, wasserbeleckten Fassade betrachtete, schien es mir, als könnte es keine passendere Kulisse für solch eine Tragödie geben.

»Das ist das Fenster«, sagte White Mason; »das da unmittelbar rechts von der Zugbrücke. Es steht noch so offen, wie es letzte Nacht vorgefunden wurde.«

»Es sieht ziemlich schmal aus für einen Mann zum Durchschlüpfen.«

»Naja, dick war der Mann jedenfalls nicht. Da brauchen wir nicht Ihre Deduktionen, Mr. Holmes, um das festzustellen. Aber Sie oder ich könnten uns allemal durchquetschen.«

Holmes trat an den Grabenrand und blickte hinüber. Dann untersuchte er die Steinkante und die angrenzende Grasumsäumung.

»Ich hab's mir gut angesehen, Mr. Holmes«, sagte White Mason. »Dort gibt's nichts; kein Anzeichen, daß jemand an Land gegangen ist. Aber warum sollte er auch ein Zeichen hinterlassen?«

»Genau. Warum sollte er? Ist das Wasser immer trübe?«

»Meistens etwa so wie jetzt. Der Bach bringt Lehm mit.«

»Wie tief ist es denn?«

»Ungefähr zwei Fuß an den Rändern und drei in der Mitte.«

»So können wir also jeden Gedanken, daß der Mann beim Durchqueren ertrunken ist, vergessen?«

»Allerdings; darin könnte nicht einmal ein Kind ertrinken.«

Wir gingen über die Zugbrücke und wurden von einer wunderlichen, knorrigen, vertrockneten Person eingelassen – dem Butler Ames. Der arme alte Knabe zitterte und war weiß von dem Schock. Der Dorfpolizist, ein hochgewachsener, förmlicher, melancholischer Mann, hielt immer noch Wache im Todeszimmer. Der Arzt war gegangen.

»Irgendwas Neues, Sergeant Wilson?« fragte White Mason.

»Nein, Sir.«

»Dann können Sie jetzt nach Hause gehen. Genug für heute. Wir können ja nach Ihnen schicken, wenn wir Sie brauchen. Der Butler wartet besser draußen. Sagen Sie ihm, er soll Mr. Cecil Barker, Mrs. Douglas und die Haushälterin verständigen, daß wir dann ein paar Worte mit ihnen reden möchten. Und jetzt, Gentlemen, erlauben Sie mir vielleicht, daß ich Ihnen zuerst meine Ansicht vortrage, und dann können Sie sich Ihre eigene bilden.«

Er beeindruckte mich, dieser Spezialist vom Lande. Er hatte die Tatsachen fest im Griff und besaß einen kühlen, klaren, nüchternen Verstand, mit dem er es in seinem Beruf noch recht weit bringen sollte. Holmes hörte ihm aufmerksam zu, ohne ein Anzeichen jener Ungeduld, die ein Vertreter der Beamtenschaft nur allzu oft bei ihm hervorrief.

»Ist es Selbstmord oder ist es Mord – so lautet unsere erste Frage, Gentlemen, nicht wahr? Wenn es Selbstmord war, dann müssen wir annehmen, daß dieser Mann zunächst seinen Ehering abgezogen und versteckt hat; daß er dann im Schlafrock runterkam, hier in einer Ecke hinter dem Vorhang Schlamm zertrampelte, um glauben zu machen, jemand habe ihm aufgelauert; daß er das Fenster öffnete und Blut verschmierte auf dem...«

»Das können wir mit Sicherheit ausschließen«, sagte MacDonald.

»Das denke ich auch. Selbstmord scheidet aus. Dann wurde also ein Mord verübt. Was wir herausfinden müssen, ist, ob der Täter von außerhalb kommt oder zum Haus gehört.«

»Na, dann lassen Sie mal Ihre Beweisführung hören.«

»Da gibt es bei beiden Möglichkeiten beträchtliche Schwierigkeiten, und dennoch muß die eine oder die andere zutreffen. Nehmen wir zuerst einmal an, daß eine oder mehrere Personen aus dem Haus das Verbrechen begangen haben. Man hat also diesen Mann zu einem Zeitpunkt hierher runtergeholt, als alles still war, aber noch niemand schlief. Dann hat man die Tat mit der verrücktesten und lautesten Waffe der Welt begangen, um jedermann zu verkünden, was passiert ist – einer Waffe, die nie zuvor im Haus gesehen wurde. Das scheint nicht sehr glaubhaft für den Anfang, oder?«

»Nein, allerdings nicht.«

»Schön, dann sind sich alle einig, daß nach dem Alarm höchstens eine Minute verstrichen ist, bis das ganze Haus – nicht nur Mr. Cecil Barker, obwohl er behauptet, der erste gewesen zu sein, sondern auch Ames und alle anderen – zur Stelle war. Wollen Sie mir weismachen, daß es der Täter in dieser Zeitspanne geschafft hat, in der Ecke Fußspuren zu fabrizieren, das Fenster zu öffnen, den Sims mit Blut zu bestreichen, den Ehering vom Finger des Toten zu ziehen und was sonst noch alles? Unmöglich!«

»Sie haben die Sache sehr klar dargestellt«, sagte Holmes. »Ich bin geneigt, Ihnen zuzustimmen.«

»Schön, dann führt uns das zu der Theorie zurück, daß es jemand von draußen getan hat. Wir stehen zwar immer noch vor einigen großen Schwierigkeiten, aber immerhin sind es keine Unmöglichkeiten mehr. Der Mann gelangte also zwischen halb fünf und sechs ins Haus – das heißt, zwischen Dämmerung und dem Zeitpunkt, als die Brücke hochgezogen wurde. Es war Besuch da, und das Tor stand offen; so gab's nichts, was ihm in die Quere kommen konnte. Vielleicht war er ein gewöhnlicher Einbrecher; oder er hatte womöglich einen persönlichen Groll gegen Mr. Douglas. Da Mr. Douglas den größten Teil seines Lebens in Amerika verbracht hat und diese Schrotflinte eine amerikanische Waffe zu sein scheint, sieht es so aus, als sei der persönliche Groll die wahrscheinlichere Theorie. Er schlüpft also in dieses Zimmer, weil es das erste beste ist, und versteckt sich hinter dem Vorhang. Dort harrt er bis nach elf Uhr aus. Zu diesem Zeitpunkt betritt Mr. Douglas das Zimmer. Wenn's überhaupt zu einem Wortwechsel gekommen ist, dann nur zu einem kurzen, denn Mrs. Douglas gibt an, daß ihr Mann erst ein paar Minuten von ihr weg war, als sie den Schuß hörte.«

»Das beweist die Kerze«, sagte Holmes.

»Genau. Die Kerze war neu; sie ist nicht mehr als einen halben Zoll runtergebrannt. Er muß sie auf den Tisch gestellt haben, bevor er angegriffen wurde, denn sonst wäre sie natürlich mit ihm zu Boden gefallen. Das beweist, daß er nicht sofort beim Betreten des Zimmers angegriffen wurde. Als dann Mr. Barker kam, wurde die Lampe angezündet und die Kerze gelöscht.«

»Das alles ist durchaus klar.«

»Schön, dementsprechend können wir jetzt die Geschichte rekonstruieren. Mr. Douglas betritt das Zimmer. Er stellt die

Kerze ab. Ein Mann kommt hinter dem Vorhang hervor. Er ist mit diesem Gewehr bewaffnet. Er verlangt den Ehering – warum, weiß nur der Himmel, aber so muß es gewesen sein. Mr. Douglas gibt ihn her. Dann erschießt er Douglas auf diese grauenhafte Weise; und zwar entweder kaltblütig oder im Verlauf eines Kampfes – dabei griff Douglas vielleicht zu dem Hammer, den man auf dem Teppich gefunden hat. Der Mann ließ sein Gewehr fallen und anscheinend auch diese komische Karte, ›V. V. 341‹, was immer das bedeuten mag; und in genau dem Augenblick, wo Cecil Barker das Verbrechen entdeckt, macht er sich durchs Fenster und über den Graben aus dem Staub. Wie hört sich das an, Mr. Holmes?«

»Höchst interessant, aber nicht bis ins letzte überzeugend.«

»Menschenskind, es würde sich wie absoluter Unsinn anhören, wenn nicht jede andere Erklärung noch schlechter wäre«, rief MacDonald. »Jemand hat den Mann umgebracht; aber ganz gleich, wer es war – ich könnte Ihnen klar beweisen, daß er es auf eine andere Weise hätte tun sollen. Was hat es zu bedeuten, daß er sich freiwillig derartig den Rückzug abschneidet? Was hat es zu bedeuten, daß er eine Schrotflinte benutzte, wo doch Stille seine einzige Fluchtmöglichkeit war? Los, Mr. Holmes, jetzt sind Sie dran, uns einen Ausweg zu zeigen, denn Sie behaupten ja, daß Mr. White Masons Theorie nicht überzeugend ist.«

Während dieser langen Diskussion hatte Holmes mit gespannter Aufmerksamkeit dagesessen; ihm entging kein Wort, das gesprochen wurde, seine scharfen Augen schossen nach rechts und nach links, und beim Nachgrübeln runzelte sich seine Stirn.

»Ich hätte gern noch ein paar Fakten mehr, bevor ich zu einer Theorie gelange, Mr. Mac«, sagte er; er kniete neben der Leiche nieder. »Meine Güte! Diese Verletzungen sind wirklich schauderhaft. Können wir den Butler für einen Augenblick hereinbitten? ... Ames, ich nehme an, Sie haben dieses äußerst ungewöhnliche Zeichen, ein eingebranntes Dreieck in einem Kreis, auf Mr. Douglas' Unterarm schon oft gesehen?«

»Häufig, Sir.«

»Und Sie haben nie Vermutungen gehört, was es bedeutet?«

»Nein, Sir.«

»Es anzubringen muß große Schmerzen verursacht haben. Es handelt sich unzweifelhaft um ein Brandzeichen. Nun, Ames, ich stelle fest, daß am Kieferwinkel von Mr. Douglas ein kleines Stück Pflaster klebt. Haben Sie das schon bemerkt, als er noch am Leben war?«

»Ja, Sir; er hat sich gestern morgen beim Rasieren geschnitten.«

»Wissen Sie, ob er sich früher schon einmal beim Rasieren geschnitten hat?«

»Schon sehr lange nicht mehr, Sir.«

»Das gibt zu denken!« sagte Holmes. »Es kann natürlich ein reiner Zufall sein; vielleicht ist es aber auch Anzeichen einer gewissen Nervosität, die darauf hindeuten würde, daß er Grund hatte, eine Gefahr zu fürchten. Haben Sie gestern in seinem Verhalten etwas Ungewöhnliches bemerkt, Ames?«

»Mir fiel auf, daß er ein wenig unruhig und erregt war, Sir.«

»Aha! Der Überfall erfolgte möglicherweise doch nicht ganz unerwartet. Wir scheinen tatsächlich kleine Fortschritte zu machen. Vielleicht würden Sie lieber die Befragung fortsetzen, Mr. Mac?«

»Nein, Mr. Holmes; sie ist in den besten Händen.«

»Nun, dann wollen wir uns einmal dieser Karte zuwenden – ›V. V. 341‹. Sie besteht aus grober Pappe. Haben Sie welche von der Sorte im Haus?«

»Ich glaube nicht.«

Holmes ging hinüber zum Schreibtisch und tupfte aus jedem Fläschchen ein wenig Tinte auf das Löschpapier. »Sie wurde nicht in diesem Zimmer beschriftet«, sagte er; »diese Tinte ist schwarz und die andere purpurfarben. Außerdem hat man eine breite Feder verwendet, und diese hier sind fein. Nein, sie wurde anderswo beschriftet, würde ich sagen. Können Sie mit der Aufschrift etwas anfangen, Ames?«

»Nein, Sir, nichts.«

»Was meinen Sie, Mr. Mac?«

»Auf mich macht es den Eindruck von einer Art Geheimbund. So wie dieses Zeichen auf dem Unterarm.«

»So kommt es mir auch vor«, sagte White Mason.

»Nun, dann können wir das als Arbeitshypothese nehmen und zusehen, wie weit unsere Schwierigkeiten sich verflüchtigen. Ein Agent eines solchen Bundes verschafft sich also Zutritt ins Haus, wartet auf Mr. Douglas, sprengt ihm mit dieser Waffe fast den Schädel weg und macht sich, den Graben durchwatend, davon, nachdem er neben dem Toten eine Karte zurückgelassen hat, die, wenn die Zeitungen sie erwähnen, den übrigen Mitgliedern des Bundes anzeigen wird, daß die Rache vollzogen wurde. Dies alles ergibt einen Zusammenhang. Aber warum von allen Waffen dieses Gewehr?«

»Genau.«

»Und warum der fehlende Ring?«

»Ganz recht.«

»Und warum noch keine Festnahme? Es ist jetzt nach zwei. Ich nehme selbstverständlich an, daß seit dem Morgengrauen jeder Constable im Umkreis von vierzig Meilen nach einem durchnäßten Unbekannten Ausschau hält?«

»So ist es, Mr. Holmes.«

»Schön; wenn er nicht gerade einen Unterschlupf in der Nähe oder Kleider zum Wechseln bei der Hand hat, können sie ihn kaum verfehlen. Und doch *haben* sie ihn bis jetzt verfehlt.« Holmes war an das Fenster getreten und untersuchte mit seiner Lupe die Blutspur auf dem Sims. »Es handelt sich eindeutig um den Abdruck eines Schuhs. Er ist bemerkenswert breit – ein Spreizfuß, könnte man sagen. Merkwürdig, denn soweit sich in dieser schlammverschmutzten Ecke irgendwelche Fußspuren feststellen lassen, sieht es nach einer schmaleren Sohle aus. Aber die Spuren sind natürlich sehr undeutlich. Was liegt denn dort unter dem Seitentisch?«

»Mr. Douglas' Hanteln«, sagte Ames.

»Hantel – da liegt nur eine. Wo ist denn die andere?«

»Das weiß ich nicht, Mr. Holmes. Vielleicht gibt es nur eine. Ich habe schon monatelang nicht darauf geachtet.«

»Eine einzige Hantel ...« sagte Holmes nachdenklich, aber seine Bemerkung wurde durch ein scharfes Pochen an der Tür unterbrochen. Ein hochgewachsener, sonnengebräunter, tüchtig aussehender, glattrasierter Mann schaute zu uns herein. Es fiel mir nicht schwer zu erraten, daß dies jener Cecil Barker war, von dem ich bereits gehört hatte. Mit einem fragenden Blick schweiften seine gebieterischen Augen rasch von einem zum anderen.

»Tut mir leid, wenn ich Ihre Beratungen störe«, sagte er, »aber Sie sollten mal das Neueste hören.«

»Eine Festnahme?«

»Das leider nicht. Aber man hat sein Fahrrad gefunden. Der Kerl hat sein Fahrrad zurückgelassen. Kommen Sie und sehen Sie sich's an. Es steht keine hundert Yards vom Eingang entfernt.«

Wir fanden drei oder vier Knechte und Müßiggänger vor, die an der Auffahrt standen und ein Fahrrad inspizierten, welches man aus einem Immergrüngebüsch gezogen hatte, worin es versteckt gewesen war. Es handelte sich um ein ziemlich abgenutztes *Rudge-Whitworth* – mit Spritzflecken, wie nach einer recht langen Fahrt. Eine Satteltasche mit Schraubenschlüssel und Ölkännchen war vorhanden; aber kein Hinweis auf den Eigentümer.

»Für die Polizei wäre es eine große Hilfe«, sagte der Inspektor, »wenn diese Dinger numeriert und registriert würden. Aber wir müssen dankbar sein für das, was wir haben. Wenn wir schon nicht herausfinden können, wohin er gegangen ist, so kriegen wir wahrscheinlich wenigstens raus, woher er gekommen ist. Aber was um Himmels willen hat den Kerl veranlaßt, es zurückzulassen? Und wie um alles in der Welt ist er ohne es abgehauen? In die Sache läßt sich anscheinend noch immer kein Fünkchen Licht bringen, Mr. Holmes.«

»Wirklich nicht?« antwortete mein Freund gedankenvoll. »Mal sehen!«

5. DIE PERSONEN DES DRAMAS

»Haben Sie vom Arbeitszimmer alles gesehen, was Sie sehen wollten?« fragte White Mason, als wir das Haus wieder betraten.

»Vorläufig ja«, sagte der Inspektor, und Holmes nickte.

»Dann würden Sie jetzt vielleicht gern die Aussagen einiger Leute vom Haus hören? Wir könnten das Speisezimmer benutzen, Ames. Kommen Sie bitte zuerst und erzählen Sie uns, was Sie wissen.«

Der Bericht des Butlers war einfach und klar; er vermittelte einen überzeugenden Eindruck von Aufrichtigkeit. Er sei vor fünf Jahren, gleich als Mr. Douglas nach Birlstone kam, eingestellt worden. Er wisse, daß Mr. Douglas ein reicher Gentleman sei, der sein Geld in Amerika gemacht habe. Er sei ein freundlicher und rücksichtsvoller Brotherr gewesen – vielleicht nicht ganz so einer, wie er, Ames, es gewohnt gewesen sei, aber man könne nicht alles haben. Niemals habe er irgendwelche Zeichen von Furcht an Mr. Douglas bemerkt – im Gegenteil, er sei der furchtloseste Mann gewesen, den er je kennengelernt habe. Er habe Anweisung gegeben, jeden Abend die Zugbrücke hochzuziehen, weil das ein überlieferter Brauch des alten Hauses war und er die alten Sitten aufrechterhalten wollte. Mr. Douglas sei selten nach London gefahren – ebenso selten habe er das Dorf verlassen; allerdings habe er am Tag vor dem Verbrechen in Tunbridge Wells Einkäufe gemacht. Er, Ames, habe an diesem Tag eine gewisse Unruhe und Gereiztheit an Mr. Douglas beobachtet, er habe nämlich ungeduldig und leicht erregbar gewirkt, was bei ihm ungewöhnlich gewesen sei. An jenem Abend sei er, Ames, noch nicht zu Bett gegangen, sondern habe sich in der Geschirrkammer hinten im Haus aufgehalten und eben das Silber weggeräumt, als er ein ungestümes Klingeln der Glocke vernommen habe. Er habe keinen Schuß gehört; aber das sei auch kaum möglich, da die Geschirrkammer und die Küchen sich im hintersten Teil des Hauses befänden und mehrere verschlossene Türen sowie ein langer Flur dazwischen lägen. Die Haushälterin sei, vom ungestümen Klingeln aufgeschreckt, aus ihrem Zimmer gekommen. Sie seien beide zusammen in den vorderen Teil gegangen. Am Fuß der Treppe angelangt, habe er Mrs. Douglas herunterkommen sehen. Nein, sie sei nicht in Eile gewesen – sonderlich beunruhigt sei sie ihm nicht vorgekommen. Just als sie den Treppenfuß erreicht habe, sei Mr. Barker aus dem Arbeitszimmer gestürzt. Er habe Mrs. Douglas aufgehalten und sie gebeten, zurückzugehen.

»Um Gottes willen, gehen Sie in Ihr Zimmer zurück!« habe er gerufen. »Der arme Jack ist tot. Sie können nichts mehr tun. Um Gottes willen, gehen Sie zurück!«

Nach einiger Überredung auf der Treppe sei Mrs. Douglas wieder hinaufgegangen. Sie habe nicht geschrien. Kein einziger Ausruf sei zu hören gewesen. Mrs. Allen, die Haushälterin, habe sie nach oben gebracht und sei bei ihr im Schlafzimmer geblieben. Er, Ames, und Mr. Barker seien dann in das Arbeitszimmer zurückgekehrt, wo sie alles genau so vorgefunden hätten, wie es die Polizei gesehen habe. Die Kerze sei zu diesem Zeitpunkt nicht angezündet gewesen, aber die Lampe habe gebrannt. Sie hätten aus dem Fenster geschaut; die Nacht sei jedoch sehr dunkel gewesen, und man habe nichts erkennen oder hören können. Darauf seien sie in die Halle hinausgestürzt, wo er, Ames, die Winde betätigt habe, um die Zugbrücke herabzulassen. Mr. Barker sei dann davongeeilt, um die Polizei zu holen.

So lautete, im wesentlichen, die Aussage des Butlers.

Der Bericht von Mrs. Allen, der Haushälterin, bestätigte im großen und ganzen den ihres Mitangestellten. Ihr Zimmer liege etwas weiter vorn als die Geschirrkammer, wo Ames gerade gearbeitet habe. Sie habe sich eben angeschickt, zu Bett zu gehen, als das laute Klingeln der Glocke ihre Aufmerksamkeit erregt habe. Sie sei ein wenig schwerhörig. Vielleicht habe sie deshalb den Knall des Schusses nicht gehört, aber das Arbeitszimmer liege ja sowieso ein ganzes Stück entfernt. Sie erinnere sich, ein Geräusch gehört und es für das Zuschlagen einer Tür gehalten zu haben. Das sei jedoch erheblich früher gewesen – mindestens eine halbe Stunde vor dem Klingeln. Als Mr. Ames in den vorderen Teil gerannt sei, habe sie sich ihm angeschlossen. Dann habe sie Mr. Barker sehr blaß und aufgeregt aus dem Arbeitszimmer kommen sehen. Er habe Mrs. Douglas abgefangen, die gerade die Treppe heruntergekommen sei. Auf seine dringende Bitte, umzukehren, habe sie etwas erwidert; aber was sie gesagt habe, sei nicht zu verstehen gewesen.

»Bringen Sie sie nach oben. Bleiben Sie bei ihr!« habe er zu ihr, Mrs. Allen, gesagt.

Folglich habe sie Mrs. Douglas ins Schlafzimmer gebracht und versucht, sie zu trösten. Höchst aufgeregt sei sie gewesen, am ganzen Leibe zitternd; sie habe jedoch keinen weiteren Versuch unternommen, hinabzugehen. Sie habe bloß noch vor dem Kamin ihres Schlafzimmers gesessen, im Morgenmantel und den Kopf in die Hände gesenkt. Den größten Teil der Nacht sei sie, Mrs. Allen, bei ihr geblieben. Was die übrigen Dienstboten betreffe, so seien sie alle schon zu Bett gegangen und man habe sie erst kurz vor dem Eintreffen der Polizei alarmiert. Sie schliefen im hintersten Teil des Hauses und hätten unmöglich irgend etwas hören können.

Soweit die Haushälterin – die beim Kreuzverhör nichts hinzufügen konnte außer Wehklagen und Bekundungen des Entsetzens.

Mr. Cecil Barker folgte Mrs. Allen als Zeuge. Was die Vorkommnisse der vergangenen Nacht betraf, hatte er dem, was er der Polizei bereits mitgeteilt hatte, sehr wenig hinzuzufügen. Er persönlich sei überzeugt, daß der Mörder durchs Fenster entflohen sei. Der Blutfleck sei, seiner Meinung nach, ein schlagender Beweis. Überdies habe es, da die Brücke oben gewesen sei, gar keine andere Fluchtmöglichkeit gegeben. Er könne sich nicht erklären, was mit dem Mörder geschehen sei oder warum er nicht das Fahrrad genommen habe, wenn es denn wirklich ihm gehöre. Unmöglich könne er im Graben ertrunken sein, der an keiner Stelle mehr als drei Fuß tief sei.

Er selbst habe eine sehr klare Theorie bezüglich des Mordes. Douglas sei ein verschwiegener Mann gewesen, und über einige Kapitel in seinem Leben habe er nie gesprochen. Als sehr junger Mann sei er aus Irland nach Amerika ausgewandert. Dort sei ihm alles wohl gediehen, und er, Barker, sei ihm erstmals in Kalifornien begegnet, wo sie auf einem ertragreichen Claim bei einem Ort namens Benito Canyon Partner geworden seien. Es sei sehr gut gelaufen, aber Douglas habe plötzlich verkauft und sei nach England abgereist. Damals sei er noch Witwer gewesen. Er, Barker, habe sein Vermögen später flüssig gemacht und sei nach London übergesiedelt. Auf diese Weise hätten sie ihre Freundschaft erneuert. Douglas habe auf ihn den Eindruck von jemandem gemacht, der von einer Gefahr bedroht sei, und er, Barker, habe seinen plötzlichen Weggang von Kalifornien und die Tatsache, daß er sich in einem so ruhigen Flecken Englands ein Haus gepachtet habe, immer im Zusammenhang mit dieser Gefahr gesehen. Seiner Meinung nach sei irgendein Geheimbund, irgendeine unerbittliche Organisation Douglas auf der Spur gewesen und würde erst nach seiner Ermordung Ruhe geben. Einige Bemerkungen von Douglas hätten ihn zu dieser Ansicht gebracht, obwohl Douglas ihm nie erzählt habe, was das für ein Bund sei oder inwiefern er ihn gegen sich aufgebracht habe. Er könne nur vermuten, daß die Aufschrift auf der Karte irgendeinen Hinweis auf diesen Geheimbund darstelle.

»Wie lange waren Sie mit Douglas in Kalifornien?« fragte Inspektor MacDonald.

»Insgesamt fünf Jahre.«

»Er war Junggeselle, sagen Sie?«

»Witwer.«

»Haben Sie einmal gehört, woher seine erste Frau stammte?«

»Nein; ich erinnere mich nur, daß er mal gesagt hat, sie sei deutscher Abstammung gewesen; und ein Bild von ihr habe ich gesehen. Sie war eine sehr schöne Frau. Sie starb an Typhus, ein Jahr bevor ich ihn kennengelernt habe.«

»Sie bringen seine Vergangenheit nicht mit einer bestimmten Gegend Amerikas in Verbindung?«

»Von Chicago hat er gesprochen. Diese Stadt kannte er gut; er hatte dort gearbeitet. Dann erwähnte er mal die Kohle- und Eisenreviere. Er war seinerzeit sehr viel unterwegs.«

»War er Politiker? Hatte dieser Geheimbund mit Politik zu tun?«

»Nein; er machte sich nichts aus Politik.«

»Sie haben keinen Grund zu der Annahme, daß es um ein Verbrechen ging?«

»Im Gegenteil; ich habe in meinem Leben noch nie einen so rechtschaffenen Mann getroffen.«

»Gab es irgend etwas Auffälliges an seiner Lebensweise in Kalifornien?«

»Ihm war es am liebsten, auf unserem Claim in den Bergen zu bleiben und zu arbeiten. Wenn es sich vermeiden ließ, wollte er nie dorthin, wo andere Menschen waren. Deswegen kam mir zum ersten Mal der Verdacht, daß jemand hinter ihm her sei. Als er sich dann so plötzlich nach Europa absetzte, war ich mir dessen sicher. Ich glaube, er war irgendwie gewarnt. Eine Woche nach seiner Abreise hat sich ein halbes Dutzend Männer nach ihm erkundigt.«

»Was denn für Männer?«

»Naja, das war ein mächtig hart aussehender Haufen. Sie kamen zum Claim herauf und wollten wissen, wo er steckt. Ich habe ihnen erzählt, er sei nach Europa gegangen; ich wüßte aber nicht, wo er sich dort aufhalte. Die hatten nichts Gutes im Sinn, das war leicht zu erkennen.«

»Waren diese Männer Amerikaner – Kalifornier?«

»Also, ob das Kalifornier waren, weiß ich nicht. Auf jeden Fall waren es Amerikaner. Aber keine Goldgräber. Ich weiß nicht, was sie waren, und ich war sehr froh, sie wieder von hinten zu sehen.«

»Und das war vor sechs Jahren?«

»Eher sieben.«

»Und dann waren Sie ja fünf Jahre in Kalifornien zusammen, so daß diese Geschichte nicht weniger als mindestens elf Jahre zurückliegt?«

»So ist es.«

»Das muß aber eine sehr ernste Fehde gewesen sein, wenn man sie mit solcher Beharrlichkeit so lange aufrechterhalten hat. Die Ursache dafür war wohl keine Kleinigkeit.«

»Ich glaube, die Sache hat sein ganzes Leben überschattet. Sie ist ihm nie völlig aus dem Kopf gegangen.«

»Aber wenn ein Mann in Gefahr schwebt und weiß, worum es geht, meinen Sie dann nicht, daß er sich zu seinem Schutz an die Polizei wenden würde?«

»Vielleicht war das eine Gefahr, gegen die man ihn nicht schützen konnte. Da gibt es etwas, das Sie wissen sollten: Er lief immer bewaffnet herum. Der Revolver steckte ständig in seiner Tasche. Aber unglücklicherweise hat er gestern abend den Schlafrock angehabt und den Revolver im Schlafzimmer gelassen. Ich schätze, sobald die Brücke oben war, glaubte er sich in Sicherheit.«

»Ich hätte diese Daten gern ein bißchen präziser«, sagte MacDonald. »Es ist also genau sechs Jahre her, daß Douglas Kalifornien verlassen hat. Und Sie sind ihm im Jahr darauf gefolgt, ja?«

»So ist es.«

»Und er ist seit fünf Jahren verheiratet. Sie müssen also ungefähr zur Zeit seiner Vermählung zurückgekehrt sein.«

»Etwa einen Monat davor. Ich war Brautführer.«

»Kannten Sie Mrs. Douglas schon vor ihrer Hochzeit?«

»Nein. Ich war ja zehn Jahre von England weg.«

»Aber Sie haben sie seither ziemlich oft gesehen?«

Barker sah den Detektiv finster an.

»Ich habe *ihn* seither ziemlich oft gesehen«, antwortete er. »Wenn ich sie gesehen habe, dann deshalb, weil man schlecht einen Mann besuchen kann, ohne dabei seine Frau kennenzulernen. Wenn Sie glauben, da gibt es irgendeinen Zusammenhang ...«

»Ich glaube gar nichts, Mr. Barker. Ich bin verpflichtet, alle Fragen zu stellen, die mit dem Fall zu tun haben könnten. Ich will Sie ja nicht beleidigen.«

»Gewisse Fragen sind aber beleidigend«, erwiderte Barker ärgerlich.

»Was wir wollen, sind nur die Fakten. Es liegt in Ihrem und aller Interesse, daß sie aufgeklärt werden. Hat Mr. Douglas Ihre Freundschaft zu seiner Frau uneingeschränkt gebilligt?«

Barker erbleichte, und seine großen kräftigen Fäuste ballten sich konvulsivisch zusammen.

»Sie haben kein Recht, solche Fragen zu stellen!« rief er. »Was hat das mit der Untersuchung des Falles zu tun?«

»Ich muß die Frage wiederholen.«

»Schön, und ich verweigere die Antwort.«

»Sie können die Antwort verweigern, aber dann müssen Sie sich darüber im klaren sein, daß Ihre Verweigerung an sich schon eine Antwort ist, denn Sie würden sie ja nicht verweigern, wenn Sie nicht etwas zu verbergen hätten.«

Barker stand einen Augenblick lang mit grimmigem Gesicht da; er dachte angestrengt nach, und seine kräftigen, schwarzen Augenbrauen zogen sich tief herab. Dann sah er auf und lächelte.

»Na gut, ich schätze, die Gentlemen tun schließlich nur ihre Pflicht, und ich habe kein Recht, Ihnen dabei im Weg zu stehen. Ich möchte Sie nur bitten, Mrs. Douglas nicht mit dieser Frage zu belästigen; sie hat jetzt schon genug auf dem Hals. Ich darf Ihnen versichern, der arme Douglas hatte nur einen einzigen Fehler, und das war seine Eifersucht. Er mochte mich sehr – kein Mann könnte einen Freund noch mehr mögen. Und seine Frau hat er angebetet. Er liebte es, wenn ich hierher kam, und hat immerzu nach mir geschickt. Und doch, wenn seine Frau und ich miteinander sprachen oder es nur den Anschein von Sympathie zwischen uns gab, konnte ihn die Eifersucht wie eine Welle überkommen, und er brauste auf und sagte im Nu die wildesten Sachen. Mehr als einmal habe ich deshalb geschworen, nicht mehr zu kommen, und daraufhin konnte er so reuige, flehentliche Briefe schreiben, daß ich einfach nachgeben mußte. Aber ich gebe Ihnen mein Wort, Gentlemen – und wenn es mein letztes wäre: Kein Mann hatte jemals eine liebevollere, treuere Frau – und außerdem darf ich behaupten, daß kein Freund loyaler sein könnte als ich.«

Das war mit Inbrunst und Gefühl gesprochen; dennoch konnte Inspektor MacDonald das Thema noch nicht als erledigt betrachten.

»Sie wissen«, sagte er, »daß man dem Toten den Ehering vom Finger gezogen hat?«

»Es scheint so«, sagte Barker.

»Was meinen Sie mit ›scheint‹? Sie wissen doch, daß das eine Tatsache ist.«

Der Mann schien verwirrt und unschlüssig.

»Wenn ich ›scheint‹ sage, dann meine ich, es wäre ja denkbar, daß er sich den Ring selbst abgenommen hat.«

»Die bloße Tatsache, daß der Ring fehlt – wer immer ihn entfernt haben mag –, muß doch wohl jeden auf den Gedanken bringen, daß zwischen der Ehe und der Tragödie ein Zusammenhang besteht, oder?«

Barker zuckte mit den breiten Schultern.

»Ich will mir nicht anmaßen, zu sagen, auf welche Gedanken das einen bringen muß«, erwiderte er. »Aber wenn Sie damit andeuten wollen, es könnte ein gewisses Licht auf die Ehre dieser Lady werfen« – einen kurzen Moment lang flackerten seine Augen auf; dann hatte er sich, mit sichtlicher Mühe, wieder in der Gewalt –, »also, da sind Sie auf dem Holzweg, und damit basta.«

»Ich glaube, ich habe im Augenblick keine weiteren Fragen an Sie«, sagte MacDonald kühl.

»Da wäre noch eine Kleinigkeit«, bemerkte Holmes. »Als Sie das Zimmer betraten, brannte nur eine Kerze auf dem Tisch, nicht wahr?«

»Ja, das stimmt.«

»In ihrem Licht haben Sie erkannt, daß etwas Schreckliches vorgefallen war?«

»Genau.«

»Sie läuteten sofort um Hilfe?«

»Ja.«

»Und diese traf auch sehr rasch ein?«

»Ungefähr nach einer Minute.«

»Aber als die anderen eintrafen, fanden sie eine erloschene Kerze und eine angezündete Lampe vor. Das scheint doch höchst bemerkenswert.«

Wieder ließ Barker Zeichen einer gewissen Unschlüssigkeit erkennen.

»Ich kann daran nichts Bemerkenswertes finden. Mr. Holmes«, erwiderte er nach einer Pause. »Die Kerze strahlte ein sehr schwaches Licht aus. Mein erster Gedanke war, ein helleres zu bekommen. Die Lampe stand auf dem Tisch, und da habe ich sie angezündet.«

»Und die Kerze ausgeblasen?«

»Genau.«

Holmes stellte keine weiteren Fragen, und Barker sah uns, einen nach dem anderen, ruhig an – mit einem Blick, in dem mir etwas Herausforderndes zu liegen schien; dann machte er kehrt und verließ den Raum.

Inspektor MacDonald hatte ein Billett nach oben geschickt, des Inhalts, daß er Mrs. Douglas seine Aufwartung in ihrem Zimmer zu machen gedenke; aber sie hatte geantwortet, sie wünsche uns im Eßzimmer zu empfangen. Nun trat sie herein, eine hochgewachsene und schöne Frau von dreißig Jahren, reserviert und zu einem bemerkenswerten Grade selbstbeherrscht; sie unterschied sich durchaus von der tragischen und aufgewühlten Gestalt, die ich mir im Geiste ausgemalt hatte. Ihr Antlitz war zwar bleich und erschöpft, wie das eines Menschen, der einen schweren Schock erlitten hat; aber sie benahm sich gefaßt, und ihre auf der Tischkante liegende, fein geformte Hand war ebenso ruhig wie die meine. Ihre traurigen, flehenden Augen wanderten von einem Gesicht zum anderen mit einem seltsam forschenden Ausdruck. Dieser fragende Blick verwandelte sich plötzlich in abruptes Sprechen.

»Haben Sie schon etwas herausgefunden?« fragte sie.

Bildete ich es mir nur ein, daß in ihrer Frage eher ein Unterton der Angst denn der Hoffnung mitschwang?

»Wir haben jeden möglichen Schritt unternommen, Mrs. Douglas«, sagte der Inspektor. »Sie können sich darauf verlassen, daß nichts außer acht gelassen wird.«

»Scheuen Sie keine Kosten«, sagte sie mit erloschener, flacher Stimme. »Es ist mein Wunsch, daß man jede erdenkliche Anstrengung unternimmt.«

»Vielleicht können Sie uns etwas erzählen, was ein wenig Licht auf die Angelegenheit wirft.«

»Ich fürchte, nein; aber ich stehe Ihnen mit allem, was ich weiß, zur Verfügung.«

»Wir haben von Cecil Barker erfahren, daß Sie in Wirklichkeit gar nicht gesehen ... daß Sie gar nicht in dem Raum waren, wo die Tragödie geschehen ist?«

»Nein; er hat mich auf der Treppe umkehren geheißen. Er bat mich, in mein Zimmer zurückzukehren.«

»Richtig. Sie hatten den Schuß gehört und waren sofort heruntergekommen.«

»Ich habe meinen Morgenrock angezogen und bin dann heruntergekommen.«

»Wie lange dauerte es – nachdem Sie den Schuß gehört hatten –, bis Sie auf der Treppe von Mr. Barker aufgehalten wurden?«

»Vielleicht zwei Minuten. Es ist sehr schwierig, in einem solchen Moment eine Zeitspanne abzuschätzen. Er beschwor mich, nicht weiterzugehen. Und er versicherte mir, daß ich nichts mehr tun könne. Dann führte mich Mrs. Allen, die Haushälterin, wieder nach oben. Es war alles wie ein entsetzlicher Traum.«

»Können Sie uns ungefähr angeben, wie lange Ihr Gatte schon unten war, bevor Sie den Schuß hörten?«

»Nein, das kann ich Ihnen nicht sagen. Er war zuvor in seinem Ankleidezimmer, und ich habe ihn nicht gehen hören. Er machte jeden Abend seine Runde durchs Haus, denn er hatte Angst vor Feuer. Meines Wissens war es das einzige, wovor er überhaupt Angst hatte.«

»Das ist genau der Punkt, auf den ich hinauswill, Mrs. Douglas. Sie haben Ihren Mann erst in England kennengelernt, nicht wahr?«

»Ja. Wir sind seit fünf Jahren verheiratet.«

»Hat er Ihnen gegenüber je etwas erwähnt, was in Amerika vorgefallen sein und eine Gefahr für ihn bedeutet haben könnte?«

Mrs. Douglas dachte ernsthaft nach, bevor sie antwortete.

»Ja«, sagte sie schließlich. »Ich hatte immer das Gefühl, daß ihm Gefahr drohte. Er lehnte es jedoch ab, mit mir darüber zu sprechen. Nicht aus mangelndem Vertrauen zu mir – zwischen uns gab es nur vollkommenste Liebe und Vertrauen –, sondern weil es sein Wunsch war, jede Beunruhigung von mir fernzuhalten. Er dachte, ich käme darüber ins Brüten, wenn ich alles wüßte; deshalb hat er geschwiegen.«

»Woher haben Sie es dann gewußt?«

Über Mrs. Douglas Gesicht leuchtete ein rasches Lächeln.

»Kann denn ein Mann sein ganzes Leben lang ein Geheimnis mit sich herumschleppen, ohne daß seine ihn liebende Frau Verdacht schöpft? Ich wußte es in vielerlei Hinsicht. Ich wußte es aus seiner Weigerung, über einige Episoden seines Lebens in Amerika zu sprechen. Ich wußte es aus bestimmten Vorsichtsmaßnahmen, die er getroffen hat. Ich wußte es aus bestimmten Wörtern, die er fallenließ. Ich wußte es aus der Art, wie er unerwartet auftauchende Fremde ansah. Ich war mir völlig sicher, daß er einige mächtige Feinde hatte, daß er glaubte, sie seien ihm auf der Spur, und daß er immer auf der Hut vor ihnen war. Ich war mir dessen so gewiß, daß ich jahrelang vor Angst vergangen bin, wenn er einmal später als erwartet nach Hause kam.«

»Darf ich fragen«, sagte Holmes, »welche Wörter das waren, die Ihre Aufmerksamkeit erregt haben?«

»›Das Tal der Angst‹«, antwortete die Lady. »Das war ein Ausdruck, den er gebrauchte, wenn ich ihm Fragen stellte. ›Ich war im Tal der Angst. Ich bin noch nicht draußen.‹ ›Sollen wir denn nie aus dem Tal der Angst hinausgelangen?‹ habe ich ihn jeweils gefragt, wenn er mir ernster vorkam als gewöhnlich.

›Manchmal glaube ich, wir schaffen es nie‹, hat er dann geantwortet.«

»Sie haben ihn doch gewiß gefragt, was er mit diesem Tal der Angst meint?«

»Allerdings; aber dann hat er mit sehr ernstem Gesicht den Kopf geschüttelt. ›Es ist schlimm genug, daß einer von uns in seinem Schatten leben mußte‹, sagte er. ›Gebe Gott, daß er nie auf dich fällt.‹ Es ging um ein wirkliches Tal, in dem er gelebt hat und wo ihm etwas Schreckliches zugestoßen ist – dessen bin ich mir sicher; aber mehr kann ich Ihnen nicht sagen.«

»Und er hat nie irgendwelche Namen erwähnt?«

»Doch; als er vor drei Jahren seinen Jagdunfall hatte, delirierte er im Fieber. Ich erinnere mich, daß ihm damals immer wieder ein Name über die Lippen kam. Er sprach ihn mit Zorn und einer Art Grausen aus. McGinty war der Name – Meister McGinty. Als er sich wieder erholt hatte, fragte ich ihn, wer Meister McGinty sei und wessen Meister er sei. ›Meiner niemals, Gott sei Dank!‹ hat er lachend geantwortet, und das war alles, was ich aus ihm herausbringen konnte. Aber zwischen Meister McGinty und dem Tal der Angst gibt es einen Zusammenhang.«

»Da wäre noch etwas«, sagte Inspektor MacDonald. »Sie haben Mr. Douglas in einer Pension in London kennengelernt, nicht wahr, und sich dort mit ihm verlobt? Gab es an der Hochzeit etwas romantisch Abenteuerliches, etwas Geheimnisvolles oder Rätselhaftes?«

»Romantisch Abenteuerliches schon. Romantisch geht es immer zu. Aber nichts Rätselhaftes.«

»Er hatte keinen Rivalen?«

»Nein; ich war vollkommen frei.«

»Sie haben ohne Zweifel gehört, daß ihm sein Ehering weggenommen wurde. Läßt das bei Ihnen irgend etwas anklingen? Angenommen, ein Feind aus seiner Vergangenheit hat ihn aufgespürt und dieses Verbrechen begangen, welchen möglichen Grund könnte er haben, ihm den Ehering wegzunehmen?«

Ich hätte schwören können, daß einen Augenblick lang der

zaghafteste Schatten eines Lächelns über die Lippen der Frau huschte.

»Das kann ich Ihnen wirklich nicht sagen«, antwortete sie. »Es ist zweifellos höchst außergewöhnlich.«

»Schön, wir wollen Sie nicht länger aufhalten; es tut uns leid, Sie zu einem solchen Zeitpunkt belästigt zu haben«, sagte der Inspektor. »Da wären bestimmt noch ein paar weitere Punkte, aber damit können wir uns an Sie wenden, wenn es soweit ist.«

Sie erhob sich, und wieder fiel mir jener rasche, fragende Blick auf, mit dem sie uns jetzt musterte: »Welchen Eindruck hat meine Aussage auf Sie gemacht?« Es war, als hätte sie die Frage ausgesprochen. Dann verneigte sie sich und ging rasch aus dem Zimmer.

»Sie ist eine schöne Frau – eine sehr schöne Frau«, sagte MacDonald nachdenklich, nachdem sie die Tür hinter sich geschlossen hatte. »Dieser Barker ist doch recht oft hier gewesen. Er ist ein Mann, der auf Frauen wohl anziehend wirkt. Daß der Tote eifersüchtig war, gibt er zu; und vielleicht weiß er selbst am besten, welchen Grund der dafür hatte. Dann ist da noch dieser Ehering. An dem führt kein Weg vorbei. Ein Mann reißt einem Toten den Ehering vom ... Was sagen denn Sie dazu, Mr. Holmes?«

Mein Freund hatte mit dem Kopf auf den Händen dagesessen, in tiefste Gedanken versunken. Nun stand er auf und läutete.

»Ames«, sagte er, als der Butler eintrat, »wo hält sich Mr. Barker im Moment auf?«

»Ich werde nachsehen, Sir.«

Einen Augenblick später kam er zurück und meldete, daß Mr. Barker im Garten sei.

»Können Sie sich erinnern, Ames, was Mr. Barker gestern abend an den Füßen trug, als Sie ihn im Arbeitszimmer getroffen haben?«

»Ja, Mr. Holmes. Er trug Pantoffeln. Ich brachte ihm dann seine Stiefel, als er die Polizei holen ging.«

»Wo sind die Pantoffeln jetzt?«

»Sie liegen noch unter dem Stuhl in der Halle.«

»Sehr gut, Ames. Es ist für uns natürlich wichtig, zu wissen, welche Spuren von Mr. Barker und welche von draußen stammen.«

»Ja, Sir. Ich darf erwähnen, daß ich an den Pantoffeln Blut bemerkt habe, allerdings auch an meinen eigenen.«

»Das ist nur natürlich, wenn man den Zustand des Zimmers bedenkt. Sehr gut, Ames. Wir werden läuten, wenn wir Sie brauchen.«

Ein paar Minuten später waren wir im Arbeitszimmer. Holmes hatte die Filzpantoffeln aus der Halle mitgebracht. Wie Ames beobachtet hatte, waren beider Sohlen dunkel von Blut.

»Seltsam!« murmelte Holmes, als er im Licht des Fensters stand und sie minutiös untersuchte. »Wirklich höchst seltsam!«

Mit einer seiner raschen, katzenhaften Bewegungen bückte er sich und legte einen Pantoffel auf die Blutspur auf dem Sims. Er paßte genau. Holmes lächelte seinen Kollegen schweigend zu.

Der Inspektor war vor Aufregung ganz außer sich. Sein Akzent ratterte wie ein Stock, der an einem Gitter entlanggezogen wird.

»Menschenskind!« rief er, »da gibt's gar keinen Zweifel! Barker hat den Abdruck am Fenster einfach selber gemacht. Er ist viel breiter als jeder Stiefelabdruck. Ich weiß noch, wie Sie gesagt haben, es wär' ein Spreizfuß; da haben wir die Erklärung. Aber was soll das Spielchen, Mr. Holmes – was soll das Spielchen?«

»Ja, was soll das Spielchen?« wiederholte mein Freund gedankenvoll.

White Mason kicherte und rieb sich in beruflicher Genugtuung die fetten Hände.

»Ich hab ja gesagt, es sei ein Knaller!« rief er. »Und ein Knaller ist das ja nun wirklich!«

6. EIN LICHT DÄMMERT HERAUF

Die drei Detektive hatten noch vieles im Detail zu untersuchen, daher kehrte ich allein zu unserem bescheidenen Quartier im Dorfgasthof zurück; zuvor jedoch machte ich einen Spaziergang in dem merkwürdigen, altmodischen Garten, der an das Haus grenzte. Reihen uralter Eiben, zu seltsamen Formen zurechtgestutzt, umgürteten ihn. Innen befand sich, inmitten einer schönen Rasenfläche, eine alte Sonnenuhr; das Ganze war durch seine besänftigende und erholsame Wirkung meinen etwas überreizten Nerven hochwillkommen. In dieser zutiefst friedlichen Atmosphäre konnte man jenes düstere Arbeitszimmer mit der ausgestreckten, blutbefleckten Gestalt auf dem Boden vergessen oder sich ihrer nur wie eines phantastischen Albtraums erinnern. Aber als ich durch den Garten schlenderte und versuchte, meine Seele in seinen sanften Balsam zu tauchen, ereignete sich ein seltsamer Vorfall, der mich wieder an die Tragödie gemahnte und bei mir einen unguten Eindruck hinterließ.

Ich habe erwähnt, daß Eiben als Verzierung den Garten säumten. An seinem vom Haus entferntesten Ende verdichteten sie sich zu einer durchgehenden Hecke. Auf der anderen Seite dieser Hecke stand, verborgen für jedermann, der vom Haus darauf zuging, eine Steinbank. Als ich mich der Stelle näherte, vernahm ich Stimmen: eine Bemerkung in den tiefen Tönen eines Mannes, beantwortet vom leise perlenden Lachen einer Frau. Einen Augenblick später hatte ich das Ende der Hecke umrundet, und mein Blick fiel auf Mrs. Douglas und Barker, noch bevor sie meine Anwesenheit bemerkten. Der Anblick der Frau versetzte mir einen Schock. Im Eßzimmer war sie ernst und besonnen gewesen. Nun aber war jeder Anschein von Kummer von ihr abgefallen. Ihre Augen strahlten vor Lebenslust, und ihr Gesicht zuckte noch vor Erheiterung über eine

Bemerkung ihres Gefährten. Er saß vornübergebeugt da, mit verschränkten Händen, die Unterarme auf die Knie gestützt; auf seinem kühnen, hübschen Gesicht lag ebenfalls ein Lächeln. Als sie mich erblickten, setzten sie augenblicklich – aber eben einen Augenblick zu spät – wieder ihre feierlichen Masken auf. Sie wechselten noch ein oder zwei hastige Worte, dann erhob sich Barker und schritt auf mich zu.

»Entschuldigen Sie, Sir«, sagte er, »aber spreche ich mit Dr. Watson?«

Ich verneigte mich mit einer Kälte, die den Eindruck, den sie auf mich gemacht hatten, wohl unmißverständlich wiedergab.

»Wir haben uns gedacht, daß Sie es wohl sind, wo doch Ihre Freundschaft mit Mr. Sherlock Holmes so allgemein bekannt ist. Würde es Ihnen was ausmachen, herüberzukommen und einen Augenblick mit Mrs. Douglas zu sprechen?«

Ich folgte ihm mit starrer Miene. Im Geiste sah ich sehr deutlich die zerschmetterte Gestalt auf dem Fußboden. Und hier saßen, ein paar Stunden nach der Tragödie, die Frau des Toten und sein engster Freund lachend zusammen hinter einem Busch in dem Garten, der einmal ihm gehört hatte. Reserviert begrüßte ich die Lady. Im Eßzimmer hatte ihr Kummer mich bekümmert. Doch nun begegnete ich teilnahmslosen Auges ihrem flehendem Blick.

»Ich fürchte, Sie halten mich für gefühllos und hartherzig?« sagte sie.

Ich zuckte mit den Achseln.

»Das geht mich nichts an«, sagte ich.

»Eines Tages werden Sie mir vielleicht Gerechtigkeit widerfahren lassen. Wenn Sie nur begreifen könnten ...«

»Es gibt keinen zwingenden Grund, weshalb Dr. Watson etwas begreifen sollte«, sagte Barker rasch. »Wie er selbst gesagt hat, geht es ihn überhaupt nichts an.«

»Ganz recht«, sagte ich, »und somit bitte ich um die Erlaubnis, meinen Spaziergang fortzusetzen.«

»Einen Augenblick, Dr. Watson«, rief die Frau bittend. »Es gibt eine Frage, die Sie zuverlässiger beantworten können als jeder andere auf der Welt und die für mich von sehr großer Bedeutung sein könnte. Sie kennen Mr. Holmes und seine Beziehungen zur Polizei besser als jeder andere. Angenommen, es würde ihm eine Sache vertraulich mitgeteilt; ist es dann unvermeidlich, daß er sie an die Kriminalbeamten weiterleitet?«

»Ja, richtig«, sagte Barker eifrig. »Arbeitet er für sich oder hält er's völlig mit denen?«

»Ich weiß wirklich nicht, mit welcher Berechtigung ich eine solche Frage erörtern dürfte.«

»Ich bitte – ich beschwöre Sie, es gibt eine, Dr. Watson; ich versichere Ihnen, daß Sie uns damit helfen – mir damit sehr helfen, wenn Sie uns in diesem Punkt beraten.«

Der Tonfall der Frau war so aufrichtig, daß ich einen Augenblick lang all ihre Leichtfertigkeit vergaß und nur noch bestrebt war, ihrem Wunsch nachzugeben.

»Mr. Holmes ist in seinen Nachforschungen unabhängig«, sagte ich. »Er ist sein eigener Herr und pflegt nach eigenem Ermessen zu handeln. Gleichzeitig fühlt er sich gegenüber den Beamten, die denselben Fall bearbeiten, natürlich verpflichtet, und er würde ihnen nichts verschweigen, was ihnen helfen könnte, einen Verbrecher der Gerechtigkeit auszuliefern. Darüber hinaus kann ich Ihnen nichts sagen; für eine ausführlichere Auskunft muß ich Sie an Mr. Holmes selbst verweisen.«

Hiermit lüftete ich den Hut und setzte meinen Weg fort, während sie hinter der Tarnung der Hecke sitzenblieben. Als ich an deren Ende abbog, schaute ich zurück und sah, daß sie noch sehr ernst miteinander sprachen; und da sie mir nachblickten, war es klar, daß der Gegenstand ihrer Debatte unsere Unterredung war.

»Ich lege keinen Wert auf ihre Vertraulichkeiten«, sagte Holmes, als ich ihm berichtete, was geschehen war. Er hatte den ganzen Nachmittag damit zugebracht, sich im Manor House mit seinen beiden Kollegen zu beraten, und war gegen fünf zurückgekehrt mit wahrem Heißhunger auf einen Imbiß mit Tee, den ich ihm bestellt hatte. »Keine Vertraulichkeiten, Watson, die sind nämlich höchst unangenehm, wenn es zu einer Festnahme wegen Mordes und Beihilfe zum Mord kommt.«

»Sie glauben, daß es dazu kommen wird?«

Er war in seiner heitersten und liebenswürdigsten Laune.

»Mein lieber Watson, wenn ich dieses vierte Ei vertilgt habe, bin ich gerne bereit, Sie mit der ganzen Situation vertraut zu machen. Ich sage nicht, daß wir sie ausgelotet haben – das noch keineswegs –, aber wenn wir erst die fehlende Hantel ausfindig gemacht haben ...«

»Die Hantel!«

»Meine Güte, Watson, sollten Sie möglicherweise noch nicht hinter die Tatsache gekommen sein, daß dieser Fall an der fehlenden Hantel hängt? Na, na, Sie brauchen nicht gleich den Mut sinken zu lassen; ich glaube nämlich, unter uns gesagt, daß auch Inspektor Mac und unser trefflicher Fachmann vom Ort die überwältigende Bedeutung dieses Umstands nicht begriffen haben. Eine einzelne Hantel, Watson! Stellen Sie sich einen Turner mit einer einzelnen Hantel vor. Malen Sie sich die einseitige Entwicklung aus – die drohende Gefahr einer Rückgratverkrümmung. Scheußlich, Watson; scheußlich!«

Er saß da, den Mund voll Toast; seine Augen funkelten schelmisch und beobachteten die Verwirrung meines Intellekts. Der bloße Anblick seines vortrefflichen Appetits versprach einen günstigen Ausgang der Sache; denn ich erinnerte mich sehr deutlich an Tage und Nächte ohne einen Gedanken an Essen, da sein blockierter Verstand sich an einem Problem wundgerieben hatte, dieweil sein schmales, scharfgeschnittenes Gesicht durch die Askese völliger geistiger Konzentration noch spitzer wurde. Schließlich setzte er sich in die Kaminecke des alten Dorfgasthofes, zündete seine Pfeife an und sprach langsam und aufs Geratewohl über seinen Fall, eher wie jemand, der laut denkt, als wie jemand, der eine wohlüberlegte Darstellung vorträgt.

»Eine Lüge, Watson – eine riesengroße, faustdicke, unverhohlene, ja unverschämte Lüge – darauf stoßen wir schon auf der Schwelle. Dort liegt unser Ausgangspunkt. Die ganze Geschichte, die Barker erzählt hat, ist eine Lüge. Aber Barkers Geschichte wird von Mrs. Douglas bestätigt. Also lügt sie auch. Beide lügen und stecken unter einer Decke. Somit haben wir jetzt ein klares Problem – warum lügen sie, und welche Wahrheit suchen sie so hartnäckig zu verbergen? Wir wollen sehen, Watson, Sie und ich, ob wir hinter die Lüge kommen und die Wahrheit rekonstruieren können.

Woher ich weiß, daß sie lügen? Weil es sich um ein plumpes Truggewebe handelt, das einfach nicht wahr sein *kann*. Bedenken Sie doch! Laut dieser Geschichte, die man uns aufgetischt hat, hatte der Mörder nach der Tat weniger als eine Minute, um diesen Ring, der unter einem anderen Ring steckte, vom Finger des Toten zu ziehen, den anderen Ring wieder zurückzustecken – was er mit Sicherheit nie getan hätte – und diese eigenartige Karte neben sein Opfer zu legen. Ich behaupte, das ist schlicht unmöglich. Nun könnten Sie einwenden – aber das von Ihnen zu glauben, Watson, dafür achte ich Ihr Urteilsvermögen zu sehr –, daß man den Ring möglicherweise wegnahm, bevor der Mann getötet wurde. Die Tatsache, daß die Kerze nur kurze Zeit brannte, zeigt jedoch, daß nicht noch eine lange Unterredung stattgefunden hat. War denn Douglas, nach allem, was wir über seinen furchtlosen Charakter gehört haben, ein Mann, der so schnell seinen Ehering preisgibt, ja, dürfen wir annehmen, daß er ihn überhaupt preisgäbe? Nein, nein, Watson, der Mörder war mit dem Toten eine ganze Zeit lang bei brennender Lampe allein. Daran habe ich überhaupt keinen Zweifel. Offenbar war aber der Gewehrschuß die Todesursache. Folglich muß dieser Schuß etwas früher abgefeuert worden sein, als man uns erzählt hat. Man irrt sich nicht bei einer Sache wie dieser. Demnach haben wir es mit einem Komplott zu tun, ausgeheckt von den beiden Personen, die den Gewehrschuß gehört haben – dem Mann Barker und der Frau Douglas. Wenn ich darüber hinaus noch beweisen kann, daß die Blutspur auf dem Fenstersims von Barker vorsätzlich angebracht wurde, um die Polizei auf eine falsche Fährte zu lokken, dann werden Sie zugeben, daß der Fall für ihn düstere Züge annimmt.

Nun müssen wir uns fragen, zu welcher Stunde sich der Mord tatsächlich ereignete. Bis halb elf waren die Dienstboten im Haus zu Gange, so daß er sicherlich nicht vor dieser Zeit geschehen ist. Um Viertel vor elf waren sie alle auf ihre Zimmer gegangen, mit Ausnahme von Ames, der sich in der Geschirrkammer aufhielt. Ich habe heute nachmittag, nachdem Sie uns verlassen hatten, einige Experimente angestellt und herausgefunden, daß kein Geräusch, das MacDonald im Arbeitszimmer erzeugte, bis zu mir in die Geschirrkammer durchdringen konnte, wenn alle Türen geschlossen waren. Anders jedoch steht es mit dem Zimmer der Haushälterin. Es liegt nicht so weit den Korridor hinunter, und von dort aus konnte ich eine sehr laut erhobene Stimme undeutlich hören. Das Geräusch einer Schrotflinte ist eher gedämpft, wenn sie in sehr geringer Entfernung zum Ziel abgefeuert wird, wie es in diesem Fall unzweifelhaft geschehen ist. Es war also vermutlich nicht sehr laut; aber in der Stille der Nacht hätte das Geräusch leicht bis zu Mrs. Allens Zimmer durchdringen müssen. Sie ist, wie sie uns erzählt hat, ein wenig taub; nichtsdestoweniger erwähnte sie jedoch bei ihrer Aussage, daß sie, eine halbe Stunde bevor Alarm gegeben wurde, so etwas wie das Schlagen einer Tür gehört habe. Eine halbe Stunde vor dem Alarm hieße: es war Viertel vor elf. Ich hege keinen Zweifel, daß der Knall, den sie gehört hat, von dem Gewehr herrührte und daß dies der tatsächliche Zeitpunkt des Mordes war. Wenn das zutrifft, müssen wir nun ermitteln, was Mr. Barker und Mrs. Douglas – vorausgesetzt, sie sind tatsächlich nicht die Mörder – von Viertel vor elf, als das Geräusch des Gewehrschusses sie nach unten lockte, bis Viertel nach elf, als sie läuteten und das Personal herbeiriefen, gemacht haben könnten. Was haben sie gemacht, und warum gaben sie nicht sofort Alarm? Das ist die Frage, die sich uns stellt, und wenn wir die beantwortet haben, sind wir der Lösung unseres Problems gewiß ein gutes Stück nähergerückt.«

»Ich bin ebenfalls davon überzeugt«, sagte ich, »daß es zwischen diesen beiden eine Übereinkunft gibt. Sie muß ein herzloses Geschöpf sein, wenn sie wenige Stunden nach der Ermordung ihres Gatten dasitzen und über einen Scherz lachen kann.«

»Genau. Selbst in ihrer eigenen Darstellung der Ereignisse ist sie kein leuchtendes Beispiel einer Ehefrau. Wie Sie wissen, Watson, bin ich nicht gerade ein glühender Verehrer des weiblichen Geschlechts; meine Lebenserfahrung hat mir jedoch gezeigt, daß es nur wenige Frauen gibt, die sich durch die Worte irgendeines Menschen vom Leichnam ihres Mannes fernhalten lassen, wenn sie auch nur eine Spur von Achtung für ihren Gatten empfinden. Sollte ich jemals heiraten, Watson, hoffe ich, meine Frau zu so viel Feingefühl zu inspirieren, daß sie sich nicht von einer Haushälterin fortführen läßt, wenn meine Leiche ein paar Yards von ihr entfernt liegt. Das war schlecht inszeniert; denn selbst dem grünsten aller Detektive muß das Ausbleiben des üblichen weiblichen Wehklagens auffallen. Selbst wenn es kein weiteres Indiz mehr gäbe, hätte mich allein schon dieser Umstand auf ein vorher abgesprochenes Komplott schließen lassen.«

»Für Sie ist es also ausgemacht, daß Barker und Mrs. Douglas des Mordes schuldig sind?«

»Sie haben eine schauderhaft direkte Art, Fragen zu stellen, Watson«, sagte Holmes, indem er mir mit der Pfeife drohte. »Die fliegen mir ja wie Gewehrkugeln um die Ohren. Wenn Sie es so drehen, daß Mrs. Douglas und Barker die Wahrheit über den Mord kennen und verabredet haben, sie zu verheimlichen, dann kann ich Ihnen geradeheraus antworten: Ja, dessen bin ich mir sicher. Aber Ihre tödlichere Variante ist nicht so klar zu beantworten. Lassen Sie uns einen Augenblick lang die Schwierigkeiten betrachten, die uns im Wege stehen.

Nehmen wir einmal an, daß dieses Pärchen durch die Bande einer verbotenen Liebe verknüpft ist und beschlossen hat, sich des Mannes, der dazwischen steht, zu entledigen. Das ist eine kühne Annahme, denn diskrete Erkundigungen bei der Dienerschaft und bei anderen konnten sie in keiner Hinsicht bestätigen. Im Gegenteil, viele bezeugen, daß das Ehepaar Douglas sehr aneinander hing.«

»Das kann nicht stimmen, da bin ich mir sicher«, sagte ich beim Gedanken an das schöne, lächelnde Gesicht im Garten.

»Nun, zumindest haben sie diesen Eindruck erweckt. Wie dem auch sei, wir wollen annehmen, daß es sich um ein außerordentlich durchtriebenes Pärchen handelt, das in diesem Punkt jedermann täuscht und die Ermordung des Ehegatten plant. Zufällig ist das ein Mann, über dessen Haupt eine Gefahr schwebt...«

»Das behaupten nur die beiden.«

Holmes blickte gedankenvoll drein.

»Ich verstehe, Watson. Sie entwerfen eine Theorie, nach der alles, was sie sagen, von Anfang an falsch ist. Ihrer Vorstellung zufolge hat es niemals irgendeine verborgene Drohung, noch einen Geheimbund, noch ein Tal der Angst, noch den Meister McIrgendwer, noch sonst etwas gegeben. Schön, das ist eine tüchtige, umfassende Verallgemeinerung. Wir wollen einmal sehen, wohin sie uns führt. Zur Erklärung des Verbrechens erfinden die beiden also diese Theorie. Um ihrem Einfall Substanz zu verleihen, lassen sie als Beweis für die Existenz eines Außenstehenden dieses Fahrrad im Park stehen. Der Fleck auf dem Fenstersims drückt die gleiche Absicht aus. Die Karte auf der Leiche ebenfalls; sie könnte im Haus präpariert worden sein. Dies alles paßt zu Ihrer Hypothese, Watson. Nun aber kommen wir zu den unangenehm gezackten, sperrigen Teilchen, die sich einfach nicht einfügen lassen. Warum von allen Waffen ausgerechnet eine abgesägte Schrotflinte – und dazu noch eine amerikanische? Wie hätten sie so sicher sein können, daß ihr Geräusch nicht jemanden herbeilocken würde? Wie die Dinge liegen, ist es reiner Zufall, daß Mrs. Allen sich nicht aufmachte, um dem Grund für das Zuschlagen der Tür nachzugehen. Wozu hat sich Ihr schuldbeladenes Pärchen all diese Umstände gemacht, Watson?«

»Ich gebe zu, das kann ich nicht erklären.«

»Und ferner: Wenn eine Frau und ihr Liebhaber planen, den

Ehegatten zu ermorden; würden sie dann ihre Schuld noch groß anzeigen, indem sie ihm nach seinem Tod ostentativ den Ehering wegnehmen? Kommt Ihnen das sehr wahrscheinlich vor, Watson?«

»Nein, allerdings nicht.«

»Und noch etwas: Gesetzt den Fall, Ihnen käme der Gedanke, ein Fahrrad draußen zu verstecken; wäre dessen Ausführung auch nur die geringste Mühe wert, wenn doch absehbarerweise der dümmste Detektiv die Sache als eindeutiges Täuschungsmanöver bezeichnen würde, da nun mal sein Fahrrad das erste ist, was der Mann für die Flucht benötigte?«

»Ich finde keine Erklärung dafür.«

»Und doch sollte es keine Kombination von Ereignissen geben, für die der menschliche Scharfsinn nicht eine Erklärung fände. Lassen Sie mich, bloß als intellektuelle Übung und ohne einen Anspruch auf Wahrheit, einen möglichen Gedankengang verfolgen. Zugegeben, es ist reine Phantasie; aber wie oft ist nicht Phantasie die Mutter der Wahrheit?

Nehmen wir also an, daß es im Leben dieses Douglas ein strafwürdiges Geheimnis, ein wirklich schändliches Geheimnis *gab*. Dies führt dazu, daß er von jemand ermordet wird; von einem, sagen wir einmal: Rächer – jemand von außerhalb. Aus irgendeinem Grund, dessen Erklärung mich zugegebenermaßen noch in Verlegenheit bringt, nahm dieser Rächer dem Toten den Ehering ab. Denkbar wäre, daß die Vendetta auf die erste Ehe des Mannes zurückgeht und daß deshalb der Ring genommen wurde. Bevor also dieser Rächer entkommen konnte, hatten Barker und die Ehefrau das Zimmer erreicht. Der Mörder überzeugte sie, daß jeder Versuch, ihn festzuhalten, zur Bekanntmachung eines abscheulichen Skandals führen würde. Daraufhin ließen sie sich umstimmen und zogen es vor, ihn gehen zu lassen. Vermutlich ließen sie zu diesem Zweck die Zugbrücke herunter, was sich völlig geräuschlos bewerkstelligen läßt; dann zogen sie sie wieder hoch. Er ergriff die Flucht und dachte aus irgendeinem Grund, daß dies zu Fuß sicherer sein könnte als mit dem Fahrrad. Deshalb ließ er es an einer

Stelle zurück, wo man es erst entdecken würde, wenn er sicher entkommen wäre. Soweit bewegen wir uns noch im Bereich des Möglichen, nicht wahr?«

»Ja, möglich ist es zweifellos«, sagte ich mit einer gewissen Zurückhaltung.

»Wir dürfen nicht vergessen, Watson, daß es sich bei allem, was geschehen ist, natürlich um etwas ganz Außergewöhnliches handelt. Nun gut; um unseren angenommen Fall fortzuführen: Nachdem der Mörder verschwunden ist, erkennt das Paar – nicht unbedingt ein schuldiges Paar –, daß es sich in eine Lage gebracht hat, in der es ihnen möglicherweise schwerfallen wird, zu beweisen, daß sie die Tat weder selbst begangen noch stillschweigend geduldet haben. Rasch und ziemlich ungeschickt stellt man sich auf die Situation ein. Mit Barkers blutbeflecktem Pantoffel wurde die Spur auf dem Fenstersims markiert, um darauf hinzuweisen, wie der Flüchtige entkommen sei. Offensichtlich hatten sie beide den Knall des Gewehrs gehört, und so gaben sie, genau wie sie behaupten, Alarm; allerdings eine gute halbe Stunde nach dem Ereignis.«

»Und wie gedenken Sie das alles zu beweisen?«

»Also, falls es einen Außenstehenden gibt, spürt man ihn vielleicht auf und nimmt ihn fest. Das wäre von allen Beweisen wohl der wirksamste. Wenn nicht – nun, die Mittel der Wissenschaft sind bei weitem noch nicht erschöpft. Ich glaube, ein Abend allein in diesem Arbeitszimmer würde mir schon sehr weiterhelfen.«

»Ein Abend alleine!«

»Ich beabsichtige, jetzt gleich dort hinzugehen. Ich habe mit dem schätzbaren Ames, der für Barker keineswegs nur warmherzige Empfindungen hegt, bereits alles abgesprochen. Ich werde mich in dieses Zimmer setzen und abwarten, ob seine Atmosphäre mich inspiriert. Ich glaube an den *genius loci*. Sie lächeln, Freund Watson. Na, wir werden ja sehen. Übrigens, Sie haben doch Ihren großen Regenschirm dabei, ja?«

»Er ist hier.«

»Gut, ich möchte ihn mir ausleihen, wenn ich darf.«

»Natürlich – aber was für eine armselige Waffe! Wenn es gefährlich wird...«

»Nicht ernstlich, mein lieber Watson, sonst würde ich bestimmt Ihren Beistand erbitten. Aber den Schirm nehme ich mit. Jetzt warte ich nur noch darauf, daß unsere Kollegen aus Tunbridge Wells zurückkehren, wo sie zur Zeit damit beschäftigt sind, für das Fahrrad einen Besitzer zu ermitteln.«

Die Nacht war schon hereingebrochen, als Inspektor MacDonald und White Mason von ihrer Forschungsreise zurückkehrten; frohlockend trafen sie ein und meldeten, daß unsere Untersuchungen einen großen Fortschritt gemacht hätten.

»Menschenskind, ich geb ja zu, ich hatte so meine Zweifel, ob's überhaupt einen Außenstehenden gibt«, sagte MacDonald, »aber das ist jetzt alles vorbei. Wir haben's geschafft, das Fahrrad zu identifizieren, und wir haben eine Beschreibung von unserem Mann; also sind wir doch einen guten Schritt weiter.«

»Das klingt ja wie der Anfang vom Ende«, sagte Holmes; »ich gratuliere Ihnen beiden wirklich von ganzem Herzen.«

»Tja, ich bin von der Tatsache ausgegangen, daß Mr. Douglas seit dem Vortag, als er in Tunbridge Wells war, durcheinander zu sein schien. In Tunbridge Wells wurde er sich also einer Gefahr bewußt. Daher war klar, daß dieser Mann, wenn er mit dem Fahrrad hierhergefahren ist, aller Voraussicht nach aus Tunbridge Wells gekommen sein dürfte. Wir haben das Rad dorthin mitgenommen und in den Hotels gezeigt. Der Direktor des *Eagle Commercial* hat es sofort identifiziert; demnach gehört es einem Mann namens Hargrave, der dort zwei Tage zuvor ein Zimmer genommen hatte. Dieses Fahrrad und eine kleine Reisetasche waren seine ganze Habe. Seiner Eintragung zufolge kam er aus London; er hatte jedoch keine Adresse angegeben. Die Reisetasche stammt von einer Londoner Firma, und ihr Inhalt war britischer Herkunft; aber der Mann selbst war unzweifelhaft Amerikaner.«

»Na großartig«, sagte Holmes fröhlich, »Sie haben ja wirklich solide Arbeit geleistet, während ich mit meinem Freund dagesessen und Theorien ausgesponnen habe. Das nenne ich mir eine Lektion in Sachen Praxis, Mr. Mac.«

»Tja, das ist es wohl, Mr. Holmes«, sagte der Inspektor zufrieden.

»Aber das würde ja alles zu Ihren Theorien passen«, bemerkte ich.

»Vielleicht; vielleicht auch nicht. Aber lassen Sie uns noch den Schluß hören, Mr. Mac. Gab es denn nichts, um den Mann zu identifizieren?«

»So wenig, daß klar erwiesen ist, daß er sich sorgfältig gegen eine Identifizierung geschützt hat. Es gab weder Papiere, noch Briefe, noch Wäschezeichen. Auf seinem Nachttisch lag eine Karte mit den Radwegen der Grafschaft. Gestern morgen hat er nach dem Frühstück das Hotel mit dem Fahrrad verlassen, und bis zum Zeitpunkt unserer Ermittlungen hat man nichts mehr von ihm gehört.«

»Und das macht mir Kopfzerbrechen, Mr. Holmes«, sagte White Mason. »Wenn der Kerl kein Zeter und Mordio um seine Person haben wollte, sollte man doch annehmen, daß er zurückkommt und wie ein harmloser Tourist im Hotel bleibt. Er müßte doch eigentlich wissen, daß der Hoteldirektor ihn der Polizei meldet und daß sein Verschwinden mit dem Mord in Zusammenhang gebracht wird.«

»Sollte man annehmen. Allerdings ist seine weise Vorsicht dadurch gerechtfertigt, daß er bis jetzt noch nicht gefaßt wurde. Aber seine Beschreibung – wie steht es damit?«

MacDonald sah in seinem Notizbuch nach.

»Hier ist sie, soweit man sie uns liefern konnte. Man hat ihm anscheinend keine sonderlich große Beachtung geschenkt; aber trotzdem stimmen alle, der Portier, der Sekretär und das Zimmermädchen darin überein, daß es ungefähr auf Folgendes hinausläuft: Der Mann war etwa einsfünfundsiebzig groß, um die fünfzig Jahre alt, hatte leicht graues Haar, einen angegrauten Schnurrbart, eine gebogene Nase und ein Gesicht, das sie alle als grimmig und abstoßend beschrieben haben.«

»Nun, abgesehen vom Gesichtsausdruck könnte das beinahe

eine Beschreibung von Douglas selbst sein«, sagte Holmes. »Er ist knapp über fünfzig, Haare und Schnurrbart sind grau, und er hat etwa dieselbe Größe. Haben Sie noch weitere Angaben?«

»Er hatte einen dicken grauen Anzug mit einer Matrosenjacke an; außerdem trug er einen kurzen gelben Mantel und eine Mütze.«

»Was ist mit der Schrotflinte?«

»Sie ist weniger als zwei Fuß lang. Also hätte sie sehr gut in seine Reisetasche gepaßt. Er könnte sie aber auch ohne Schwierigkeiten unter dem Mantel getragen haben.«

»Und inwiefern glauben Sie, daß dies alles mit dem vorliegenden Fall in Zusammenhang steht?«

»Tja, Mr. Holmes«, sagte MacDonald, »wenn wir den Mann erst mal haben – und Sie können sicher sein, daß ich diese Beschreibung keine fünf Minuten, nachdem ich sie gehört hatte, durch den Telegraphen gejagt habe –, dann werden wir das besser beurteilen können. Aber auch so sind wir bestimmt schon ein großes Stück weitergekommen. Wir wissen, daß vor zwei Tagen ein Amerikaner, der sich Hargrave nannte, mit Fahrrad und Reisetasche nach Tunbridge Wells gekommen ist. In der Tasche lag eine abgesägte Schrotflinte, er kam also mit der klaren Absicht, ein Verbrechen zu begehen. Gestern morgen hat er das Gewehr unter dem Mantel versteckt und sich mit seinem Fahrrad auf den Weg hierher gemacht. Soweit wir wissen, hat ihn niemand ankommen sehen; aber er braucht ja nicht durchs Dorf zu fahren, um zum Parkeingang zu gelangen, und auf der Straße gibt es viele Radfahrer. Vermutlich hat er das Fahrrad sofort zwischen den Immergrünstauden versteckt, wo es danach gefunden wurde, und möglicherweise lag er dort selbst auf der Lauer, hat das Haus im Auge behalten und darauf gewartet, daß Mr. Douglas herauskam. Die Schrotflinte ist eine ungewöhnliche Waffe für die Verwendung in einem Haus; aber er hatte ja vor, sie draußen zu benutzen, und da hat sie klare Vorteile, weil man mit ihr unmöglich danebenschießen kann und weil in einem englischen Jagdgebiet das Geräusch von Schüssen so alltäglich ist, daß man davon keine besondere Notiz nehmen würde.«

»Das ist alles sehr klar!« sagte Holmes.

»Schön, Mr. Douglas kam aber nicht heraus. Was sollte er als nächstes tun? Er läßt sein Fahrrad zurück und schleicht in der Dämmerung aufs Haus zu. Er entdeckt, daß die Zugbrücke unten und niemand in der Nähe ist. Er läßt es darauf ankommen, wobei er sich zweifellos irgendeine Entschuldigung zurechtlegt, falls er jemand begegnet. Aber er begegnet keinem. Dann schlüpft er in das erste beste Zimmer und versteckt sich hinter dem Vorhang. Von dort beobachtet er, daß die Zugbrücke hochgeht, und weiß, daß sein einziger Fluchtweg durch den Graben führt. Dann wartet er bis Viertel nach elf, als Mr. Douglas auf seiner üblichen nächtlichen Runde ins Zimmer kommt. Er erschießt ihn und flieht, wie geplant. Ihm ist klar, daß das Fahrrad von den Leuten im Hotel beschrieben werden und ein Indiz gegen ihn sein könnte; daher läßt er es hier zurück und entkommt auf irgendeine andere Weise nach London oder zu einem sicheren Versteck, das er schon vorbereitet hatte. Wie hört sich das an, Mr. Holmes?«

»Nun, Mr. Mac, das hört sich soweit sehr gut und sehr klar an. Das ist Ihr Ende der Geschichte. Mein Ende lautet so, daß das Verbrechen eine halbe Stunde früher begangen wurde, als man uns berichtet hat; daß es zwischen Mrs. Douglas und Mr. Barker eine Verabredung gibt, etwas zu verheimlichen; daß sie dem Mörder bei seiner Flucht behilflich waren – oder zumindest vor seiner Flucht das Zimmer erreichten –, und daß sie die Spuren seiner Flucht durchs Fenster fälschten, nachdem sie ihn aller Wahrscheinlichkeit nach selbst hatten entkommen lassen, indem sie die Brücke hinunterließen. So lautet *meine* Lesart des ersten Teils.«

Die beiden Kriminalbeamten schüttelten die Köpfe.

»Also wenn das stimmt, Mr. Holmes, dann stehen wir nur vor einem neuen Rätsel«, sagte der Londoner Inspektor.

»Und in mancher Hinsicht sogar einem schlimmeren«, fügte White Mason hinzu. »Die Lady war noch nie in ihrem Leben in

Amerika. Was könnte sie denn zu einem amerikanischen Mörder für eine Beziehung haben, die sie veranlaßt, ihn zu decken?«

»Diese Schwierigkeiten gebe ich offen zu«, sagte Holmes. »Ich gedenke, heute nacht auf eigene Faust einige kleine Nachforschungen anzustellen, und es ist durchaus möglich, daß die zu unserer Angelegenheit etwas beisteuern.«

»Können wir Ihnen helfen, Mr. Holmes?«

»Nein, nein! Ich brauche nur Dunkelheit und Dr. Watsons Regenschirm. Meine Bedürfnisse sind simpel. Und Ames – den treuen Ames – für mich drückt er bestimmt ein Auge zu. All meine Gedankengänge führen mich beständig zu der einen grundlegenden Frage zurück: Warum sollte ein sportlicher Mann seinen Körper mit einem so widernatürlichen Instrument wie einer einzelnen Hantel trainieren?«

Es war schon spät in der Nacht, als Holmes von seinem einsamen Ausflug zurückkehrte. Wir hatten ein Doppelzimmer; es war das beste, das uns der kleine ländliche Gasthof anbieten konnte. Ich hatte bereits geschlafen, als mich sein Eintreten halbwegs aufweckte.

»Na, Holmes«, murmelte ich, »haben Sie etwas herausgefunden?«

Er stand schweigend neben mir, die Kerze in der Hand. Dann beugte sich die lange, hagere Gestalt zu mir herab.

»Sagen Sie mal, Watson«, flüsterte er, »hätten Sie Angst, mit einem Irrsinnigen, einem Mann mit Gehirnerweichung, einem Idioten, dessen Verstand nicht mehr funktioniert, im selben Raum zu schlafen?«

»Nicht im geringsten«, antwortete ich verblüfft.

»Ah, Glück gehabt«, sagte er, und das sollte in dieser Nacht sein letztes Wort bleiben.

7. DIE LÖSUNG

Am nächsten Morgen nach dem Frühstück trafen wir Inspektor MacDonald und Mr. White Mason eifrig beratschlagend im kleinen Wohnzimmer des örtlichen Polizei-Sergeanten an. Vor ihnen auf dem Tisch lag ein Stapel von Briefen und Telegrammen, die sie sorgfältig sortierten und mit Zetteln versahen. Drei hatten sie beiseite gelegt.

»Immer noch dem ungreifbaren Radfahrer auf der Spur?« fragte Holmes fröhlich. »Was gibt es Neues von dem Bösewicht?«

MacDonald deutete kleinlaut auf seine angehäufte Korrespondenz.

»Momentan wird er gemeldet aus Leicester, Nottingham, Southampton, Derby, East Ham, Richmond und vierzehn weiteren Orten. In dreien davon – East Ham, Leicester und Liverpool – liegen klare Beweise gegen ihn vor; dort hat man ihn tatsächlich festgenommen. Im ganzen Land scheint es von Flüchtigen in gelben Mänteln zu wimmeln.«

»Liebe Güte!« sagte Holmes teilnahmsvoll. »Doch nun, Mr. Mac und Mr. White Mason, möchte ich Ihnen einen sehr ernst gemeinten Rat geben. Als ich mich mit Ihnen dieses Falles angenommen habe, sind wir, wie Sie sich zweifellos erinnern, übereingekommen, daß ich Ihnen keine halbgaren Theorien präsentiere, sondern mich so lange zurückhalte und meine Ideen ausarbeite, bis ich davon überzeugt bin, daß sie stimmen. Aus diesem Grund teile ich Ihnen zum gegenwärtigen Zeitpunkt noch nicht alles mit, was mir durch den Kopf geht. Andererseits habe ich Ihnen faires Spiel zugesichert, und ich glaube nicht, daß es sehr fair wäre, wenn ich zuließe, daß Sie auch nur einen Augenblick länger als nötig Ihre Energie an eine fruchtlose Arbeit verschwenden. Deshalb bin ich heute morgen hier, um Ihnen einen Rat zu erteilen, und mein Rat läßt sich in fünf Worte fassen: Geben Sie den Fall auf.«

MacDonald und White Mason starrten ihren berühmten Kollegen verblüfft an.

»Sie halten ihn für hoffnungslos?« rief der Inspektor.

»Ich halte *Ihren* Fall für hoffnungslos. Ich halte es nicht für hoffnungslos, die Wahrheit zu finden.«

»Aber dieser Radfahrer. Der ist doch keine Erfindung. Wir haben seine Beschreibung, seine Reisetasche, sein Fahrrad. Der Kerl muß irgendwo stecken. Warum sollten wir ihn nicht kriegen?«

»Ja, ja; natürlich steckt er irgendwo, und zweifellos werden wir ihn auch kriegen; aber ich möchte nicht, daß Sie Ihre Energie an East Ham oder Liverpool verschwenden. Ich bin sicher, wir finden einen kürzeren Weg zu einem Resultat.«

»Sie halten doch irgendwas zurück. Das ist nicht gerade fair von Ihnen, Mr. Holmes.« Der Inspektor war ärgerlich.

»Sie kennen meine Arbeitsweise, Mr. Mac. Ich halte etwas zurück, aber so kurz wie nur möglich. Ich möchte lediglich noch meine Details auf eine bestimmte Weise überprüfen, was sich rasch erledigen läßt, dann mache ich meinen Diener und kehre nach London zurück; meine Resultate überlasse ich Ihnen, zu Ihrer freien Verfügung. Ich verdanke Ihnen zu viel, als daß ich mich anders verhalten könnte, denn in meiner ganzen Laufbahn kann ich mich keiner ungewöhnlicheren und interessanteren Studie erinnern.«

»Also das ist mir wirklich zu hoch, Mr. Holmes. Wir haben doch gestern abend, als wir aus Tunbridge Wells zurückkehrten, miteinander gesprochen, und Sie waren mit unseren Ergebnissen im großen und ganzen einverstanden. Was ist denn seither passiert, daß Sie zu einer vollkommen neuen Ansicht des Falles gelangt sind?«

»Nun, wenn Sie mich schon fragen: Ich habe letzte Nacht, wie angekündigt, einige Stunden im Manor House verbracht.«

»Und? Was ist passiert?«

»Oh! Darauf kann ich Ihnen im Augenblick nur eine sehr allgemeine Antwort geben. Ich habe, nebenbei bemerkt, eine kurze, aber klare und interessante Abhandlung über das alte

Bauwerk gelesen; sie ist für die bescheidene Summe von einem Penny beim Tabakhändler im Ort erhältlich.« Hierbei zog Holmes eine schmale, mit einer schlichten Gravur des alten Manor House verzierte Broschüre aus der Westentasche. »Es steigert den Reiz einer Untersuchung ungemein, mein lieber Mr. Mac, wenn man sich bewußt in die historische Atmosphäre seiner Umgebung einfühlt. Blicken Sie nicht so ungeduldig drein; ich versichere Ihnen, daß selbst eine so dürftige Darstellung wie diese ein Bild der Vergangenheit vor dem geistigen Auge erstehen läßt. Erlauben Sie mir, Ihnen eine Kostprobe zu geben: ›Im fünften Jahr der Regierung James' des Ersten an der Stätte eines viel älteren Gebäudes errichtet, stellt das Manor House von Birlstone eines der schönsten noch erhaltenen Exemplare eines Herrensitzes mit eigenem Wassergraben ...‹«

»Sie halten uns zum Narren, Mr. Holmes.«

»Tz, tz, Mr. Mac! – Das erste Zeichen von Reizbarkeit, das ich an Ihnen entdecke. Nun gut, ich will es nicht Wort für Wort vorlesen, wenn Sie das so heftig empfinden. Aber wenn ich Ihnen sage, daß sich hierin eine Darstellung von der Eroberung des Hauses durch einen parlamentstreuen Oberst im Jahre 1644 findet; dann davon, daß sich im Verlaufe des Bürgerkriegs König Charles dort mehrere Tage versteckt hielt; und schließlich von einem Besuch Georges des Zweiten, dann werden Sie zugeben, daß mit diesem alten Haus mannigfaltige interessante Ereignisse verknüpft sind.«

»Das bezweifle ich ja gar nicht, Mr. Holmes; aber das geht doch uns nichts an.«

»Nein? Wirklich nicht? Ein weiter Horizont, mein lieber Mr. Mac, ist eine der grundlegenden Voraussetzungen zu unserem Beruf. Das Wechselspiel von Ideen und der indirekte Nutzen, den solche Kenntnisse haben können, sind oft von außerordentlichem Interesse. Sie werden diese Bemerkungen einem Mann verzeihen, der, wenn er auch die Kriminalistik als bloße Liebhaberei betreibt, doch schon etwas älter und möglicherweise erfahrener ist als Sie.«

»Ich wäre der letzte, der das nicht anerkennen würde«, sagte der Detektiv herzlich. »Ich gebe zu, Sie kommen zur Sache; aber Sie machen dabei so verflixte Umwege.«

»Schon gut, dann will ich die Vergangenheit ruhen lassen und mich den Tatsachen der Gegenwart zuwenden. Letzte Nacht habe ich, wie ich bereits sagte, dem Manor House einen kurzen Besuch abgestattet. Ich sprach allerdings weder bei Mr. Barker noch bei Mrs. Douglas vor. Ich hielt es nicht für nötig, sie zu stören; aber ich war erfreut, zu hören, daß die Lady allem Anschein nach keine Trauer zeigte und eine vorzügliche Abendmahlzeit zu sich genommen hatte. Mein Besuch galt eigens dem guten Ames, mit dem ich einige Freundlichkeiten austauschte, die darin gipfelten, daß er mir, ohne jemand davon in Kenntnis zu setzen, erlaubte, eine Zeitlang allein im Arbeitszimmer zu sitzen.«

»Was! Mit dieser –« stieß ich hervor.

»Nein, nein; inzwischen ist alles wieder aufgeräumt. Mit Ihrer Genehmigung, Mr. Mac, wie man mir sagte. Das Zimmer befand sich in seinem normalen Zustand, und ich habe eine lehrreiche Viertelstunde darin verbracht.«

»Was haben Sie denn gemacht?«

»Nun, um aus einer so simplen Sache kein Geheimnis zu machen: Ich habe die fehlende Hantel gesucht. Sie spielte nämlich in meiner Beurteilung des Falles immer eine ziemlich gewichtige Rolle. Und schließlich habe ich sie gefunden.«

»Wo?«

»Aha! Schon stoßen wir an den Rand des Unerforschten. Lassen Sie mich noch ein Stückchen weiter gehen, ein kleines Stückchen weiter, und ich verspreche Ihnen, daß Sie Ihren Anteil an allem, was ich weiß, bekommen sollen.«

»Na schön, wir müssen Sie so nehmen, wie Sie sind«, sagte der Inspektor; »aber wenn Sie uns einfach so sagen, wir sollten den Fall aufgeben ... Warum, um Himmels willen, sollten wir denn den Fall aufgeben?«

»Aus dem einfachen Grund, mein lieber Mr. Mac, weil Sie nicht die geringste Ahnung haben, was Sie da eigentlich untersuchen.«

»Wir untersuchen den Mord an Mr. John Douglas von Birlstone Manor.«

»Ja, ja; gewiß. Aber sparen Sie sich die Mühe, diesen mysteriösen Gentleman auf dem Fahrrad aufspüren zu wollen. Ich versichere Ihnen, das bringt Sie nicht weiter.«

»Was sollen wir denn tun?«

»Ich will Ihnen sagen, was Sie tun sollen, wenn Sie bereit sind, es auch zu tun.«

»Na schön, ich muß zugeben, daß sich Ihre ganzen verqueren Methoden immer als sinnvoll erwiesen haben. Ich werde Ihren Rat befolgen.«

»Und Sie, Mr. White Mason?«

Der Detektiv vom Lande blickte hilflos von einem zum anderen. Mr. Holmes und seine Methoden waren ihm neu.

»Naja, wenn's dem Inspektor recht ist, dann soll's mir auch recht sein!« sagte er schließlich.

»Großartig!« sagte Holmes. »Dann empfehle ich Ihnen beiden einen hübschen, gemütlichen Spaziergang in die Umgebung. Ich habe mir sagen lassen, daß die Aussicht von Birlstone Ridge über den Weald-Forst bemerkenswert ist. Ein geeignetes Wirtshaus für eine Mahlzeit läßt sich zweifellos finden, allerdings hindert mich meine mangelnde Kenntnis der Umgebung, Ihnen ein solches zu empfehlen. Abends dann, müde, aber glücklich ...«

»Menschenskind, jetzt hört der Spaß aber auf!« rief MacDonald; er erhob sich wütend von seinem Stuhl.

»Schon gut, verbringen Sie den Tag, wie es Ihnen gefällt«, sagte Holmes; er klopfte ihm freundlich auf die Schulter. »Tun Sie, was Ihnen gefällt, und gehen Sie, wohin Sie wollen; aber finden Sie sich vor Einbruch der Dunkelheit unbedingt wieder hier ein – unbedingt, Mr. Mac.«

»Das klingt schon vernünftiger.«

»All diese Ratschläge waren vorzüglich; ich will jedoch davon nicht viel Aufhebens machen, solange Sie nur hier sind, wenn ich Sie brauche. Aber jetzt, ehe wir uns trennen, möchte ich, daß Sie Mr. Barker noch ein Briefchen schreiben.«

»Und was?«

»Wenn es Ihnen recht ist, diktiere ich Ihnen. Fertig?

›Sehr geehrter Herr, mir ist klargeworden, daß es unsere Pflicht ist, den Graben zu entwässern, in der Annahme, dort vielleicht etwas zu finden . . .‹«

»Das ist nicht möglich«, sagte der Inspektor; »das habe ich schon überprüft.«

»Tz, tz, mein sehr geehrter Herr! Tun Sie doch bitte, was ich Ihnen sage.«

»Na schön, fahren Sie fort.«

»›. . . in der Annahme, dort vielleicht etwas zu finden, das unsere Untersuchungen vorantreiben könnte. Ich habe bereits Anordnungen getroffen, und die Arbeiter werden morgen früh zur Stelle sein, den Bach abzuleiten . . .‹«

»Unmöglich!«

»›. . . den Bach abzuleiten, weshalb ich es für das Beste hielt, Sie über diese Angelegenheit zuvor in Kenntnis zu setzen.‹

Nun unterzeichnen Sie das und schicken es gegen vier Uhr per Boten ab. Zu diesem Zeitpunkt treffen wir uns wieder in diesem Raum. Bis dahin kann jeder tun, was ihm gefällt, denn ich darf Ihnen versichern, daß diese Untersuchung definitiv in ein Ruhestadium getreten ist.«

Der Abend brach herein, als wir uns wieder versammelten. Holmes wirkte sehr ernst, ich selbst war neugierig, und die Kriminalbeamten offensichtlich kritisch und verärgert.

»So, Gentlemen«, sagte mein Freund eindringlich, »ich bitte Sie nun, alles mit mir zu überprüfen; dann können Sie selbst beurteilen, ob meine Beobachtungen die Schlußfolgerungen, zu denen ich gelangt bin, rechtfertigen. Der Abend ist kühl, und ich weiß nicht, wie lange unser Ausflug dauern wird, daher bitte ich Sie, Ihre wärmsten Mäntel anzuziehen. Es ist vor allen Dingen wichtig, daß wir an Ort und Stelle sind, bevor es dunkel wird, deshalb wollen wir, mit Ihrer Erlaubnis, sofort aufbrechen.«

Wir schritten an der äußeren Parkbegrenzung des Manor House entlang, bis wir an eine Stelle gelangten, wo der Zaun, der das Gelände einfriedete, eine Lücke aufwies. Dort schlüpften wir hindurch und hielten uns dann in der hereinbrechenden Dunkelheit hinter Holmes, bis wir ein Gebüsch erreicht hatten, das dem Haupteingang und der Zugbrücke beinahe gegenüberlag. Letztere war nicht hochgezogen. Holmes ging hinter einem Lorbeerstrauch in Deckung, und wir drei folgten seinem Beispiel.

»Schön, und was sollen wir jetzt tun?« fragte MacDonald etwas mürrisch.

»Unsere Seelen in Geduld fassen und so wenig Lärm wie möglich machen«, erwiderte Holmes.

»Wozu hocken wir hier überhaupt? Ich finde, Sie könnten ruhig etwas offener zu uns sein.«

Holmes lachte.

»Watson behauptet, ich sei ein Dramatiker des wirklichen Lebens«, sagte er. »Es macht sich in mir etwas Künstlerisches bemerkbar und verlangt beharrlich nach einer guten Inszenierung. Unser Beruf, Mr. Mac, wäre doch sicherlich farblos und schäbig, wenn wir nicht manchmal die Szene entsprechend herrichteten, um unseren Erfolgen den richtigen Glanz zu verleihen. Die plumpe Anklage, das rohe Schulterpatschen bei der Verhaftung – was soll man mit solch einem *dénouement* anfangen? Hingegen schnelles Folgern, subtile Fallen, kluge Vorhersagen kommender Ereignisse, die triumphale Bestätigung kühner Theorien – ist das nicht der Stolz und die Rechtfertigung unserer Lebensarbeit? Im Augenblick sind Sie vom Zauber der Situation und von der Erwartung des Jägers ganz durchschauert. Wo bliebe dieser Schauer, wenn ich Angaben von der Eindeutigkeit eines Kursbuchs gemacht hätte? Ich bitte doch nur um ein wenig Geduld, Mr. Mac, und alles wird Ihnen klar werden.«

»Tja, ich hoffe, der Stolz und die Rechtfertigung und all das stellen sich ein, bevor wir uns zu Tode erkälten«, sagte der Detektiv aus London in komischer Resignation.

Wir alle hatten guten Grund, uns dieser Hoffnung anzuschließen, denn unsere Wache zog sich bitterlich in die Länge. Über der langgestreckten, düsteren Fassade des alten Hauses verfinsterten sich allmählich die Schatten. Ein kalter, feuchter Dunst vom Graben her ließ uns bis auf die Knochen frösteln und machte die Zähne klappern. Den Eingang beleuchtete eine einsame Lampe, und im verhängnisvollen Arbeitszimmer schimmerte ein ruhiges Lichtrund. Ansonsten war alles dunkel und still.

»Wie lange soll das noch dauern?« fragte der Inspektor plötzlich. »Und worauf warten wir eigentlich?«

»Ich weiß ebensowenig wie Sie, wie lange es noch dauert«, erwiderte Holmes etwas schroff. »Wenn die Verbrecher ihre Züge in einen Fahrplan eintrügen wie Eisenbahnen, wäre das für uns alle sicherlich bequemer. Und worauf wir... Na also, *darauf* haben wir gewartet.«

Während er sprach, wurde im Arbeitszimmer das helle gelbe Licht von jemandem verdunkelt, der davor auf und ab schritt. Der Lorbeerstrauch, hinter dem wir kauerten, befand sich in einer Entfernung von nicht mehr als einhundert Fuß direkt gegenüber dem Fenster. Plötzlich wurde es mit einem Wimmern der Scharniere aufgestoßen, und wir konnten undeutlich die dunklen Umrisse von Kopf und Schultern eines Mannes erkennen, der in die Finsternis hinausblickte. Einige Minuten lang spähte er so hinaus – auf eine heimliche, verstohlene Art; wie einer, der sich vergewissern will, daß er nicht beobachtet wird. Darauf beugte er sich vor, und in der gespannten Stille vernahmen wir das sanfte Schwappen aufgerührten Wassers. Er schien mit einem Gegenstand, den er in der Hand hielt, im Graben zu stochern. Dann zerrte er plötzlich etwas heraus – wie ein Angler, der einen Fisch an Land bringt –, ein großes, rundes Ding, welches das Licht verdunkelte, als es durch das offene Fenster gezogen wurde.

»Jetzt!« rief Holmes. »Jetzt!«

Wir waren alle auf den Beinen und wankten mit steifgefrorenen Gliedern hinter ihm her, während er, mit einem Aufflammen nervöser Energie, wie es ihn gelegentlich zum aktivsten und kräftigsten Mann machen konnte, den ich je kennengelernt habe, schnell über die Brücke rannte und heftig die Glocke betätigte. Von innen ertönte das Knarren von Türriegeln, und der erstaunte Ames stand im Eingang. Holmes wischte ihn wortlos beiseite und stürmte, gefolgt von uns, in das Zimmer, worin sich der Mann aufhielt, den wir beobachtet hatten.

Die Öllampe auf dem Tisch war die Quelle des Lichtscheins, den wir von draußen gesehen hatten. Sie befand sich nun in der Hand von Cecil Barker, der sie uns entgegenhielt, als wir eintraten. Ihr Licht fiel auf sein kräftiges, entschlossenes, glattrasiertes Gesicht und seine drohenden Augen.

»Was zum Teufel hat das alles zu bedeuten?« rief er. »Was wollen Sie überhaupt?«

Holmes warf einen raschen Blick nach allen Seiten und stürzte sich dann auf ein durchnäßtes, zusammengeschnürtes Bündel, das dort lag, wohin man es geschoben hatte: unter dem Schreibtisch.

»Das hier wollen wir, Mr. Barker. Dieses mit einer Hantel beschwerte Bündel, das Sie eben vom Grund des Grabens emporgezogen haben.«

Barker starrte Holmes verblüfft an.

»Woher, zum Donnerwetter, haben Sie davon etwas gewußt?«

»Ganz einfach, weil ich es dort hineinbefördert habe.«

»Sie haben es dort hineinbefördert! Sie!«

»Vielleicht hätte ich sagen sollen: ›wieder dorthin zurückbefördert‹«, sagte Holmes. »Sie werden sich erinnern, Inspektor MacDonald, daß mich das Fehlen einer Hantel etwas stutzig machte. Ich habe Ihre Aufmerksamkeit zwar darauf gelenkt; aber unter dem Druck anderer Ereignisse hatten Sie kaum die Zeit, ihr die Beachtung zu schenken, die es Ihnen ermöglicht hätte, daraus Deduktionen herzuleiten. Wenn ein Gewässer in der Nähe liegt und ein schwerer Gegenstand fehlt, dann ist die Vermutung, daß etwas im Wasser versenkt wurde, nicht sehr weit hergeholt. Der Gedanke verdiente zumindest, überprüft zu werden, und so konnte ich mit Hilfe von Ames, der mich in das Zimmer ließ, und mit Hilfe des Griffes von Dr. Watsons Regenschirm letzte Nacht dieses Bündel herausfischen und untersuchen. Für uns war freilich in erster Linie wichtig, nachweisen zu können, wer es dort versenkte. Dies bewerkstelligten wir mit einem äußerst plumpen Trick: der Ankündigung, daß morgen der Graben trockengelegt werde, was natürlich zur Folge haben sollte, daß, wer immer das Bündel versteckt hatte, es mit größter Gewißheit entfernen würde, sobald die Dunkelheit es zuließ. Nicht weniger als vier Personen können bezeugen, wer die Gelegenheit nutzte, und somit, denke ich, Mr. Barker, haben Sie jetzt das Wort.«

Sherlock Holmes legte das triefende Bündel auf den Tisch neben die Lampe und löste die Schnur, die es verknotete. Dann zog er eine Hantel daraus hervor und warf sie zu ihrer Gefährtin in der Ecke. Als nächstes brachte er ein Paar Stiefel zum Vorschein. »Amerikanische, wie Sie sehen«, bemerkte er, indem er auf die Spitzen deutete. Dann legte er ein langes, gefährliches Messer in einer Scheide auf den Tisch. Schließlich entwirrte er noch ein Kleiderbündel, das aus einer kompletten Garnitur Unterwäsche, Socken, einem grauen Tweed-Anzug und einem kurzen gelben Mantel bestand.

»Die Kleidungsstücke sind uninteressant«, bemerkte Holmes, »abgesehen freilich vom Mantel, der eine Fülle vielsagender Einzelheiten aufweist.« Er hielt ihn zärtlich ins Licht, während seine langen, dünnen Finger darüberfuhren. »Hier hat man, wie Sie sehen, die Innentasche in das Futter hinein verlängert, um für die gestutzte Vogelflinte genügend Platz zu schaffen. Auf dem Kragen befindet sich das Etikett des Schneiders – Neale, Ausstatter, Vermissa, USA. Ich habe einen lehrreichen Nachmittag in der Bibliothek des Pfarrers zugebracht und meine Kenntnisse um die Tatsache erweitert, daß Vermissa eine aufblühende kleine Stadt am oberen Ende eines der bekanntesten Kohle- und Eisentäler in den Vereinigten Staaten ist. Wenn ich mich recht entsinne, Mr. Barker, haben Sie die Kohlenreviere im Zusammenhang mit Mr. Douglas' erster Frau erwähnt, und es wäre eine sicher nicht allzu weit hergeholte Folgerung, daß das V.V. auf der Karte neben dem Leichnam für Vermissa Valley steht und daß es sich bei ebendiesem

Tal, das Mordboten entsendet, vielleicht um jenes Tal der Angst handelt, von dem wir bereits gehört haben. Dies alles ist ziemlich klar. Und nun, Mr. Barker, will ich Ihren Erklärungen nicht länger im Wege stehen.«

Cecil Barkers Gesichtsausdruck während dieser Ausführungen des großen Detektives war sehenswert. Ärger, Verblüffung, Bestürzung und Unschlüssigkeit wechselten in rascher Folge. Schließlich nahm er Zuflucht zu ziemlich bitterer Ironie.

»Sie wissen so viel, Mr. Holmes; vielleicht sollten lieber Sie uns noch etwas erzählen«, höhnte er.

»Ich zweifle nicht, daß ich Ihnen noch viel mehr erzählen könnte, Mr. Barker; aber aus Ihrem Mund würde es sich besser machen.«

»Oh, finden Sie, wirklich? Also, alles, was ich sagen kann, ist: Wenn es hier ein Geheimnis gibt, ist es nicht mein Geheimnis, und ich bin nicht der Mann, es zu verraten.«

»Tja, wenn Sie diesen Kurs einschlagen, Mr. Barker«, sagte der Inspektor ruhig, »dann müssen wir Sie unter Beobachtung stellen, bis wir einen Haftbefehl haben und Sie festnehmen können.«

»Machen Sie doch, was Sie wollen, verdammt nochmal«, sagte Barker trotzig.

Die Verhandlungen schienen, soweit sie ihn betrafen, definitiv an einen Schlußpunkt gelangt zu sein, denn man brauchte nur dieses granitene Gesicht zu betrachten, um einzusehen, daß keine noch so schwere und harte Strafe ihn jemals zwingen könnte, gegen seinen Willen auszusagen. Dieser verfahrenen Situation machte jedoch die Stimme einer Frau ein Ende. Mrs. Douglas hatte bereits in der halbgeöffneten Tür gestanden und zugehört; nun trat sie herein.

»Sie haben genug für uns getan, Cecil«, sagte sie. »Was immer dabei herauskommen mag, Sie haben genug getan.«

»Genug und mehr als genug«, bemerkte Sherlock Holmes ernst. »Sie haben mein volles Mitgefühl, Madame, und ich möchte Ihnen dringend ans Herz legen, etwas Zuversicht in die Vernunft unserer Rechtsprechung zu haben und die Polizei freiwillig vollkommen ins Vertrauen zu ziehen. Mag sein, daß ich selbst einen Fehler gemacht habe, als ich dem Wink, den Sie mir durch meinen Freund Dr. Watson zukommen ließen, nicht sofort nachgegangen bin; aber zu jenem Zeitpunkt hatte ich noch allen Grund zu glauben, daß Sie unmittelbar in das Verbrechen verwickelt seien. Inzwischen bin ich sicher, daß dem nicht so ist. Gleichzeitig gibt es noch viel Ungeklärtes, und ich würde dringend empfehlen, *Mr. Douglas* zu bitten, uns seine Geschichte selbst zu erzählen.«

Bei Holmes' Worten stieß Mrs. Douglas einen überraschten Schrei aus. Die Kriminalbeamten und ich müssen ihn wie ein Echo aufgenommen haben, als wir einen Mann gewahrten, der sich aus der Wand gelöst zu haben schien und nun aus der Dunkelheit der Ecke, wo er aufgetaucht war, hervorkam. Mrs. Douglas wandte sich um, und im Nu hielt sie die Arme um ihn geschlungen. Barker hatte seine ausgestreckte Hand ergriffen.

»So ist es am besten, Jack«, wiederholte seine Frau mehrmals. »Bestimmt ist es am besten so.«

»Ja, allerdings, Mr. Douglas«, sagte Sherlock Holmes. »Ich bin sicher, es erweist sich auch für Sie als das Beste.«

Der Mann stand da und blinzelte uns an mit dem betäubten Blick eines Menschen, der aus dem Dunkel ins Helle tritt. Sein Gesicht war bemerkenswert: kühne, graue Augen; ein kräftiger, gestutzter, angegrauter Schnurrbart; ein quadratisches, vorstehendes Kinn und ein humorvoller Mund. Er sah uns alle eingehend an; dann schritt er, zu meiner Überraschung, auf mich zu und überreichte mir ein Bündel Papier.

»Ich habe schon von Ihnen gehört«, sagte er, mit einer Stimme, die weder ganz englisch noch ganz amerikanisch, aber durchaus voll und angenehm klang. »Sie sind der Historiker des Grüppchens hier. Also, Dr. Watson, eine Geschichte wie diese ist noch nie zuvor durch Ihre Hände gegangen, da wett ich meinen letzten Dollar drauf. Erzählen Sie sie auf Ihre Art; aber hier stehn die Tatsachen drin, und solange Sie die verwenden, können Sie Ihr Publikum nicht verfehlen. Ich habe jetzt zwei Tage lang festgesessen und die Stunden des Tageslichts – soweit ich in dieser Rattenfalle überhaupt Tageslicht bekommen konnte – damit verbracht, das Zeug aufzuschreiben. Es steht Ihnen zur Verfügung – Ihnen und Ihrem Publikum. Hier ist die Geschichte vom Tal der Angst.«

»Das ist Vergangenheit, Mr. Douglas«, sagte Sherlock Holmes ruhig. »Was wir nun zu hören wünschen, ist Ihre Geschichte der Gegenwart.«

»Die können Sie haben, Sir«, sagte Douglas. »Kann ich dabei rauchen? Ja, danke, Mr. Holmes; wenn ich mich recht entsinne, rauchen Sie auch; und Sie werden sich denken können, was es heißt, mit Tabak in der Tasche zwei Tage lang dazusitzen und Angst zu haben, daß der Geruch einen verraten könnte.« Er lehnte sich an den Kaminsims und sog an der Zigarre, die Holmes ihm angeboten hatte. »Ich habe schon von Ihnen gehört, Mr. Holmes; ich hätte nie gedacht, daß ich Sie mal kennenlernen würde. Noch bevor Sie damit durch sind« – dabei nickte er zu meinen Blättern hinüber –, »werden Sie zugeben, daß das was ganz Neues ist.«

Inspektor MacDonald hatte den Neuankömmling mit größter Verblüffung angestarrt.

»Also, das haut mich wahrhaftig um!« rief er endlich. »Wenn Sie Mr. John Douglas von Birlstone Manor sind, wessen Tod haben wir dann die letzten zwei Tage untersucht, und wo, in aller Welt, kommen jetzt Sie her? Sie schienen mir wie ein Schachtelteufel aus dem Fußboden zu springen.«

»Ei, Mr. Mac«, sagte Holmes und drohte mit dem Zeigefinger, »Sie wollten ja dieses ausgezeichnete lokalhistorische Sammelwerk nicht lesen, das beschreibt, wie König Charles sich verborgen hielt. In jenen Tagen verbargen sich die Menschen nur in einem zuverlässigen Versteck, und ein damals benutztes Versteck ist möglicherweise von neuem verwendbar. Ich war davon überzeugt, daß wir Mr. Douglas in diesem Haus finden würden.«

»Und wie lange haben Sie schon dieses Spiel mit uns getrieben, Mr. Holmes?« fragte der Inspektor ärgerlich. »Wie lange haben Sie uns unsere Kräfte an eine Untersuchung verschwenden lassen, von der Sie wußten, daß sie absurd ist?«

»Nicht einen Augenblick lang, mein lieber Mr. Mac. Ich habe mir meine Ansichten zu diesem Fall erst letzte Nacht gebildet. Da sie nicht vor heute abend bewiesen werden konnten, habe ich Sie und Ihren Kollegen freundlich aufgefordert, sich einen freien Tag zu machen. Was, bitte, hätte ich sonst tun können? Als ich diese Garnitur von Kleidungsstücken im Graben fand, wurde mir sofort klar, daß die Leiche, die wir vorgefunden hatten, auf keinen Fall die Leiche von Mr. John Douglas, sondern nur die des Radfahrers aus Tunbridge Wells sein konnte. Eine andere Schlußfolgerung war nicht möglich. Daher mußte ich herausfinden, wo Mr. John Douglas sich verstecken könnte; ein Abwägen der Möglichkeiten ergab, daß er sich, in stillschweigender Übereinkunft mit seiner Frau und seinem Freund, in einem Haus, das für einen Flüchtling wie geschaffen war, verborgen hielt und ruhigere Zeiten abwartete, um endgültig entkommen zu können.«

»Tja, so wie Sie's dargestellt haben, kommt es ungefähr hin«, sagte Mr. Douglas zustimmend. »Ich dachte, ich gehe Ihren britischen Gesetzen besser aus dem Wege; ich war nämlich nicht sicher, wie die Sache hier für mich aussieht, außerdem habe ich eine Chance gesehen, diese Hunde ein für allemal von meiner Fährte abzubringen. Wohlgemerkt: ich habe von Anfang bis Ende nichts getan, wofür ich mich schämen müßte und was ich nicht wieder tun würde; aber das können Sie selbst beurteilen, wenn ich Ihnen meine Geschichte erzähle. Schon gut, Sie brauchen mich nicht zu ermahnen, Inspektor; ich werde mich schnurgerade an die Wahrheit halten.

Ich will nicht mit dem Anfang beginnen. Das steht alles dort drin« – er deutete auf mein Papierbündel –, »und was für eine verdammt seltsame Geschichte das ist, werden Sie schon merken. Das Ganze läuft auf Folgendes hinaus: Es gibt ein paar Männer, die guten Grund haben, mich zu hassen, und die ihren letzten Dollar opfern würden, nur um noch zu erleben, daß es mich erwischt. Solange ich am Leben bin und solange sie am

Leben sind, gibt es in dieser Welt keine Sicherheit für mich. Sie haben mich von Chicago nach Kalifornien gejagt und dann aus Amerika vertrieben; aber als ich geheiratet und mich in diesem ruhigen Flecken niedergelassen habe, glaubte ich, meine letzten Jahre würden friedlich werden. Ich habe meiner Frau nie erklärt, wie die Dinge lagen. Warum sollte ich sie mit hineinziehen? Sie hätte nie wieder einen ruhigen Augenblick gehabt, sondern immer mit dem Schlimmsten gerechnet. Ich nehme an, daß sie ein bißchen was wußte; hie und da habe ich ja vielleicht ein Wort fallenlassen – den wahren Sachverhalt hat sie jedoch bis gestern, nachdem Sie, Gentlemen, mit ihr gesprochen hatten, nie erfahren. Sie hat Ihnen alles gesagt, was sie wußte, und Barker hier ebenfalls; denn in der Nacht, als die Sache passiert ist, war für Erklärungen arg wenig Zeit. Inzwischen weiß sie alles, und es wäre gescheiter von mir gewesen, wenn ich es ihr schon früher erzählt hätte. Aber das ist mir immer schwergefallen, Liebes« – er nahm einen Augenblick ihre Hand in die seine –, »und ich wollte ja nur das Beste.

Also, Gentlemen, am Tag vor diesen Ereignissen war ich drüben in Tunbridge Wells, und auf der Straße fiel mein Blick im Vorbeigehen auf einen Mann. Es war nur ein flüchtiger Blick; aber für diese Dinge habe ich ein scharfes Auge, und so gab es für mich nicht den geringsten Zweifel, wer das war. Es war der schlimmste aller meiner Feinde – ein Mann, der die ganzen Jahre über hinter mir her war wie ein hungriger Wolf hinter einem Karibu. Ich wußte also, daß es Ärger geben würde, und bin nach Hause gefahren, um mich darauf vorzubereiten. Ich dachte, ich schaffe es schon, das alleine auszufechten. Es gab mal eine Zeit, als mein Glück in den ganzen Vereinigten Staaten sprichwörtlich war. Ich habe nie daran gezweifelt, daß es mir noch immer zur Seite stehen würde.

Den ganzen nächsten Tag war ich also auf der Hut und ging nicht einmal in den Park hinaus. Das war auch gut so, sonst hätte er die Hand am Drücker dieser Schrotflinte gehabt, bevor ich überhaupt auf ihn anlegen konnte. Nachdem die Brücke oben war – ich fühlte mich immer ruhiger, wenn diese Brücke abends oben war –, habe ich die Sache vollkommen aus meinem Kopf verdrängt. Ich habe keinen Moment damit gerechnet, daß er ins Haus eindringt und mir auflauert. Aber als ich gewohnheitsgemäß im Schlafrock meine Runde machte, hatte ich kaum das Arbeitszimmer betreten, als ich die Gefahr witterte. Ich schätze, wenn ein Mann in seinem Leben schon mal Gefahren ausgesetzt war – und das war ich zu meiner Zeit mehr als die meisten –, gibt es eine Art sechsten Sinn, der die rote Flagge schwenkt. Ich habe das Warnsignal nur zu deutlich wahrgenommen; trotzdem könnte ich Ihnen nicht sagen, weshalb. Im nächsten Augenblick habe ich unter dem Fenstervorhang einen Stiefel erkannt – und da wurde mir klar genug, weshalb.

Ich hatte nur diese eine Kerze in der Hand, aber von der Hallenleuchte kam ausreichend Licht durch die offene Tür. Ich stell die Kerze ab und mach einen Satz nach dem Hammer, den ich auf dem Kaminsims liegengelassen hatte. Im gleichen Moment springt er mich an. Ich seh ein Messer aufblitzen und schlage nach ihm mit dem Hammer. Irgendwo hab ich ihn getroffen; das Messer klirrt nämlich zu Boden. Flink wie ein Aal schlüpft er um einen Tisch herum, und einen Moment später hat er seine Flinte unter dem Mantel hervorgezogen. Ich hör ihn den Hahn spannen, aber ehe er abfeuern kann, hab ich sie schon zu fassen gekriegt. Ich pack sie am Lauf, und wir haben mit Zähnen und Klauen eine Minute oder länger darum gerungen. Wer losläßt, der ist tot. Er hat nie losgelassen, aber der Kolben hat wohl einen Moment zu lange nach unten gezeigt. Vielleicht war ich es, der dann abgedrückt hat. Vielleicht ist es durch das Gerangel zwischen uns losgegangen. Jedenfalls hat er beide Ladungen ins Gesicht abgekriegt, und da stehe ich und starre auf das, was von Ted Baldwin noch übriggeblieben ist. Ich hatte ihn schon in der Stadt erkannt und dann, als er mich angesprungen hat; aber so, wie er jetzt vor mir lag, hätte ihn seine eigene Mutter nicht wiedererkannt. Ich bin ja harte Sachen gewohnt; aber bei seinem Anblick hat sich mir ganz schön der Magen umgedreht.

Ich hab mich noch an der Seite vom Tisch festgehalten, als

Barker runtergerannt kam. Dann hör ich meine Frau kommen, lauf zur Tür und halt sie auf. Das war kein Anblick für eine Frau. Ich verspreche, bald zu ihr zu kommen. Dann hab ich ein oder zwei Worte zu Barker gesagt – er hat alles mit einem Blick begriffen –, und wir warten noch darauf, daß die übrigen auftauchen. Aber nichts rührt sich. Da geht uns auf, daß sie vielleicht gar nichts gehört haben und daß nur wir wissen, was geschehen ist.

Das war der Augenblick, wo mir die Idee gekommen ist. Sie war glänzend, sie hat mich völlig umgehauen. Der Ärmel des Mannes war nach oben gerutscht, und auf dem Unterarm da war das Brandzeichen der Loge. Sehen Sie, hier.«

Der Mann, der uns als Douglas bekannt war, streifte seinen Jackenärmel hoch und entblößte ein braunes Dreieck in einem Kreis – genau wie das, welches wir bei dem Toten gesehen hatten.

»Das war es, was mich darauf gebracht hat. Mit einemmal sah ich alles ganz klar vor mir. Seine Größe, Haarfarbe und Figur – fast gleich wie meine. Auf sein Gesicht konnte freilich keiner mehr einen Eid ablegen, armer Teufel! Ich hab ihm diese Kleidergarnitur runtergerissen, und nach einer Viertelstunde hatten Barker und ich ihm meinem Schlafrock angezogen, und er lag so da, wie Sie ihn gefunden haben. Seine ganzen Sachen haben wir zu einem Bündel verschnürt, und ich hab es mit dem einzigen Gewicht, das ich auftreiben konnte, beschwert und aus dem Fenster geschmissen. Die Karte, die er auf meine Leiche legen wollte, lag nun neben seiner eigenen. Dann wurden meine Ringe an seinen Finger gesteckt, aber als mein Ehering an der Reihe war« – er streckte seine kräftige Hand aus –, »da ging's bei mir nicht weiter, wie Sie selbst sehen können. Ich habe ihn seit meinem Hochzeitstag nicht mehr entfernt, und es hätte eine Feile gebraucht, ihn wegzubekommen. Ich weiß sowieso nicht, ob ich Lust gehabt hätte, mich von ihm zu trennen; aber selbst wenn ich es gewollt hätte, es ging nicht. So mußten wir halt dies Detail sich selbst überlassen. Andererseits habe ich ein Stück Pflaster geholt und es dort befestigt, wo im Moment bei mir selber eines klebt. Da ist Ihnen was durchgerutscht, Mr. Holmes, so schlau Sie sonst sind; denn wenn Sie zufällig das Pflaster weggenommen hätten, wäre darunter kein Schnitt zu sehen gewesen.

Tja, das war also die Lage. Wenn es mir gelang, eine Weile unterzutauchen und dann an einen Ort zu entkommen, wo ich mit meiner Frau zusammentreffen könnte, hätten wir endlich eine Chance, den Rest unseres Lebens in Frieden zu verbringen. Diese Teufel würden keine Ruhe geben, solange ich noch am Leben war; aber wenn sie in den Zeitungen lasen, daß Baldwin seinen Mann erwischt hatte, wären all meine Scherereien zu Ende. Viel Zeit, Barker und meiner Frau die Geschichte zu erklären, hatte ich nicht; aber sie haben genug begriffen, um mir helfen zu können. Ich wußte alles über diesen Schlupfwinkel, Ames ebenso, aber ihn mit der Sache in Zusammenhang zu bringen, auf die Idee ist er gar nie gekommen. Ich habe mich also dorthin zurückgezogen, und es lag nun bei Barker, den Rest zu besorgen.

Ich schätze, Sie können sich selbst zusammenreimen, was er getan hat. Er hat das Fenster geöffnet und die Spur auf dem Sims angebracht, als Hinweis darauf, wie der Mörder entflohen sei. Das war wohl etwas dick aufgetragen; aber da die Brücke oben war, gab es keine andere Möglichkeit. Als dann alles hergerichtet war, hat er wie ein Wilder geläutet. Was danach geschehen ist, wissen Sie – und jetzt, Gentlemen, tun Sie, was Sie für richtig halten; aber ich habe Ihnen nur die Wahrheit, die volle Wahrheit erzählt, so wahr mir Gott helfe! Für mich heißt jetzt die Frage: Wie stehe ich vor den englischen Gesetzen da?«

Es folgte Schweigen, dem Sherlock Holmes schließlich ein Ende machte.

»Die englischen Gesetze sind im großen und ganzen gerechte Gesetze. Sie haben nichts Schlimmeres zu erwarten, als Sie nach deren Maßgabe verdienen. Aber meine Frage an Sie wäre: Woher wußte der Mann, daß Sie hier wohnen und wie er ins Haus gelangen und wo er sich verstecken konnte, um Sie zu erwischen?«

»Ich habe keine Ahnung.«

Holmes' Gesicht war sehr bleich und ernst.

»Ich fürchte, die Geschichte ist noch nicht zu Ende«, sagte er. »Möglicherweise droht Ihnen Schlimmeres als die englischen Gesetze – Schlimmeres sogar noch als Ihre amerikanischen Feinde. Ich sehe Unannehmlichkeiten auf Sie zukommen, Mr. Douglas. Sie sollten meinem Rat folgen und weiterhin auf der Hut sein.«

Und nun, meine geduldigen Leser, bitte ich Sie, sich mit mir eine Zeitlang zu entfernen – weit fort vom Birlstone Manor House in Sussex, und weit fort auch von dem Jahr, da wir unsere ereignisreiche Reise unternahmen, die mit dem seltsamen Bericht des Mannes endete, den man unter dem Namen John Douglas kannte. Ich bitte Sie, zeitlich etwa zwanzig Jahre zurück- und räumlich einige tausend Meilen westwärts zu reisen, damit ich Ihnen eine einzigartige und schreckliche Geschichte vorlegen kann – so einzigartig und so schrecklich, daß es Ihnen möglicherweise schwerfallen wird, zu glauben, daß sie sich wirklich so zugetragen hat, wie ich sie erzähle. Denken Sie nun nicht, ich schöbe gewaltsam eine Geschichte ein, bevor die andere zu Ende ist. Daß dem nicht so ist, werden Sie feststellen, wenn Sie weiterlesen. Und wenn ich jene entlegenen Ereignisse genau beschrieben und sich dies Rätsel der Vergangenheit Ihnen gelöst hat, werden wir uns einmal mehr in der Baker Street treffen; in jenen Räumen, wo diese Geschichte, wie so manche andere wunderbare Begebenheit, ihr Ende finden wird.

TEIL II

Die Scowrers

8. DER MANN

MAN schrieb den vierten Februar des Jahres 1875. Es war ein strenger Winter gewesen, und in den Schluchten der Gilmerton Mountains lag tiefer Schnee. Der Dampfpflug hatte jedoch die Schienen freigehalten, und der Abendzug, der die Verbindung zwischen den weit auseinanderliegenden Kohlenbergbau- und Eisenhüttensiedlungen herstellte, ächzte die halsbrecherischen Steigungen hinauf; die Strecke führte von Stagville in der Ebene nach Vermissa, dem am oberen Ende von Vermissa Valley liegenden Hauptort. Von dort zieht sich der Schienenstrang hinab nach Barton's Crossing, Helmdale und in das reine Ackerbaugebiet von Merton. Es war eine einspurige Eisenbahnstrecke; aber auf jedem Nebengleis – und deren gab es sehr viele – kündeten die langen Reihen der mit Kohle und Eisenerz beladenen Güterwagen vom verborgenen Reichtum, welcher rauhes Volk und geschäftiges Treiben in diese trostloseste Ecke der Vereinigten Staaten von Amerika gebracht hatte.

Denn trostlos war sie. Der erste Pionier, der sie durchstreifte, hätte sich wohl kaum träumen lassen, daß die herrlichsten Prärien und die saftigsten Weiden wertlos waren im Vergleich zu diesem düsteren Land der schwarzen Felsen und struppigen Wälder. Über den dunklen und oft fast undurchdringlichen Waldungen auf ihren Flanken türmten sich die hohen, kahlen Gipfel der Berge, gleißender Schnee und gezackter Fels auf beiden Seiten, und ließen in der Mitte ein langes, gewundenes, mehrfach gekrümmtes Tal frei. Dieses kroch der kleine Zug langsam hinauf.

Im vordersten Personenwagen, einem langen, schmucklosen Gefährt, in dem etwa zwanzig bis dreißig Passagiere saßen, hatte man eben die Öllampen angezündet. Die meisten Passagiere waren Arbeiter, die von ihrem harten Tagewerk in den unteren Abschnitten des Tals heimkehrten. Rußgeschwärzte Gesichter und mitgeführte Grubenlampen kennzeichneten mindestens ein Dutzend von ihnen als Bergleute. Sie saßen rauchend in einer Gruppe zusammen und unterhielten sich leise; gelegentlich warfen sie einen flüchtigen Blick zu zwei Männern auf der gegenüberliegenden Wagenseite, deren Uniformen und Dienstmarken sie als Polizisten auswiesen. Mehrere Frauen aus der Arbeiterschicht und ein paar Reisende, die kleine ortsansässige Ladenbesitzer sein mochten, bildeten den Rest der Gesellschaft – abgesehen von einem jungen Mann, der ganz alleine in einer Ecke saß. Und just diesem Mann gilt unser Interesse. Sehen wir ihn uns gut an, denn er verdient es.

Es ist ein junger Mann von schätzungsweise nicht ganz dreißig Jahren, mittelgroß und von frischer Gesichtsfarbe. Er hat große, kluge und humorvolle graue Augen, die von Zeit zu Zeit forschend aufblitzen, wenn er durch seine Brille die Leute um sich herum betrachtet. Es ist leicht zu erkennen, daß er ein umgängliches und vielleicht etwas schlichtes Wesen besitzt und bestrebt ist, zu allen Menschen freundlich zu sein. Jeder könnte sogleich ausmachen, daß er in seinem Wesen und Verhalten gesellig und offenherzig ist, einen raschen Verstand hat und ein bereitwilliges Lächeln. Dem aufmerksamen Beobachter jedoch fiele vielleicht eine gewisse Festigkeit der Kinnbacken und die grimme Straffheit der Lippenpartie auf, die ihn warnend darauf hinwiesen, daß hier Tieferes verborgen liegt und daß dieser gefällige, braunhaarige junge Ire vermutlich in jeder Gesellschaft, in die man ihn einführte, seine Spuren hinterlassen würde, im Guten oder im Bösen.

Nachdem er versuchsweise ein oder zwei Bemerkungen zu dem ihm zunächst sitzenden Bergmann gemacht und darauf nur kurze mürrische Antworten erhalten hatte, ergab sich der Reisende ungeselligem Schweigen und starrte verstimmt aus dem Fenster in die vorbeiziehende Landschaft. Es war keine ermunternde Aussicht. Durch die zunehmende Dunkelheit pulsierte die rote Glut der Hochöfen auf den Hängen der Hügel. Zu beiden Seiten ragten große Schlackenhalden und Zinderhaufen empor; über ihnen türmten sich die hohen Schachtgerüste der Kohlenzechen. Hie und da, verstreut entlang der Strecke, standen zusammengewürfelte Gruppen armseliger Holzhäuser, deren Fenster jetzt nach und nach aufleuchteten, und an den zahlreichen Haltestellen drängten sich ihre rußgeschwärzten Bewohner. Die Eisen- und Kohlentäler des Distrikts Vermissa waren kein Aufenthaltsort für Müßiggänger oder Kultivierte. Allenthalben zeigte sich unerbittlich, wie hart der Lebenskampf hier war, wie rauh die Arbeit, die verrichtet werden mußte, und wie rauh die Arbeiter, die sie verrichteten.

In diese düstere Gegend blickte der junge Reisende hinaus; auf seinem Gesicht mischten sich Widerwille und Interesse, welches verriet, daß der Anblick ihm neu war. Dann und wann zog er aus der Tasche einen umfangreichen Brief, sah darin etwas nach und kritzelte auf dessen Ränder einige Notizen. Einmal holte er hinten aus dem Bund etwas hervor, das man im Besitz eines Mannes von so sanftem Auftreten kaum vermutet hätte. Es war ein riesiger Marinerevolver. Als er ihn schräg ins Licht drehte, zeigten die schimmernden Ränder der Kupferpatronen in der Trommel, daß er voll geladen war. Rasch steckte er ihn in die verborgene Tasche zurück; doch schon hatte ihn ein Arbeiter bemerkt, der sich auf die benachbarte Bank gesetzt hatte.

»Hallo, Kumpel!« sagte er. »Scheinst ja gut gerüstet zu sein.«

Der junge Mann lächelte verlegen.

»Ja«, sagte er; »die Dinger brauchen wir manchmal dort, wo ich herkomme.«

»Und wo wäre das?«

»Ich komme grad eben aus Chicago.«

»Noch neu hier in der Gegend?«

»Ja.«

»Du wirst vielleicht bald merken, daß du ihn auch hier brauchst«, sagte der Arbeiter.

»Ach! Wirklich?« Der junge Mann schien interessiert.

»Hast du denn noch nichts davon gehört, was sich hier so alles abspielt?«

»Nichts, was ungewöhnlich wäre.«

»So was, ich dachte, das ganze Land spricht davon. Na ja, du wirst es noch schnell genug erfahren. Was führt dich denn her?«

»Ich habe gehört, hier gibt es immer Arbeit für einen, der willig ist.«

»Bist du in der Gewerkschaft?«

»Klar.«

»Dann wirst du deinen Job kriegen, schätze ich. Hast du schon ein paar Freunde?«

»Noch nicht, aber ich hab die Mittel, mir welche zu machen.«

»Wie willst'n das anstellen?«

»Ich gehöre zum Ehrwürdigen Orden der Freimaurer. Es gibt keine Stadt ohne eine Loge, und wo eine Loge ist, da finde ich auch meine Freunde.«

Die Bemerkung löste bei seinem Gesprächspartner eine eigenartige Reaktion aus. Mißtrauisch warf er nach allen Seiten schnelle Blicke zu den anderen im Wagen. Die Bergleute flüsterten noch immer miteinander. Die beiden Polizisten dösten. Dann kam er herüber, setzte sich dicht neben den jungen Reisenden und streckte die Hand aus.

»Hier, schlag ein«, sagte er.

Die beiden wechselten einen Händedruck.

»Ich sehe, du sprichst die Wahrheit. Aber sicher ist sicher.«

Er hob die rechte Hand an die rechte Augenbraue. Sogleich hob der Reisende die linke Hand an die linke Augenbraue.

»Dunkle Nächte sind unangenehm«, sagte der Arbeiter.

»Ja, für Fremde auf Reisen«, antwortete der andere.

»Das reicht. Ich bin Bruder Scanlan, Loge 341, Vermissa Valley. Freut mich, dich bei uns zu begrüßen.«

»Danke. Ich bin Bruder John McMurdo, Loge 29, Chicago. Logenmeister J. H. Scott. Da habe ich aber Glück gehabt, so schnell schon einen Bruder zu treffen.«

»Oh, in dieser Ecke gibt's eine ganze Menge von uns. Du wirst sehen, nirgends in den Staaten floriert der Orden so wie gerade hier in Vermissa Valley. Aber ein paar Kerle wie dich könnten wir schon noch brauchen. Ich verstehe allerdings nicht, wieso ein fixer Bursche, der in der Gewerkschaft ist, in Chicago keine Arbeit findet.«

»Ich habe eine Menge Arbeit gefunden«, sagte McMurdo.

»Warum bist du dann weggegangen?«

McMurdo nickte in die Richtung der Polizisten und lächelte.

»Ich schätze, das würden die Jungs dort auch gern wissen.«

Scanlan knurrte verständnisvoll.

»Schwierigkeiten?« fragte er flüsternd.

»Große.«

»Größenordnung Zuchthaus?«

»Wenn's reicht.«

»Doch keine Mordsache?«

»Es ist zu früh, um von so was zu reden«, sagte McMurdo mit einer Miene, als hätte er sich verleiten lassen, mehr zu sagen, als er beabsichtigte. »Ich habe meine guten Gründe, aus Chicago fortzugehen, und das laß dir genug sein. Wer bist du, daß du dir herausnimmst, so was zu fragen?«

Seine grauen Augen blitzten vor Zorn plötzlich gefährlich hinter den Brillengläsern auf.

»Schon gut, Kumpel. War nicht so gemeint. Egal, was du angestellt hast, die Jungs werden deshalb nicht schlechter von dir denken. Wohin willst du?«

»Nach Vermissa.«

»Das ist der drittnächste Halt. Und wo willst du wohnen?«

McMurdo zog einen Umschlag hervor und hielt ihn dicht an die trübe Öllampe.

»Hier ist die Adresse – Jacob Shafter, Sheridan Street. Das ist eine Pension, die mir ein Bekannter in Chicago empfohlen hat.«

»Hm, die kenne ich nicht; aber Vermissa gehört auch nicht zu meinem Bereich. Ich wohne in Hobson's Patch; das ist da, wo wir gerade anhalten. Aber hör mal, einen kleinen Rat will ich dir noch geben, eh wir uns trennen: Wenn du Schwierigkeiten hast in Vermissa, dann geh gleich ins Union House zu Boss McGinty. Das ist der Stuhlmeister der Vermissa-Loge, und in dieser Gegend geschieht nichts ohne die Einwilligung von Black

Jack McGinty. Mach's gut, Kumpel. Vielleicht sehen wir uns mal an einem der nächsten Logenabende. Aber denk an meine Worte; wenn du Schwierigkeiten hast, dann geh zu Boss McGinty.«

Scanlan stieg aus, und McMurdo war wieder seinen Gedanken überlassen. Die Nacht war inzwischen hereingebrochen, und in der Dunkelheit tosten und loderten die Flammen der zahlreichen Hochöfen. Vor diesem fahlen Hintergrund krümmten und streckten, drehten und wanden sich dunkle Gestalten unter den Bewegungen der Schachtwinde oder der Förderhaspel zum Rhythmus eines ewigen Klirrens und Tosens.

»Ich schätze, so ähnlich muß die Hölle aussehen«, sagte eine Stimme.

McMurdo drehte sich um und sah, daß einer der Polizisten sich an seinem Platz aufgerichtet hatte und in die feurige Einöde hinausstarrte.

»Also, wenn du mich fragst«, sagte der andere Polizist, »ich würde sagen, so ähnlich muß die Hölle *sein.* Wenn es da unten noch schlimmere Teufel gibt als die paar, die wir hier kennen, dann wär sie nämlich übler, als ich mir so gedacht hab. Ich schätze, Sie sind neu hier, junger Mann?«

»Und wenn's so wäre?« versetzte McMurdo schroff.

»Nur so viel, Mister, daß ich Ihnen raten würde, in der Auswahl Ihrer Freunde vorsichtig zu sein. Wenn ich Sie wäre, würd ich mich, glaub ich, nicht gleich mit Mike Scanlan und seiner Bande einlassen.«

»Was, zum Donnerwetter, geht Sie das an, wer meine Freunde sind?« brüllte McMurdo, so daß jeder Kopf im Wagen sich wandte und Zeuge des Wortwechsels wurde. »Habe ich Sie vielleicht um Ihren Rat gebeten, oder halten Sie mich für einen solchen Trottel, daß ich nicht ohne ihn auskommen könnte? Reden Sie gefälligst erst, wenn Sie einer was fragt, und bei mir können Sie, weiß Gott, lange darauf warten!«

Er schob den Kopf vor und fletschte die Schutzleute an wie ein knurrender Hund.

Die beiden Polizisten, schwerfällige, gutmütige Männer,

waren völlig verblüfft von der außerordentlichen Vehemenz, mit der ihr freundlicher Annäherungsversuch zurückgewiesen worden war.

»Nichts für ungut, Fremder«, sagte einer. »Die Warnung war ja nur zu Ihrem Besten; Sie haben doch selbst erklärt, daß Sie neu in der Gegend sind.«

»Ich bin zwar neu in der Gegend, aber ihr und eure Sorte seid mir nicht neu«, rief McMurdo in kaltem Zorn. »Ich schätze, ihr seid überall gleich; jedem drängt ihr eure Ratschläge auf, ohne danach gefragt zu werden.«

»Vielleicht lernen wir uns schon bald etwas näher kennen«, sagte einer der Polizisten grinsend. »Sie sind ja ein ganz besonderes Früchtchen, wenn ich mich nicht irre.«

»Das hab ich auch gerade gedacht«, bemerkte der andere. »Ich schätze, wir sehen uns wieder.«

»Glaubt ja nicht, daß ich vor euch Angst habe«, rief McMurdo. »Mein Name ist Jack McMurdo – verstanden? Und wenn ihr Sehnsucht nach mir habt, dann findet ihr mich bei Jacob Shafter in der Sheridan Street, Vermissa; ich verstecke mich also nicht vor euch, klar? Mit euresgleichen nehme ich es jederzeit auf, bei Tag oder bei Nacht. Daß ihr euch da bloß keine falschen Vorstellungen macht.«

Angesichts dieses unerschrockenen Auftretens des Neulings erhob sich unter den Bergleuten zustimmendes und bewunderndes Gemurmel, während die beiden Polizisten die Achseln zuckten und ihre Unterhaltung wieder aufnahmen. Ein paar Minuten später fuhr der Zug in den schlecht beleuchteten Bahnhof ein, und die meisten Fahrgäste stiegen aus, denn Vermissa war die größte Ortschaft an der Strecke. McMurdo nahm seine lederne Reisetasche auf und wollte eben in die Dunkelheit hinaustreten, als ihn einer der Bergleute ansprach.

»Weiß Gott, Kumpel! Du kannst mit den Cops umgehen«, sagte er ehrfürchtig. »Das war ja toll. Komm, ich trag deine Tasche und zeig dir den Weg. Shafter's liegt sowieso auf dem Weg zu meiner Bude.«

Als sie den Bahnsteig überquerten, ertönte von den anderen

Bergleuten ein Chor freundlicher Gute-Nacht-Wünsche. Noch ehe er den Fuß hineingesetzt hatte, war der stürmische McMurdo in Vermissa bereits ein Begriff.

War schon die Umgebung ein Ort des Schreckens gewesen, so wirkte die Stadt auf ihre Weise sogar noch deprimierender. Mit seinen riesigen Feuern und den Wolken dahinziehenden Rauches hatte das langgestreckte Tal wenigstens noch eine gewisse düstere Grandezza, und die Hügel, die man neben den monströsen Gruben aufgeschüttet hatte, stellten ein passendes Monument für die Kraft und den Unternehmungsgeist des Menschen dar. Die Stadt aber bot ein totes Einerlei von schäbiger Häßlichkeit und Verwahrlosung. Die Hauptstraße war vom Verkehr zu einem grauenhaften Lehm- und Schnee-Matsch zerfurcht. Die Bürgersteige waren eng und holprig. Die zahlreichen Gaslampen dienten lediglich dazu, eine lange Zeile von Holzhäusern, deren jedes eine Veranda zur Straße hatte, in ihrer Ungepflegtheit und Verdrecktheit ins Licht zu rücken. Erst als die beiden sich dem Stadtzentrum näherten, heiterte sich die Szene auf durch eine Reihe hell erleuchteter Läden und mehr noch durch eine Anhäufung von Saloons und Spielhäusern, in denen die Bergleute ihre hart verdienten, aber üppigen Löhne ausgaben.

»Das ist das Union House«, sagte McMurdos Führer; er deutete auf einen Saloon, der fast schon die Würde eines Hotels ausstrahlte. »Jack McGinty ist dort der Boss.«

»Was ist das eigentlich für ein Mann?« fragte McMurdo.

»Was! Hast du noch nie vom Boss gehört?«

»Wie kann ich von ihm gehört haben, wo du doch weißt, daß ich hier fremd bin?«

»Naja, ich dachte, sein Name ist quer durch die ganzen Staaten bekannt. Er hat ja oft genug in den Zeitungen gestanden.«

»Weswegen denn?«

»Naja« – der Bergmann senkte die Stimme –, »von wegen der Geschäfte.«

»Was für Geschäfte?«

»Du lieber Gott, Mister, ich will dich ja nicht beleidigen, aber du bist schon ein komischer Vogel. Hier gibt's nur eine Sorte Geschäfte, und das sind die Geschäfte der Scowrers.«

»Ach richtig, ich glaube, ich habe in Chicago schon was über die Scowrers gelesen. Eine Mörderbande, oder nicht?«

»Still, bist du lebensmüde!« rief der Bergmann, blieb stehen vor Schreck und starrte seinen Gefährten bestürzt an. »Mann, du wirst hier nicht lange leben, wenn du auf offener Straße sowas sagst. Manch einer ist schon für weniger zu Tode geprügelt worden.«

»Ja, aber ich weiß doch gar nichts über sie. Ich hab das bloß gelesen.«

»Und ich sag ja nicht, was du gelesen hast, sei nicht die Wahrheit gewesen.« Der Mann sah sich nervös nach allen Seiten um, während er sprach; er spähte in die Dunkelheit, als fürchtete er, eine lauernde Gefahr zu entdecken. »Wenn Töten Mord ist, dann gibt's hier, weiß Gott, Mord in Hülle und Fülle. Aber untersteh dich, Fremder, den Namen von Jack McGinty im Zusammenhang damit auch nur zu hauchen; jedes Flüstern wird ihm nämlich zugetragen, und er ist keiner, der so was durchgehen läßt. So, hier ist das Haus, das du gesucht hast – das, was von der Straße etwas zurückversetzt ist. Du wirst sehen, der alte Jacob Shafter, der's betreibt, ist so ehrlich wie nur irgendeiner in diesem Ort.«

»Danke«, sagte McMurdo, schüttelte seinem neuen Bekannten die Hand, nahm die Reisetasche wieder auf und stapfte den Weg hinauf zu dem Wohnhaus, wo er laut an die Tür klopfte. Sie wurde sogleich geöffnet von einer ganz anderen Person, als er erwartet hatte.

Es war eine Frau, jung und von einzigartiger Schönheit. Sie gehörte zum deutschen Typ, helle Haut und blonde Haare; in reizvollem Kontrast dazu stand ein Paar schöner, dunkler Augen, mit denen sie den Fremdling überrascht und anmutig verlegen musterte, wobei eine Welle von Farbe über ihr blasses Antlitz ging. Eingerahmt vom hellen Licht der offenen Tür stand sie da, und McMurdo schien es, als hätte er noch nie ein schöneres Bild gesehen, zumal sein Kontrast zu der schmutzigen und düsteren Umgebung es noch anziehender machte. Ein auf jenen schwarzen Schlackenhalden bei den Minen wachsendes liebliches Veilchen wäre keine wundersamere Erscheinung gewesen. Er war so hingerissen, daß er sie wortlos anstarrte; sie war es, die schließlich das Schweigen brach.

»Ich dachte, es sei Vater«, sagte sie mit einem angenehmen Anflug eines deutschen Akzentes. »Wollen Sie zu ihm? Er ist in der Stadt. Ich erwarte ihn aber jede Minute zurück.«

McMurdo blickte sie noch immer in offener Bewunderung an, bis sie verwirrt die Augen senkte vor diesem unverschämten Besucher.

»Nein, Miss«, sagte er endlich; »ich muß nicht gleich zu ihm. Aber Ihr Haus wurde mir als Pension empfohlen. Ich hatte zwar vermutet, daß es mir zusagt; aber jetzt weiß ich es sicher.«

»Sie sind ja schnell in Ihren Entschlüssen«, sagte sie lächelnd.

»Nur ein Blinder wäre das nicht«, erwiderte er.

Sie lachte über das Kompliment.

»Kommen Sie doch herein, Sir«, sagte sie. »Ich bin Miss Ettie Shafter, die Tochter von Mr. Shafter. Meine Mutter ist tot, und ich besorge das Haus. Sie können sich im Vorderzimmer an den Ofen setzen, bis Vater kommt. Ach, da ist er ja schon; jetzt können Sie mit ihm gleich alles regeln.«

Ein schwerfälliger, ältlicher Mann kam den Weg heraufgestapft. Mit wenigen Worten erklärte McMurdo sein Anliegen. Ein Mann namens Murphy habe ihm in Chicago die Adresse gegeben. Der habe sie wiederum von jemand anderem. Der alte Shafter war mit allem einverstanden. Der Fremde fand am Mietzins nichts auszusetzen, stimmte allen Bedingungen sofort zu und hatte offenbar ziemlich viel Geld. Für zwölf Dollar die Woche, zahlbar im voraus, sollte er Kost und Logis erhalten. So geschah es, daß McMurdo, nach eigenem Bekenntnis ein Flüchtling vor dem Gesetz, unter dem Dach der Shafters Wohnung nahm – der erste Schritt, der zu einer so langen und dunklen Folge von Ereignissen führen und in einem fernen Land enden sollte.

9. DER LOGENMEISTER

McMurdo war ein Mann, der sich schnell einen Namen machte. Wo immer er sich aufhielt, war dieser Name bald bei allen Leuten bekannt. Innerhalb einer Woche war er bei Shafter's zur weitaus wichtigsten Person geworden. Zehn oder zwölf Gäste wohnten dort; aber der junge Ire hatte ein ganz anderes Kaliber als diese biederen Vorarbeiter oder einfachen Ladenangestellten. Wenn sie abends zusammensaßen, waren seine Witze immer die gelungensten, seine Gespräche die muntersten und seine Lieder die besten. Er war der Inbegriff des lustigen Kumpans, und seine Ausstrahlung versetzte alle um ihn herum in gute Laune.

Andererseits zeigte sich immer wieder, wie damals im Eisenbahnwagen, eine Neigung zu wildem Jähzorn, der diejenigen, die mit ihm zusammenstießen, zu Respekt und sogar Furcht nötigte. Zudem legte er gegenüber dem Gesetz und allem, was damit zusammenhing, eine bittere Verachtung an den Tag, was einige seiner Mitbewohner ergötzte und andere beunruhigte.

Von Anfang an ließ er durch seine offene Bewunderung erkennen, daß die Tochter des Hauses von dem Augenblick an, da er ihre Schönheit und Anmut gesehen, sein Herz gewonnen hatte. Er war kein schüchterner Freier. Schon am zweiten Tag gestand er ihr, daß er sie liebe, und von da an wiederholte er diese Worte immer wieder, ohne im geringsten darauf zu achten, was sie erwidern mochte, um ihn zu entmutigen.

»Ein anderer!« pflegte er zu rufen. »Na gut, Pech für den anderen! Muß er eben sehen, wie er zurechtkommt! Soll ich die Chance meines Lebens und die ganze Sehnsucht meines Herzens opfern für einen anderen? Sie können ruhig weiter ›Nein‹ sagen, Ettie! Der Tag wird kommen, da sagen Sie ›Ja‹, und ich bin noch jung genug, zu warten.«

Er war ein gefährlicher Freier, mit seiner gewandten irischen

Zunge und seiner netten, schmeichelnden Art. Zudem umgab ihn jener Zauber von Erfahrung und Geheimnis, der das Interesse und schließlich die Liebe einer Frau weckt. So sprach er zum Beispiel von den lieblichen Tälern der Grafschaft Monaghan, aus der er stammte, von der herrlichen fernen Insel, ihren sanften Hügeln und grünen Wiesen, die um so schöner schienen, da die Phantasie sie vor diesem Hintergrund aus Schmutz und Schnee betrachtete. Dann war er vertraut mit dem Leben in den Städten des Nordens, mit Detroit und den Holzfällersiedlungen von Michigan, mit Buffalo und schließlich mit Chicago, wo er in einer Sägemühle gearbeitet hatte. Hinzu kam ein Hauch von Abenteuer, das Gefühl, daß ihm in jener großen Stadt seltsame Dinge widerfahren waren, so seltsam und so persönlich, daß darüber nicht gesprochen werden durfte. Nachdenklich sprach er von einer plötzlichen Abreise, dem Abbruch alter Verbindungen, einer Flucht in eine fremde Welt, die in diesem düsteren Tal endete, und Ettie lauschte; ihre Augen schimmerten vor Mitleid und Sympathie – jenen beiden Seelenzuständen, die sich so rasch und so selbstverständlich in Liebe verwandeln können.

Da McMurdo eine gute Ausbildung hatte, bekam er vorübergehend eine Arbeit als Buchhalter. Diese nahm ihn den größten Teil des Tages in Anspruch, und er hatte noch keine Gelegenheit gefunden, sich beim Vorstand der Loge vom Ehrwürdigen Orden der Freimaurer zu melden. Eines Abends erinnerte ihn jedoch ein Besuch Mike Scanlans, jenes Logenbruders, den er im Zug kennengelernt hatte, an sein Versäumnis. Scanlan, ein kleiner, nervöser Mann mit spitzem Gesicht und schwarzen Augen, schien sich über das Wiedersehen zu freuen. Nach ein paar Gläsern Whisky kam er auf den Gegenstand seines Besuches zu sprechen.

»Hör mal, McMurdo«, begann er, »ich hab deine Adresse im Kopf behalten, da war ich so frei, mal vorbeizukommen. Es wundert mich, daß du dich noch nicht beim Logenmeister gemeldet hast. Was ist denn los, daß du noch nicht bei Boss McGinty warst?«

»Na, ich mußte Arbeit finden. Ich war bis jetzt zu beschäftigt.«

»Du mußt einfach Zeit für ihn finden, und wenn du alles andere stehen läßt. Lieber Gott, Mann, du bist verrückt, daß du nicht gleich am ersten Morgen nach deiner Ankunft ins Union House gegangen bist und deinen Namen eingetragen hast! Wenn du Stunk mit ihm kriegst – also, dazu *darf* es nicht kommen – das wär's.«

McMurdo zeigte sich leicht überrascht.

»Ich bin schon seit über zwei Jahren Logenmitglied, Scanlan, aber von so dringenden Pflichten habe ich noch nie gehört.«

»Vielleicht nicht in Chicago!«

»Na und, es ist hier doch die gleiche Gesellschaft.«

»Wirklich?« Scanlan sah ihn lange und starr an. In seinem Blick lag etwas Drohendes.

»Etwa nicht?«

»Wir sprechen in einem Monat wieder darüber. Ich höre, du hast dich mit den Polizisten unterhalten, nachdem ich aus dem Zug gestiegen bin.«

»Woher weißt du das?«

»Oh, das spricht sich rum – hier spricht sich alles rum, im Guten wie im Schlechten.«

»Naja, ich habe den Bluthunden gesagt, was ich von ihnen halte.«

»Bei Gott, du wärst ein Mann nach McGintys Herzen!«

»Was – haßt er die Polizei etwa auch?«

Scanlan brach in Gelächter aus.

»Geh hin und sprich mit ihm, mein Junge«, sagte er, als er sich verabschiedete. »Wenn du nicht gehst, wird er nämlich nicht die Polizei hassen, sondern dich! Also, hör auf den Rat eines Freundes und geh gleich!«

Zufällig hatte McMurdo am selben Abend noch eine weitere dringende Unterredung, die ihn in die gleiche Richtung nötigte. Möglicherweise waren seine Aufmerksamkeiten gegenüber Ettie auffälliger denn zuvor gewesen, oder aber sie hatten sich dem guten deutschen Gastgeber nach und nach ins träge Bewußtsein gedrängt; aus welchem Grund auch immer – der Pensionswirt winkte jedenfalls den jungen Mann in sein Privatzimmer und kam ohne Umschweife, wenn auch mit deutlich deutschem Akzent, zum Thema.

»Es scheint so, Mister«, sagte er, »daß Sie's auf meine Ettie abgesehen haben. Kann das stimmen, oder irr ich mich da?«

»Ja, das stimmt«, antwortete der junge Mann.

»Tja, da will ich Ihnen man gleich sagen, daß das wohl nich viel Zweck hat. Da ist vor Ihnen schon einer reingeschlüpft.«

»Das hat sie mir gesagt.«

»Na, da können Sie drauf wetten, daß sie die Wahrheit sagt! Hat Sie Ihnen gesagt, wer es ist?«

»Nein; ich habe sie danach gefragt, aber sie wollte es mir nicht sagen.«

»Das hab ich mir gedacht, das kleine Luder. Vielleicht wollte sie Ihnen keine Angst einjagen und Sie nicht verscheuchen.«

»Verscheuchen!« brauste McMurdo auf.

»Nicht doch, mein Freund! Sie brauchen sich nicht zu schämen, wenn Sie Angst vor ihm haben. Es ist Teddy Baldwin.«

»Und wer zum Teufel ist das?«

»Das ist'n Boss von den Scowrers.«

»Scowrers! Von denen hab ich schon gehört. Scowrers hier und Scowrers dort, und immer nur im Flüsterton. Wovor habt ihr alle bloß Angst? Wer *sind* diese Scowrers?«

Der Pensionswirt senkte unwillkürlich die Stimme; wie jeder, der von dieser schrecklichen Gesellschaft sprach.

»Die Scowrers«, sagte er, »das ist der Ehrwürdige Orden der Freimaurer.«

Der junge Mann sprang auf.

»He, ich bin selbst ein Mitglied des Ordens.«

»Sie! Wenn ich das gewußt hätt, dann hätt ich Sie nie in mein Haus gelassen – und wenn Sie mir hundert Dollar die Woche zahlen würden.«

»Was stimmt denn nicht mit dem Orden? Er steht doch für Wohltätigkeit und gute Kameradschaft. So lauten die Regeln.«

»Vielleicht anderswo. Nicht hier!«

»Was ist er denn hier?«

»Ein Mörderverein, das ist er.«

McMurdo lachte ungläubig.

»Wie wollen Sie das beweisen?« fragte er.

»Beweisen! Gibt's nich fünfzehn Morde, die's beweisen? Was ist mit Milman und Van Shorst und Familie Nicholson und dem alten Mr. Hyam und dem kleinen Billy James und den andern? Beweisen! Gibt's denn in dem Tal hier einen Mann oder eine Frau, wo da nicht von Bescheid wissen?«

»Hören Sie!« sagte McMurdo ernst. »Ich will, daß Sie zurücknehmen, was Sie gesagt haben, oder daß Sie dafür geradestehen. Eines von beiden müssen Sie tun, ehe ich diesen Raum verlasse. Versetzen Sie sich doch in meine Lage. Ich bin fremd hier in der Stadt. Ich gehöre einer Vereinigung an, die ich nur als unbescholtene kenne. Man findet sie landauf und landab in den Staaten; aber überall ist sie unbescholten. Und jetzt, wo ich gerade vorhabe, mich ihr hier anzuschließen, erzählen Sie mir, daß sie gleichbedeutend mit einem Mörderverein namens ›Scowrers‹ ist. Ich schätze, Sie schulden mir entweder eine Entschuldigung oder eine Erklärung, Mr. Shafter.«

»Ich kann Ihnen bloß sagen, was eh schon die ganze Welt weiß, Mister. Die Bosse von die einen sind die Bosse von die andern. Wer die einen ärgert, den hauen dann die andern. Das hat sich schon zu oft erwiesen.«

»Das ist nur Geschwätz! Ich will Beweise!« sagte McMurdo.

»Wenn Sie man länger hier leben, werden Sie Ihren Beweis schon noch kriegen. Aber ich vergeß ja ganz, daß Sie selber einer von denen sind. Sie werden bald so schlimm sein wie der Rest. Sie müssen schon 'ne andere Bleibe suchen, Mister. Hier kann ich Sie nicht behalten. Ist schon schlimm genug, daß einer von die Leut herkommt und meiner Ettie den Hof macht und daß ich mich nich trau, ihn ordentlich abzukanzeln; aber daß ich noch einen als Gast haben soll? Ja, wirklich, das ist die letzte Nacht, wo Sie hier schlafen!«

So sah sich McMurdo zur Verbannung verurteilt – sowohl

aus seinem behaglichen Quartier als auch aus der Nähe des Mädchens, das er liebte. Am selben Abend noch traf er sie alleine im Wohnzimmer und schüttete ihr sein Herz aus.

»Doch, Ihr Vater hat mir eben gekündigt«, sagte er. »Wenn es nur um das Zimmer ginge, würde mir das wenig ausmachen; aber Sie, Ettie! Wenn ich Sie auch erst eine Woche kenne, so sind Sie doch meine wahre Lebensluft, und ohne Sie kann ich nicht leben.«

»Oh, still, Mr. McMurdo! So dürfen Sie nicht sprechen!« sagte das Mädchen. »Ich habe Ihnen doch gesagt, daß Sie zu spät kommen, oder nicht? Es gibt einen anderen, und wenn ich ihm auch nicht versprochen habe, ihn gleich zu heiraten, so kann ich es doch keinem anderen versprechen.«

»Angenommen, ich wäre als erster gekommen, Ettie; hätte ich dann eine Chance gehabt?«

Das Mädchen barg das Gesicht in den Händen.

»Ich wünsche beim Himmel, Sie *wären* der erste gewesen«, schluchzte sie.

Im Nu war McMurdo vor ihr auf den Knien.

»Um Gottes Willen, Ettie, bleib dabei!« rief er. »Willst du dein und mein Leben ruinieren, nur wegen diesem Versprechen? Folge doch deinem Herzen, acushla! Es ist ein besserer Führer als jedes Versprechen, das du gegeben hast, ohne zu wissen, was du sagst.«

Er hielt Etties weiße Hand zwischen seinen kräftigen braunen Händen.

»Sag, daß du mein bist, und wir fechten es gemeinsam aus!«

»Doch nicht hier?«

»Doch, hier.«

»Nein, nein, Jack!« Nun hielt er sie in den Armen. »Hier geht es nicht. Kannst du mich denn nicht fortbringen?«

Einen Augenblick lang kämpfte es in McMurdos Gesicht; schließlich wurde es fest wie Granit.

»Nein, hier«, sagte er. »Ich halte dich fest, Ettie – gegen die ganze Welt, genau hier, wo wir stehen!«

»Warum gehen wir nicht gemeinsam fort?«

»Nein, Ettie, ich kann hier nicht weg.«

»Aber warum denn?«

»Ich könnte nie wieder den Kopf hochtragen, wenn ich das Gefühl hätte, verjagt worden zu sein. Außerdem, wovor sollen wir denn Angst haben? Sind wir nicht freie Leute in einem freien Land? Wenn du mich liebst und ich dich liebe, wer könnte es wagen, dazwischenzutreten?«

»Du weißt es nicht, Jack. Du bist noch zu kurze Zeit hier. Du kennst diesen Baldwin nicht. Du kennst McGinty und seine Scowrers nicht.«

»Nein, ich kenne sie nicht und ich fürchte sie nicht und ich glaube auch nicht an sie!« sagte McMurdo. »Ich habe unter rauhen Burschen gelebt, mein Liebling; aber statt sie zu fürchten, hat es immer damit geendet, daß sie mich gefürchtet haben – immer, Ettie. Es ist doch einfach verrückt! Wenn diese Männer, wie dein Vater behauptet, Verbrechen auf Verbrechen begangen haben, hier im Tal, und wenn jeder sie namentlich kennt, wie kommt es dann, daß noch keiner vor den Richter gebracht worden ist? Kannst du mir das sagen, Ettie?!«

»Weil kein Zeuge es wagt, gegen sie auszusagen. Er würde sonst keinen Monat mehr leben. Und weil sie außerdem immer eigene Leute haben, die beschwören, daß der Beschuldigte weit weg vom Tatort war. Aber Jack, das mußt du doch alles gelesen haben! Ich dachte, alle Zeitungen in den Staaten schreiben darüber.«

»Ja, ich habe zwar etwas gelesen, es aber immer für Lügenmärchen gehalten. Vielleicht haben die Männer einen Grund für das, was sie tun. Vielleicht geschieht ihnen Unrecht, und sie wissen sich nicht anders zu helfen.«

»Oh, Jack, bitte, sprich nicht so! So spricht er auch – der andere!«

»Baldwin – so spricht er auch, wirklich?«

»Und eben deshalb verabscheue ich ihn so. Oh, Jack, jetzt kann ich dir die Wahrheit sagen, ich verabscheue ihn von ganzem Herzen; aber ich habe auch Angst vor ihm. Ich habe Angst um mich; vor allem aber habe ich Angst um Vater. Ich weiß, daß ein großes Unglück über uns kommt, wenn ich zu sagen wage, was ich wirklich fühle. Deshalb habe ich ihn mit halben Versprechungen hingehalten. Das war unsere einzige Hoffnung, wirklich wahr. Aber wenn du mit mir fliehen würdest, Jack, könnten wir Vater mitnehmen und für immer fern der Herrschaft dieser verruchten Männer leben.«

Wieder kämpfte es in McMurdos Miene, und wieder wurde sie fest wie Granit.

»Dir soll kein Leid geschehen, Ettie – auch deinem Vater nicht. Aber was die verruchten Männer angeht, so wirst du, noch bevor die Sache ausgestanden ist, vermutlich merken, daß ich so schlimm bin wie der Schlimmste von ihnen.«

»Nein, nein, Jack! Dir würde ich immer und überall vertrauen.«

McMurdo lachte bitter.

»Lieber Gott, wie wenig weißt du von mir! Deine unschuldige Seele, mein Liebling, könnte nicht einmal ahnen, was in meiner vorgeht. Aber, hallo, wer kommt denn da?«

Die Tür war plötzlich aufgesprungen, und ein junger Bursche trat so forsch herein, als wäre er der Herr des Hauses. Es war ein hübscher, schneidiger junger Mann, ungefähr im gleichen Alter und von gleicher Statur wie McMurdo. Er hatte ein hübsches Gesicht mit einer gebogenen Habichtnase, und unter dem breitrandigen schwarzen Filzhut, den abzunehmen er sich nicht die Mühe machte, blickten wilde, herrische Augen wütend auf das am Ofen sitzende Paar.

Ettie war aufgesprungen, voller Verwirrung und Furcht.

»Ich freue mich, daß Sie da sind, Mr. Baldwin«, sagte sie. »Sie kommen früher als erwartet. Setzen Sie sich doch.«

Baldwin stand mit den Händen in den Hüften da und schaute auf McMurdo.

»Wer ist das?« fragte er kurz.

»Das ist ein Freund von mir, Mr. Baldwin – ein neuer Gast. Mr. McMurdo, darf ich Sie mit Mr. Baldwin bekanntmachen?«

Die jungen Männer nickten einander unfreundlich zu.

»Miss Ettie hat Ihnen vermutlich erzählt, wie es mit uns steht?« sagte Baldwin.

»Ich habe das nicht so verstanden, daß zwischen Ihnen irgendeine Beziehung bestünde.«

»Nein? Na, dann verstehen Sie es eben jetzt. Lassen Sie es sich gesagt sein: Diese junge Lady gehört mir; und Sie werden sehen, der Abend ist schön und wie geschaffen für einen Spaziergang.«

»Danke, ich bin nicht in Stimmung dafür.«

»Nein?« Die wilden Augen des Mannes flackerten vor Zorn. »Vielleicht sind Sie in Stimmung für einen Kampf, Mr. Gast?«

»Dafür ja«, rief McMurdo und sprang auf. »Was Besseres konnten Sie gar nicht vorschlagen.«

»Um Gottes willen, Jack! Oh, um Gottes willen!« rief die arme, verwirrte Ettie. »Oh, Jack, Jack, er wird dir etwas antun!«

»Oh, höre ich ›Jack‹, ja?« sagte Baldwin und fluchte. »So weit seid ihr also schon?«

»Oh, Ted, seien Sie vernünftig – seien Sie wieder gut! Mir zuliebe, Ted; wenn Sie mich je geliebt haben, dann seien Sie großmütig und verzeihen Sie!«

»Ich glaube, Ettie, du solltest uns jetzt alleine lassen, dann könnten wir diese Sache klären«, sagte McMurdo ruhig. »Oder vielleicht, Mr. Baldwin, kommen Sie lieber mal kurz hinaus auf die Straße mit mir. Es ist ja ein schöner Abend, und hinter dem nächsten Block gibt es ein freies Gelände.«

»Mit Ihnen rechne ich ab, ohne mir dabei die Hände schmutzig zu machen«, sagte sein Gegner. »Sie werden sich wünschen, nie einen Fuß in dieses Haus gesetzt zu haben, noch ehe ich mit Ihnen fertig bin.«

»Dann mal los jetzt!« rief McMurdo.

»Den Zeitpunkt suche ich mir selber aus, Mister. Den können Sie ruhig mir überlassen. Sehen Sie her!« Er krempelte plötzlich den Ärmel hoch und zeigte ein merkwürdiges Zeichen auf seinem Unterarm, das dort eingebrannt zu sein schien. Es war ein Kreis mit einem Dreieck darin. »Wissen Sie, was das bedeutet?«

»Ich weiß es nicht, und es ist mir auch egal!«

»Na, Sie werden es schon noch kennenlernen. Das verspreche ich Ihnen. Und Sie brauchen bis dahin auch nicht alt zu werden. Vielleicht kann Ihnen Miss Ettie etwas darüber sagen. Und was dich betrifft, Ettie, du wirst noch auf den Knien zu mir zurückkehren. Hörst du, Mädchen? Auf den Knien! Und dann werd ich dir sagen, wie deine Strafe aussieht. Du hast gesät – und, bei Gott, ich werde dafür sorgen, daß du auch erntest!« Er starrte die beiden wütend an. Dann machte er auf dem Absatz kehrt, und einen Moment später krachte die Haustür hinter ihm zu.

Ein paar Augenblicke lang standen McMurdo und das Mädchen schweigend da. Dann schlang sie die Arme um ihn.

»Oh, Jack, wie mutig du warst! Aber es hat keinen Zweck – du mußt fliehen! Heute nacht – Jack – heute nacht noch! Das ist deine einzige Hoffnung. Er will dir ans Leben. Ich habe es in seinen schrecklichen Augen gelesen. Was hast du denn für eine Chance gegen ein Dutzend von ihnen, mit Boss McGinty und der ganzen Macht der Loge dahinter?«

McMurdo löste sich aus ihren Armen, küßte sie und schob sie sanft in einen Stuhl zurück.

»Ruhig, acushla, ruhig! Sorg dich nicht und hab keine Angst um mich. Ich bin doch selbst Freimaurer. Das habe ich vorhin schon deinem Vater gesagt. Womöglich bin ich gar nicht besser als die anderen, deshalb mach bitte keinen Heiligen aus mir. Vielleicht haßt du mich jetzt, nachdem ich dir das gesagt habe.«

»Dich hassen, Jack! Das könnte ich nie im Leben! Ich habe gehört, daß es nur hier etwas Böses ist, Freimaurer zu sein; warum sollte ich also schlechter von dir denken? Aber wenn du ein Freimaurer bist, Jack, warum gehst du dann nicht zu Boss McGinty und machst ihn dir zum Freund? Oh, beeil dich, Jack, beeil dich! Gib du ihm zuerst Bescheid, oder die Bluthunde werden dir auf der Spur sein.«

»Das habe ich auch gerade gedacht«, sagte McMurdo. »Ich geh jetzt gleich und bringe die Sache in Ordnung. Du kannst deinem Vater ausrichten, daß ich heute nacht noch hier schlafe und mir morgen früh ein anderes Quartier suche.«

In der Bar von McGintys Saloon herrschte wie üblich Gedränge, denn sie war der Lieblingstreffpunkt aller rauheren Elemente der Stadt. Der Mann war beliebt, denn er hatte eine rauhe, joviale Art, eine Maske, hinter der sich eine ganze Menge verbarg. Aber abgesehen von dieser Beliebtheit genügte allein schon die Angst, die man überall in der Ortschaft, ja über die gesamten dreißig Meilen des Tales und die angrenzenden Berge hinaus vor ihm empfand, um seine Bar zu füllen, denn niemand konnte es sich leisten, sein Wohlwollen nicht zu pflegen.

Er hatte nicht nur jene geheime Macht, von der er, nach allgemeiner Ansicht, so erbarmungslos Gebrauch machte, sondern bekleidete auch ein hohes öffentliches Amt; er war Stadtrat und Leiter der Abteilung für Straßenbau – ein Amt, in das er mit den Stimmen von Schurken gewählt worden war, die ihrerseits dafür Gefälligkeiten von ihm erwarteten. Gemeinde- und Staatssteuern waren sehr hoch, die öffentlichen Bauarbeiten wurden notorisch vernachlässigt, die Abrechnungen überflogen von bestochenen Buchprüfern, und den ehrbaren Bürger zwang man durch Terror, öffentliche Erpressungsgelder zu zahlen und den Mund zu halten, damit ihm nicht noch Schlimmeres widerfuhr. So kam es, daß die diamantenen Krawattennadeln von Boss McGinty mit jedem Jahr auffälliger, daß seine goldenen Ketten über immer prächtigeren Westen noch schwerer wurden und daß sein Saloon sich weiter und weiter ausdehnte, bis er eine ganze Seite des Marktplatzes zu verschlukken drohte.

McMurdo stieß die Schwingtür des Saloons auf und bahnte sich durch die Menschenmenge und die von Tabaksrauch getrübte und von Alkoholdüften geschwängerte Atmosphäre einen Weg. Der Raum war strahlend hell erleuchtet, und von allen Wänden warfen riesige, üppig vergoldete Spiegel vielfältig das grelle Licht zurück. Mehrere Barkeeper in Hemdsärmeln waren emsig damit beschäftigt, den Müßiggängern, die die breite, reich mit Metall beschlagene Theke säumten, Drinks zu mixen. Am hinteren Ende des Tresens stand, mit aufgestützten Ellenbogen und einer steil aus dem Mundwinkel ragenden Zigarre, ein großer, kräftiger, wuchtig gebauter Mann, der niemand anders sein konnte denn der berüchtigte McGinty selbst. Er war ein schwarzmähniger Riese; sein Bart reichte bis zu den Wangenknochen, und sein rabenschwarzer Haarschopf fiel bis auf den Kragen herab. Seine Haut war dunkel wie die eines Italieners, und das sonderbar tote Schwarz seiner Augen, in Verbindung mit einem leichten Schielen, verlieh ihnen ein besonders unheimliches Aussehen. Alles übrige an dem Mann, sein stattlicher Wuchs, das gute Gesicht und seine zwanglose Haltung paßten zu jener jovialen Kumpelhaftigkeit, die er zur Schau trug. Hier, würde man sagen, steht ein gutmütiger, ehrbarer Zeitgenosse, der sein Herz auf dem rechten Fleck trägt, wie rüde seine unverblümten Worte auch immer scheinen mögen. Nur wenn sich diese toten dunklen Augen in ihrer ganzen Tiefe und Grausamkeit auf einen hefteten, schrumpfte man in sich zusammen mit dem Gefühl, da gegenüber lauere das Böse in seiner ganzen Vielfalt, verbunden mit Kraft und Mut und Verschlagenheit, die es noch tausendmal tödlicher machten.

Nachdem er den Mann gründlich gemustert hatte, bahnte sich McMurdo mit den Ellbogen und der üblichen unbekümmerten Keckheit seinen Weg weiter nach vorne und schob sich durch die kleine Gruppe von Höflingen, die um den mächtigen Boß herumschwänzelten und noch beim geringsten seiner Scherze in brüllendes Gelächter ausbrachen. Furchtlos blickten die kühnen grauen Augen des jungen Fremdlings durch die Brillengläser in jene tödlichen schwarzen, die sich scharf auf ihn richteten.

»Nanu, junger Mann, Ihr Gesicht kommt mir nicht bekannt vor.«

»Ich bin auch noch neu hier, Mr. McGinty.«

»Doch nicht so neu, daß Sie einen Gentleman nicht korrekt anreden können.«

»Das ist Councillor McGinty, junger Mann«, sagte eine Stimme aus der Gruppe.

»Tut mir leid, Councillor. Ich bin mit den hiesigen Bräuchen noch nicht vertraut. Aber man hat mir empfohlen, Sie aufzusuchen.«

»Na, nun haben Sie mich ja gefunden. Mehr ist da nicht. Und wie finden Sie mich?«

»Tja, es ist noch ein bißchen früh. Aber wenn Ihr Herz so groß ist wie Ihr Leib und Ihre Seele so gut wie Ihr Gesicht, dann wär ich schon mehr als zufrieden«, sagte McMurdo.

»Bei Gott, jedenfalls haben Sie eine echt irische Zunge im Maul«, rief der Saloonbesitzer, unschlüssig, ob er diesem dreisten Besucher mit Humor begegnen oder auf seine Würde pochen sollte. »So hätten Sie also die Güte, meine Erscheinung passieren zu lassen?«

»Natürlich«, sagte McMurdo.

»Und man hat Ihnen geraten, mich aufzusuchen?«

»Ja.«

»Und wer hat Ihnen das geraten?«

»Bruder Scanlan von der Loge 341, Vermissa. Ich trinke auf Ihr Wohl, Councillor, und auf unsere nähere Bekanntschaft.« Er hob ein Glas, das man ihm gereicht hatte, an die Lippen und spreizte beim Trinken den kleinen Finger ab.

McGinty, der ihn scharf beobachtet hatte, hob seine dichten schwarzen Augenbrauen.

»Oh, so ist das also?« sagte er. »Das muß ich dann doch ein bißchen genauer prüfen, Mister...«

»McMurdo.«

»Ein bißchen genauer, Mr. McMurdo; wir nehmen hier nämlich nicht einfach auf Treu und Glauben Leute auf und glauben auch nicht alles, was uns erzählt wird. Kommen Sie doch einen Moment, hier, hinter der Bar.«

Es gab dort einen kleinen Raum mit Fässern entlang den Wänden. McGinty schloß sorgfältig die Tür und setzte sich dann auf eines davon; nachdenklich biß er auf seine Zigarre und musterte sein Gegenüber mit jenen beunruhigenden Augen. Ein paar Minuten lang saß er völlig schweigend da.

McMurdo nahm die Prüfung gutgelaunt hin; eine Hand steckte in der Jackentasche, und mit der anderen zwirbelte er seinen braunen Schnurrbart. Plötzlich beugte McGinty sich vor und brachte einen gefährlich aussehenden Revolver zum Vorschein.

»Paß auf, mein Spaßvögelchen«, sagte er; »wenn ich merken sollte, daß du irgendwelche Spielchen mit uns treibst, mach ich kurzen Prozeß mit dir.«

»Das ist ja ein seltsamer Willkommensgruß«, antwortete McMurdo würdevoll, »den der Stuhlmeister einer Freimaurerloge da einem auswärtigen Bruder entbietet.«

»Schon möglich, aber genau als solcher mußt du dich erst noch erweisen«, sagte McGinty, »und gnade dir Gott, wenn du einen Fehler machst. Wo bist du aufgenommen worden?«

»In Chicago, Loge 29.«

»Wann?«

»Am 24. Juni 1872.«

»Welcher Logenmeister?«

»James H. Scott.«

»Wie heißt dein Distriktmeister?«

»Bartholomew Wilson.«

»Hm! Du scheinst bei Prüfungen ganz schlagfertig zu sein. Und was machst du hier?«

»Arbeiten, so wie Sie auch; nur bringt meine Arbeit nicht soviel.«

»Du hast deine Antworten ja ziemlich flink parat.«

»Ja, im Reden war ich schon immer flink.«

»Bist du auch flink im Handeln?«

»Das sagen jedenfalls die, die mich gut kennen.«

»Nun, das stellen wir vielleicht schneller auf die Probe, als du denkst. Hast du schon was über die Loge hier gehört?«

»Ich habe gehört, daß man ein Mann sein muß, um hier Bruder zu sein.«

»Du sagst es, Mr. McMurdo. Warum bist du von Chicago fortgegangen?«

»Eher laß ich mich hängen, als Ihnen das zu sagen.«

McGinty machte große Augen. Er war es nicht gewohnt, solche Antworten zu erhalten, und das amüsierte ihn.

»Und warum willst du's mir nicht verraten?«

»Weil kein Bruder den anderen belügen darf.«

»Dann ist die Wahrheit wohl zu schlimm, um ausgesprochen zu werden?«

»So können Sie es auch auffassen, wenn Sie wollen.«

»Hör mal, Mister; du kannst nicht erwarten, daß ich als Stuhlmeister einen Mann in die Loge lasse, der für seine Vergangenheit nicht geradestehen kann.«

McMurdo machte ein verwirrtes Gesicht. Dann zog er aus einer Innentasche einen zerknitterten Zeitungsausschnitt.

»Sie würden doch keinen verpfeifen?« sagte er.

»Du kriegst eins in die Fresse; mir so was zu unterstellen«, rief McGinty zornig.

»Sie haben recht, Councillor«, sagte McMurdo sanft. »Ich muß mich entschuldigen. Das war gedankenlos. Gut, jetzt weiß ich, daß ich bei Ihnen sicher bin. Sehen Sie sich diesen Ausschnitt mal an.«

McGinty überflog den Bericht über einen gewissen Jonas Pinto, der im Lake Saloon, Market Street, Chicago, 1874, in der Woche nach Neujahr erschossen worden war.

»Deine Arbeit?« fragte er, als er das Blatt zurückgab.

McMurdo nickte.

»Warum hast du ihn erschossen?«

»Ich habe Uncle Sam geholfen, Dollars zu machen. Meine waren vielleicht nicht aus ganz so gutem Gold wie seine, aber sie sahen genauso gut aus und ließen sich billiger fabrizieren. Dieser Pinto hat mir geholfen, die Blüten zu schmeißen ...«

»Zu was?«

»Naja, die Dollars in Umlauf zu bringen, bedeutet das. Dann hat er gesagt, er möchte halbe-halbe. Vielleicht hat er eh schon halbe-halbe gemacht. Ich hab mich nicht damit aufgehalten, das herauszufinden. Ich hab ihn einfach umgelegt und bin ins Kohlerevier verduftet.«

»Warum gerade ins Kohlerevier?«

»Weil ich in den Zeitungen gelesen hab, daß man's dort nicht so genau nimmt.«

McGinty lachte.

»Zuerst warst du ein Falschmünzer und dann ein Mörder, und jetzt kommst du einfach hierher und denkst, man nimmt dich mit offenen Armen auf?«

»So ungefähr«, antwortete McMurdo.

»Na, ich schätze, du wirst es noch weit bringen. Sag mal, kannst du diese Dollars immer noch machen?«

McMurdo zog ein halbes Dutzend aus der Tasche. »Die hier sind nie durch die Münze in Washington gegangen«, sagte er.

»Was du nicht sagst!« McGinty hielt sie ans Licht mit seiner riesigen Hand, die behaart war wie die eines Gorillas. »Ich kann keinen Unterschied erkennen! Bei Gott, du wirst ein verdammt nützlicher Bruder sein, denke ich. Wir können ein paar schräge Burschen bei uns brauchen, Freund McMurdo, es gibt nämlich Zeiten, wo man sich selbst helfen muß. Wir wären längst mit dem Rücken zur Wand, wenn wir nicht die, die uns drücken, immer zurückstoßen würden.«

»Tja, ich schätze, zusammen mit den übrigen Jungs könnt ich das Zurückstoßen schon besorgen.«

»Du scheinst gute Nerven zu haben. Als ich den Revolver auf dich gerichtet habe, bist du nicht mal zusammengezuckt.«

»Ich war es auch nicht, der in Gefahr war.«

»Wer denn sonst?«

»Sie, Councillor.« McMurdo zog eine entsicherte Pistole aus der Seitentasche seiner Seemannsjacke. »Die war die ganze Zeit auf Sie gerichtet. Ich schätze, ich wäre genauso schnell zum Schuß gekommen wie Sie.«

McGinty lief vor Zorn puterrot an; aber dann brach er in röhrendes Gelächter aus.

»Bei Gott!« sagte er. »Also so ein Satansbraten ist uns schon lange nicht mehr untergekommen. Ich schätze, die Loge wird noch stolz auf dich sein. He, was zum Teufel willst du? Kann ich denn keine fünf Minuten mit einem Gentleman alleine sprechen, ohne daß du zu uns hereinplatzt?«

Der Barmann stand verlegen da.

»Tut mir leid, Councillor, aber es ist Mr. Ted Baldwin. Er sagt, er muß Sie unbedingt sofort sprechen.«

Die Anmeldung war überflüssig, denn das starre, grausame Gesicht des Mannes lugte bereits über die Schulter des Angestellten. Er schob den Barkeeper hinaus und schloß hinter ihm die Tür.

»So«, sagte er mit einem wütenden Blick auf McMurdo, »Sie waren also zuerst hier, was? Über diesen Mann, Councillor, habe ich Ihnen ein Wörtlein zu sagen.«

»Dann sagen Sie es hier und jetzt, vor mir«, rief McMurdo.

»Ich sage es, wann und wie es mir paßt.«

»Tz, tz!« machte McGinty; er stieg von seinem Faß. »So geht das nicht. Wir haben hier einen neuen Bruder, Baldwin, und es gehört sich nicht, ihn so zu begrüßen. Streck deine Hand aus, Mann, und laß es gut sein.«

»Niemals!« rief Baldwin wütend.

»Ich hab ihm schon angeboten zu kämpfen, wenn er denkt, ich hab ihm Unrecht getan«, sagte McMurdo. »Ich kämpfe mit den Fäusten oder, wenn ihm das nicht genügt, auf jede andere Weise, die er sich aussucht. Ich überlasse es nun Ihnen, Councillor, zwischen uns Recht zu sprechen, wie es einem Logenmeister geziemt.«

»Worum geht es denn?«

»Um eine junge Lady. Sie ist frei und kann selbst wählen.«

»Wirklich?« rief Baldwin.

»Solange sie es zwischen zwei Logenbrüdern tut, würde ich sagen: Ja«, sagte der Boß.

»Oh, so lautet also Ihre Entscheidung, ja?«

»Jawohl, so lautet sie, Ted Baldwin«, sagte McGinty mit einem gefährlichen Blick. »Willst du sie vielleicht anfechten?«

»Sie würden also einen, der Ihnen schon fünf Jahre zur Seite steht, einfach im Stich lassen zugunsten eines Mannes, den Sie noch nie im Leben gesehen haben? Sie sind nicht Logenmeister auf Lebenszeit, Jack McGinty, und, bei Gott, wenn es demnächst zur Wahl kommt ...«

Der Councillor sprang ihn wie ein Tiger an. Seine Hand schloß sich um den Hals des anderen; dann schleuderte er ihn rückwärts über eines der Fässer. In seiner wahnsinnigen Wut hätte er ihm das Leben ausgepreßt, wenn McMurdo nicht eingegriffen hätte.

»Sachte, Councillor! Um Himmels willen, sachte!« rief er, als er ihn zurückzerrte.

McGinty ließ los, und Baldwin saß geknickt und schwankend auf dem Faß, über das er geschleudert worden war; er rang nach Atem und zitterte an allen Gliedern – wie einer, der dem Tod bereits ins Auge geschaut hat.

»Das hast du schon oft genug herausgefordert, Ted Baldwin. Jetzt hast du's bekommen«, rief McGinty; sein riesiger Brustkasten hob und senkte sich. »Du denkst wohl, du kannst in meine Fußstapfen treten, wenn ich nicht wieder zum Logenmeister gewählt werde. Das zu bestimmen ist Sache der Loge. Aber solange ich der Chef bin, dulde ich nicht, daß ein Mann seine Stimme gegen mich oder meine Entscheidungen erhebt.«

»Gegen Sie habe ich ja gar nichts«, murmelte Baldwin und befühlte seine Kehle.

»Na, dann«, rief der andere, indem er im Nu in eine derbe Jovialität verfiel, »sind wir alle wieder gute Freunde, und damit hat sich die Sache.«

Er nahm eine Flasche Champagner vom Regal und drehte den Korken heraus.

»Und jetzt«, fügte er hinzu, als er drei hohe Gläser füllte, »laßt uns den Versöhnungstoast der Loge ausbringen. Danach darf es, wie ihr wißt, kein böses Blut mehr geben zwischen uns. Alsdann, die linke Hand auf meinem Adamsapfel, sage ich dir, Ted Baldwin, was ist der Stein des Anstoßes, Sir?«

»Die Wolken hängen tief«, antwortete Baldwin.

»Aber sie werden auf ewig hell.«

»Und das gelobe ich.«

Die Männer tranken ihren Schaumwein, und die gleiche Zeremonie wurde zwischen Baldwin und McMurdo vollzogen.

»Na also«, rief McGinty und rieb sich die Hände, »damit hat das böse Blut ein Ende. Wenn ihr aber weitermacht, dann fallt ihr unter die Logendisziplin, und die ist hierzulande verdammt hart; Bruder Baldwin weiß das bereits, und du, Bruder McMurdo, wirst es auch sehr bald merken, falls du Scherereien suchst.«

»Liebe Güte, da könnt ihr lange warten«, sagte McMurdo. Er hielt Baldwin die Hand hin. »Ich streite mich schnell und versöhne mich schnell. Das ist mein heißes irisches Blut, sagt man. Aber für mich ist es vorbei, und ich bin nicht nachtragend.«

Baldwin mußte die angebotene Hand nehmen, denn die unheilvollen Augen des schrecklichen Bosses waren auf ihn gerichtet. Sein mürrisches Gesicht verriet jedoch, wie wenig Eindruck die Worte des anderen auf ihn gemacht hatten.

McGinty klopfte den beiden auf die Schultern.

»Tz! Diese Mädchen, diese Mächen!« rief er. »Daß ausgerechnet ein und derselbe Petticoat zwischen zwei meiner Jungs geraten muß. Also wenn das kein Mordspech ist. Na, die Frage muß das Mädel, das im Petticoat steckt, klären, denn das liegt außerhalb der Zuständigkeit eines Logenmeisters, und dafür sei Gott gepriesen. Wir haben auch ohne die Weiber schon genug auf dem Hals. Du mußt noch in die Loge 341 aufgenommen werden, Bruder McMurdo. Wir haben nämlich unsere eigenen Bräuche und Methoden; andere als in Chicago. Samstag abend findet unsere Versammlung statt, und wenn du kommst, machen wir dich für immer zu einem Freimaurer von Vermissa Valley.«

10. LOGE 341, VERMISSA

Am Tag nach diesem Abend, der so viele aufregende Ereignisse beschert hatte, zog McMurdo aus seinem Logis beim alten Jacob Shafter aus und nahm Quartier bei der Witwe MacNamara, im äußersten Randbezirk der Stadt. Scanlan, sein ursprünglicher Bekannter aus dem Zug, hatte schon kurz danach Gelegenheit, nach Vermissa umzuziehen, und die beiden wohnten zusammen. Weitere Mieter gab es nicht, und die Wirtin war eine unbekümmerte alte Irin, die sie sich selbst überließ, so daß sie frei reden und handeln konnten, was für Männer, die gemeinsame Geheimnisse hatten, sehr angenehm war. Shafter war wieder so weit besänftigt, daß er McMurdo, wann er wollte, an seinen Mahlzeiten teilnehmen ließ, so daß der Verkehr mit Ettie keineswegs abgebrochen war. Im Gegenteil, er wurde von Woche zu Woche enger und inniger. Im Schlafzimmer seiner neuen Bleibe fühlte McMurdo sich sicher genug, die Prägestempel auszupacken, und unter manchen Stillschweigegelöbnissen durfte eine Anzahl von Logenbrüdern hereinkommen und sie sehen; jeder von ihnen nahm in seiner Tasche ein paar Exemplare des Falschgeldes mit, das so geschickt geprägt war, daß es sich ohne die geringste Schwierigkeit oder Gefahr in Umlauf bringen ließ. Weshalb McMurdo, dem solch eine wunderbare Gabe zu Gebote stand, sich erniedrigen konnte, überhaupt noch zu arbeiten, war seinen Gefährten ein ewiges Rätsel, obwohl er jedem, der ihn fragte, klarmachte, daß es sehr schnell die Polizei auf seine Spur locken würde, wenn er ohne irgendein erkennbares Einkommen lebte.

Ein Polizist war in der Tat schon hinter ihm her; aber wie es das Schicksal wollte, brachte der Vorfall dem Abenteurer sehr viel mehr Nutzen als Schaden ein. Nachdem er erst einmal eingeführt war, gab es wenige Abende, da er nicht den Weg zu McGintys Saloon fand, um dort noch engere Bekanntschaft zu schließen mit den »Jungs«; das war die joviale Bezeichnung der gefährlichen, die Gegend unsicher machenden Bande für sich selbst. Seine flotte Art und seine furchtlose Sprechweise machten ihn bei allen beliebt; durch die rasche und systematische Methode, mit der er bei einer Lokalrauferei, wo es in die vollen ging, seinen Gegner erledigte, erwarb er sich den Respekt der rauhen Gemeinschaft. Aber ein anderer Vorfall ließ ihn in ihrer Wertschätzung sogar noch höher steigen.

Just zur Stunde des Hochbetriebs öffnete sich eines Abends die Tür, und ein Mann trat ein; er trug die unauffällige blaue Uniform und Schildmütze der Coal and Iron Police. Dies war eine von den Eisenbahn- und Grubenbesitzern aufgestellte Spezialtruppe zur Ergänzung der Bemühungen der gewöhnlichen Staatspolizei, die vollkommen hilflos war gegenüber der organisierten Brutalität, die das Gebiet terrorisierte. Bei seinem Eintreten wurde es zwar still, und mancher neugierig schnelle Blick fiel auf ihn; aber in den Staaten sind die Beziehungen zwischen Polizisten und Verbrechern eigenartig, und McGinty, der hinter der Theke stand, zeigte sich nicht überrascht, als der Inspektor unter seinen Gästen auftauchte.

»Einen Whisky pur, die Nacht ist bitterkalt«, sagte der Polizeibeamte. »Ich glaube, wir kennen uns noch nicht, Councillor?«

»Sie sind wohl der neue Captain?« sagte McGinty.

»So ist es. Wir hoffen, daß Sie, Councillor, und die anderen einflußreichen Bürger uns helfen, Recht und Ordnung in dieser Gemeinde aufrechtzuerhalten. Ich bin Captain Marvin – von der Coal and Iron.«

»Ohne Sie kämen wir besser zurecht, Captain Marvin«, sagte McGinty kalt. »Wir haben nämlich unsere eigene Gemeindepolizei und keinen Bedarf nach importierter Ware. Was sind Sie denn anderes als ein bezahltes Werkzeug der Kapitalisten – angeheuert, um Ihre ärmeren Mitbürger niederzuknüppeln oder niederzuschießen?«

»Na, na, darüber wollen wir uns doch nicht streiten«, sagte der Polizeibeamte gutmütig. »Ich würde sagen, wir alle tun unsere Pflicht so, wie wir sie auffassen; bloß fassen wir sie nicht alle gleich auf.« Er hatte sein Glas ausgetrunken und sich zum Gehen gewandt, als sein Blick auf das Gesicht von Jack McMurdo fiel, der mit finsterer Miene neben ihm stand. »Halloo! Halloo!« rief er und sah ihn von oben bis unten an. »Hier ist ja ein alter Bekannter.«

McMurdo fuhr vor ihm zurück.

»Ich war in meinem Leben noch nie ein Freund von Ihnen oder von einem anderen verdammten Cop«, sagte er.

»Ein Bekannter ist ja nicht immer ein Freund«, sagte der Polizeicaptain grinsend. »Sie sind doch eindeutig Jack McMurdo aus Chicago, das wollen Sie doch nicht leugnen.«

McMurdo zuckte mit den Achseln.

»Ich leugne es auch nicht«, sagte er. »Glauben Sie, ich schäme mich meines Namens?«

»Jedenfalls hätten Sie guten Grund dazu.«

»Was zum Teufel meinen Sie damit?« brüllte er mit geballten Fäusten.

»Nicht doch, Jack; Aufplustern verfängt bei mir nicht. Ich war Polizist in Chicago, bevor ich in dieses verdammte Kohlenloch gekommen bin, und ich erkenne einen Gauner aus Chicago, wenn ich einen sehe.«

McMurdo machte ein langes Gesicht.

»Sie wollen mir doch nicht weismachen, daß Sie Marvin von der Chicago Central sind!« rief er.

»Genau derselbe alte Teddy Marvin, stehe zu Diensten. Wir haben dort oben den Mord an Jonas Pinto nicht vergessen.«

»Ich habe ihn nicht erschossen.«

»Nein? Und das soll ich verstehen als die Aussage eines völlig Unbefangenen, oder wie? Sein Tod kam Ihnen jedenfalls ungemein gelegen, sonst hätte man Sie drangehabt wegen der Blütenschmeißerei. Na, wir wollen die Vergangenheit ruhen lassen, denn, unter uns gesagt – und das ist vielleicht nicht ganz vorschriftsgemäß –, man hat keine eindeutigen Beweise gegen Sie gefunden, und Chicago steht Ihnen morgen schon wieder offen.«

»Ich fühle mich sehr wohl, wo ich bin.«

»Also ich geb Ihnen den Tip, und Sie mürrischer Hund bedanken sich nicht mal dafür.«

»Na schön, Sie meinen es vermutlich gut; danke schön also«, sagte McMurdo eher ungnädig.

»Solange ich sehe, daß Sie ein ehrliches Leben führen, verhalte ich mich ruhig«, sagte der Captain. »Aber, heiliger Strohsack, wenn Sie noch mal ein krummes Ding drehen, dann sieht die Sache anders aus! Also, gute Nacht denn – und gute Nacht, Councillor.«

Als er die Bar verließ, hatte er dem Ort einen Helden geschaffen. Zwar war über McMurdos Taten im fernen Chicago zuvor schon gemunkelt worden, und er hatte alle Fragen mit einem Lächeln abgetan – wie jemand, der nicht wünscht, daß man ihm zuviel der Ehre tut, aber nun war die Sache offiziell bestätigt. Das Barvolk umlagerte ihn und schüttelte ihm herzlich die Hand. Von jetzt an war er in die Gemeinschaft aufgenommen. Er konnte tüchtig trinken, ohne daß man ihm etwas anmerkte; aber wäre an jenem Abend nicht sein Kamerad Scanlan zur Stelle gewesen, um ihn nach Hause zu geleiten, hätte der gefeierte Held die Nacht bestimmt unter der Theke verbracht.

An einem Samstagabend wurde McMurdo in die Loge aufgenommen. Er hatte angenommen, ohne Zeremonie hineinzugelangen, da er bereits in Chicago eingeweiht worden war; aber in Vermissa gab es besondere Rituale, auf die man stolz war und denen sich jeder Bewerber unterziehen mußte. Die Versammlung fand in einem großen, für solche Zwecke reservierten Raum im Union House statt. Vermissa zählte etwa sechzig zur Versammlung zugelassene Mitglieder, aber diese Zahl repräsentierte keineswegs die gesamte Stärke des Bundes, denn es gab noch mehrere andere Logen im Tal, und jenseits der angrenzenden Berge noch weitere, die, wenn ein heikles Geschäft zur Erledigung anstand, untereinander Mitglieder tauschten, so daß ein Verbrechen von Männern verübt werden konnte, die am Tatort unbekannt waren. Alles in allem verteilten sich nicht weniger als fünfhundert Mitglieder über das Kohlenrevier.

In dem schmucklosen Versammlungsraum saßen die Männer um einen langen Tisch. Seitwärts stand ein zweiter, beladen mit Flaschen und Gläsern, auf die einige Mitglieder der Gesellschaft bereits ihre Blicke richteten. Am oberen Ende saß McGinty mit einer flachen schwarzen Samtmütze auf dem wirren schwarzen Haarschopf und einer purpurfarbenen Stola um den Hals, so daß er aussah wie ein Priester, der einem diabolischen Ritual präsidiert. Zu seiner Rechten und Linken befanden sich die höheren Beamten, darunter war auch das grausame, hübsche Gesicht von Ted Baldwin zu sehen. Jeder von ihnen trug ein Halsband oder ein Medaillon als Emblem seines Amtes. Die meisten von ihnen waren Männer reiferen Alters; der Rest der Gesellschaft bestand jedoch aus jungen Burschen von achtzehn bis fünfundzwanzig – willige und tüchtige Erfüllungsgehilfen, die die Befehle ihrer Vorgesetzten ausführten. Unter den Älteren gab es viele, deren Züge die gesetzlosen Tigerseelen dahinter verrieten; wenn man aber das Fußvolk betrachtete, fiel es schwer, zu glauben, daß diese lebhaften jungen Burschen mit ihren offenen Gesichtern in Wahrheit eine gefährliche Mörderbande waren, deren Moralbegriff derartig pervertiert war, daß sie sich mit grauenhaftem Stolz ihrer guten Leistungen bei den Geschäften rühmten und den Mann mit dem tiefsten Respekt ansahen, der im Ruf stand, einen sogenannten »sauberen Job« erledigen zu können. Ihren verdrehten Vorstellungen zufolge war es eine mutige und eines Ritters würdige Sache, sich freiwillig zu einer Aktion gegen einen Mann zu melden, der ihnen nie etwas zuleide getan und den sie, in vielen Fällen, noch nie im Leben gesehen hatten. War das Verbrechen begangen, so zankten sie sich darüber, wer denn nun wirklich den tödlichen Schlag geführt habe, und ergötzten alle anderen und die Gesellschaft, indem sie das Schreien und Sichwinden des Ermordeten beschrieben. Anfangs hatten sie bei ihren Verabredungen noch eine gewisse Heimlichkeit walten lassen; aber zu der Zeit, die diese Erzählung schildert, gingen sie außerordentlich offen vor, denn das wiederholte Versagen des Gesetzes hatte sie darin bestärkt, daß es einerseits niemand wagen würde, gegen sie auszusagen, und daß sie andererseits eine unbegrenzte Anzahl zuverlässiger Zeugen hätten, auf die sie sich berufen könnten; außerdem verfügten sie über eine wohlgefüllte Schatztruhe, aus der sie die Geldmittel bezogen, um die fähigsten Anwälte des Staates zu verpflichten. In zehn langen Jahren der Greueltaten hatte es nicht eine einzige Verurteilung gegeben, und die einzige Gefahr, welche die Scowrers überhaupt bedrohte, ging von den Opfern selbst aus, die, auch wenn sie zahlenmäßig unterlegen waren und überrumpelt wurden, dem Gegner einen Denkzettel verpassen konnten, was sie gelegentlich auch taten.

Man hatte McMurdo darauf aufmerksam gemacht, daß ihm eine schwere Prüfung bevorstehe; aber niemand wollte ihm verraten, worin sie bestand. Er wurde nun von zwei Brüdern feierlich in einen Nebenraum geleitet. Durch die Bretterwand konnte er das Gemurmel vieler Stimmen von der Versammlung drinnen hören. Ein paarmal vernahm er, wie sein Name aufklang; er wußte somit, daß sie gerade über seine Bewerbung berieten. Dann trat ein Türhüter herein, mit einer grünen und goldenen Schärpe über der Brust.

»Der Stuhlmeister ordnet an, daß er gebunden, geblendet und hereingeführt wird«, sagte er.

Daraufhin nahmen ihm drei der Logenbeamten die Jacke ab, krempelten seinen rechten Ärmel hoch, legten ihm schließlich oberhalb der Ellbogen einen Strick um den Leib und zogen ihn fest. Als nächstes stülpten sie ihm eine dicke, schwarze Haube über den Kopf und den oberen Teil des Gesichtes, so daß er nichts mehr sehen konnte. Dann wurde er in den Versammlungssaal geführt.

Unter seiner Kapuze war es stockdunkel und sehr drückend. Um sich herum hörte er das Geraschel und Gemurmel der Leute; dann drang dumpf und fern die Stimme McGintys durch die Verhüllung seiner Ohren.

»John McMurdo«, sagte die Stimme, »bist du bereits ein Mitglied des Ehrwürdigen Ordens der Freimaurer?«

Er verneigte sich zustimmend.

»Gehörst du der Loge Nr. 29, Chicago, an?«

Wieder verneigte er sich.

»Dunkle Nächte sind unangenehm«, sagte die Stimme.

»Ja, für Fremde auf Reisen«, antwortete er.

»Die Wolken hängen tief.«

»Ja; ein Sturm rückt heran.«

»Sind die Brüder zufrieden?« fragte der Stuhlmeister.

Ein allgemeines Gemurmel der Zustimmung setzte ein.

»Wir erkennen, Bruder, an deinen Zeichen und Gegenzeichen, daß du wirklich einer von uns bist«, sagte McGinty. »Du sollst aber wissen, daß wir in diesem Distrikt und in den anderen Distrikten hier gewisse Rituale und außerdem gewisse eigene Gesetze haben, die einen ganzen Mann erfordern. Bist du zur Prüfung bereit?«

»Ja.«

»Bist du furchtlosen Herzens?«

»Ja.«

»Tritt zum Beweis einen Schritt vor.«

Als diese Worte gefallen waren, fühlte er zwei harte Spitzen, die gegen seine Augen gedrückt wurden, so daß es ihm vorkam, als könnte er sich nicht vorwärts bewegen, ohne Gefahr zu laufen, sie zu verlieren. Nichtsdestoweniger riß er sich zusammen, um beherzt auszuschreiten, und als er dies tat, verschwand der Druck. Ein leises Beifallgemurmel erhob sich.

»Er ist furchtlosen Herzens«, sagte die Stimme. »Kannst du Schmerz ertragen?«

»So gut wie jeder andere«, antwortete er.

»Prüft ihn!«

Er mußte alles tun, um nicht laut aufzuschreien, denn ein qualvoller Schmerz schoß durch seinen Unterarm. Der plötzliche Schock machte ihn fast ohnmächtig, aber er biß sich auf die Lippen und preßte die Hände zusammen, um seine Qual zu verbergen.

»Ich kann noch mehr aushalten«, sagte er.

Diesmal ertönte lauter Beifall. Einen glänzenderen Einstand hatte es in der Loge noch nie gegeben. Hände klopften ihm auf den Rücken, und die Kapuze wurde ihm vom Kopf gezogen. Blinzelnd und lächelnd stand er inmitten der gratulierenden Brüder.

»Ein letztes Wort, Bruder McMurdo«, sagte McGinty. »Du hast den Eid der Geheimhaltung und der Treue schon geschworen, und du weißt, daß die Strafe für jeden Verstoß unverzüglich und unentrinnbar der Tod ist?«

»Ja«, sagte McMurdo.

»Und du erkennst die Anordnungen des jeweiligen Logenmeisters unter allen Umständen an?«

»Jawohl.«

»Dann heiße ich dich im Namen der Loge 341, Vermissa, zu ihren Geschäften und Verhandlungen willkommen. Stell die Getränke auf den Tisch, Bruder Scanlan; wir wollen auf unseren tüchtigen Bruder trinken.«

Man hatte McMurdo die Jacke zurückgebracht; aber bevor er sie anzog, untersuchte er seinen rechten Arm, der immer noch heftig schmerzte. Auf dem Fleisch des Unterarms befand sich ein scharf umrissener Kreis mit einem Dreieck darin – tief und rot, wie ihn das Brandeisen hinterlassen hatte. Ein paar seiner Nachbarn zogen ihre Ärmel hoch und wiesen auf ihre eigenen Logenzeichen.

»Wir haben's alle bekommen«, sagte einer, »waren dabei aber nicht alle so tapfer wie du.«

»Tz! Das war doch nichts«, sagte er; aber trotzdem brannte und schmerzte es.

Als die Drinks, die der Aufnahmezeremonie folgten, alle geleert waren, ging es weiter mit den Geschäften der Loge. McMurdo, nur an die prosaischen Sitzungen von Chicago gewöhnt, lauschte dem Fortgang mit offenen Ohren und größerer Überraschung, als er zu zeigen wagte.

»Der erste Punkt auf der Tagesordnung«, sagte McGinty, »betrifft die Verlesung des folgenden Briefes des Zugeordneten Meisters Windle vom Distrikt Merton, Loge 249.
Er lautet:

Sehr geehrter Herr,
ein Auftrag steht zur Erledigung an, und zwar gegen Andrew Rae von Rae & Sturmash, Besitzer eines Kohlenbergwerks hier in der Nähe. Sie werden sich erinnern, daß Ihre Loge uns eine Gegenleistung schuldet, denn im vergangenen Herbst haben Sie in Sachen Polizeipatrouille die Dienste zweier Brüder von uns in Anspruch genommen. Wenn Sie also zwei gute Leute schicken, wird sie Schatzmeister Higgins von der hiesigen Loge, dessen Adresse Sie kennen, in Obhut nehmen. Er zeigt ihnen dann, wann und wo die Aktion stattfindet. –

In Freiheit der Ihre.
J. W. Windle, Z. M. E. O. F.

Windle hat uns noch nie abgewiesen, wenn wir ihn darum bitten mußten, uns ein paar Männer zu leihen, und so dürfen auch wir ihn nicht abweisen.« McGinty hielt inne und blickte mit seinen stumpfen, bösartigen Augen in die Runde. »Wer meldet sich freiwillig zu dem Auftrag?«

Mehrere junge Burschen hielten die Hände hoch. Der Logenmeister sah sie mit zustimmendem Lächeln an.

»Du machst es, Tiger Cormac. Wenn du es genauso geschickt erledigst wie beim letzten Mal, kann nichts schiefgehen. Und du, Wilson.«

»Ich hab keine Pistole«, sagte der Freiwillige, ein bloßer Knabe von noch nicht zwanzig.

»Das ist dein erster Auftrag, wie? Na, irgendwann mußt du ja mal Blut riechen. Das wird ein großer Anfang für dich. Und was die Pistole angeht, so wartet die schon auf dich, wenn ich mich nicht irre. Wenn ihr euch Montag meldet, reicht das. Bei eurer Rückkehr kriegt ihr 'nen großen Bahnhof.«

»Gibt's diesmal eine Belohnung?« fragte Cormac, ein untersetzter, dunkelhäutiger, brutal aussehender junger Mann, dessen Wildheit ihm den Spitznamen »Tiger« eingebracht hatte.

»Kümmere dich nicht um die Belohnung. Du tust es nur für

die Ehre. Wenn die Sache erledigt ist, finden sich auf dem Kassenboden vielleicht noch ein paar überschüssige Dollars.«

»Was hat denn der Mann getan?« fragte der junge Wilson.

»Also, Burschen wie dir steht's wirklich nicht zu, zu fragen, was der Mann getan hat. Über ihn ist dort drüben ein Urteil gefällt worden. Und das geht uns nichts an. Wir müssen es nur für sie vollstrecken – so, wie sie es für uns tun würden. Wo wir gerade davon sprechen: Nächste Woche kommen zwei Brüder von der Merton-Loge zu uns herüber, um hier ein paar Geschäfte zu erledigen.«

»Wer kommt denn?« fragte jemand.

»Wahrhaftig, es ist klüger, nicht danach zu fragen. Wenn man nichts weiß, kann man nichts bezeugen, und es entstehen keine Scherereien. Aber es sind Männer, die ihren Job immer sauber erledigen.«

»Wird auch höchste Zeit!« rief Ted Baldwin. »Die Leute hier geraten langsam außer Kontrolle. Erst letzte Woche sind drei unserer Männer vom Vormann Blaker entlassen worden. Dem müßte man's schon lange mal heimzahlen, und er wird's auch satt und ordentlich kriegen.«

»Was kriegen?« fragte McMurdo flüsternd seinen Nachbarn.

»Den Löwenanteil von 'ner Schrotladung«, rief der Mann unter lautem Gelächter. »Was hältst'n von unseren Methoden, Bruder?«

McMurdos Verbrecherseele schien den Geist der nichtswürdigen Gesellschaft, deren Mitglied er nun war, bereits in sich aufgenommen zu haben.

»Die gefallen mir gut«, sagte er. »Das ist der richtige Platz für einen tüchtigen Kerl.«

Mehrere der Umsitzenden hörten seine Worte und spendeten Beifall.

»Was gibt's denn da?« rief der schwarzmähnige Logenmeister vom Ende des Tisches.

»Das'ss unser neuer Bruder, Sir; der findet unsere Methoden nach seinem Geschmack.«

McMurdo stand einen Moment auf.

»Ich möchte bemerken, ehrwürdiger Meister, daß ich es für eine Ehre halten würde, zur Unterstützung der Loge auserwählt zu sein, falls noch ein Mann gebraucht werden sollte.«

Daraufhin gab es großen Beifall. Man spürte, daß eine neue Sonne ihren Rand über den Horizont schob. Einigen der Älteren schien diese Entwicklung ein wenig zu rasch vor sich zu gehen.

»Ich würde vorschlagen«, sagte der Sekretär Harraway, ein alter Graubart mit Geierfratze, der in der Nähe des Stuhlmeisters saß, »daß Bruder McMurdo sich noch gedulden soll, bis es die Loge für gut und richtig hält, ihn einzusetzen.«

»Natürlich, so habe ich es auch gemeint. Ich stehe zu Ihrer Verfügung«, sagte McMurdo.

»Deine Zeit wird schon noch kommen, Bruder«, sagte der Stuhlmeister. »Wir haben dich als bereitwilligen Mann vorgemerkt und glauben, daß du hier gute Arbeit leisten wirst. Heute nacht hätten wir allerdings noch eine Kleinigkeit, woran du teilnehmen kannst, wenn du Lust hast.«

»Ich warte lieber auf etwas, das sich lohnt.«

»Du kannst heute nacht ja trotzdem mitkommen; das wird dir die Ziele unserer Gemeinschaft erkennen helfen. Ich gebe es dann später noch bekannt. In der Zwischenzeit« – er warf einen raschen Blick auf die Tagesordnung – »habe ich der Versammlung noch ein paar Punkte vorzubringen. Zunächst möchte ich den Schatzmeister fragen, wie es mit unserem Bankguthaben steht. Da ist nämlich die Pension für die Witwe von Jim Carnaway. Er hat im Dienste der Loge sein Leben gelassen, und wir müssen dafür sorgen, daß ihr dadurch kein Schaden entsteht.«

»Jim ist letzten Monat erschossen worden, als sie versucht haben, Chester Wilcox aus Marley Creek zu töten«, erfuhr McMurdo von seinem Nachbarn.

»Die Geldmittel sind ausreichend im Augenblick«, sagte der Schatzmeister mit dem Kontobuch vor sich. »Die Firmen waren in letzter Zeit großzügig. Max Linder & Co. haben fünfhundert gezahlt, um in Ruhe gelassen zu werden. Die Gebrüder Walker schickten einen Hunderter; ich habe mir jedoch erlaubt, ihn zurückzusenden und fünf zu verlangen. Wenn ich bis Mittwoch nichts von ihnen höre, wird möglicherweise ihre Förderwelle ausfallen. Letztes Jahr mußten wir ja erst ihre Steinbrechmaschine in Brand stecken, ehe sie vernünftig wurden. Ferner hat noch die West Section Coaling Company ihre Jahresabgabe bezahlt. Wir haben also genug zur Hand, um irgendwelchen Verpflichtungen nachkommen zu können.«

»Wie steht's mit Archie Swindon?« fragte ein Bruder.

»Er hat verkauft und das Revier verlassen. Der alte Teufel hat uns einen Brief dagelassen mit der Nachricht, daß er lieber ein freier Straßenkehrer in New York als ein großer Grubenbesitzer unter der Macht eines Erpresserringes sein will. Weiß Gott, es war gut, daß er abgehauen ist, bevor wir den Brief erhalten haben! Ich schätze, er wird es nicht wagen, sich hier im Tal noch mal blicken zu lassen.«

An dem Tischende, das dem Stuhlmeister gegenüberlag, erhob sich ein älterer, glattrasierter Mann mit freundlichem Gesicht und hoher Stirn.

»Bruder Schatzmeister«, sagte er, »darf ich fragen, wer den Besitz dieses Mannes, den wir aus dem Revier vertrieben haben, gekauft hat?«

»Gewiß, Bruder Morris. Er wurde von der State and Merton County Railroad Company erworben.«

»Und wer hat die Gruben von Todman und von Lee gekauft, die letztes Jahr aus demselben Grund auf den Markt gekommen sind?«

»Dieselbe Gesellschaft, Bruder Morris.«

»Und wer hat die Eisenhütten von Manson und von Shuman und von Van Deher und von Atwood gekauft, die in der letzten Zeit aufgegeben worden sind?«

»Die wurden alle von der West Wilmerton General Mining Company erworben.«

»Ich verstehe nicht, Bruder Morris«, sagte der Stuhlmeister, »daß es uns auch nur einen Deut scheren sollte, wer sie kauft; sie können sie ja nicht aus dem Revier tragen.«

»Bei allem Respekt, ehrwürdiger Meister, ich glaube doch, daß uns das eine ganze Menge scheren sollte. Dieser Vorgang läuft nun schon seit zehn langen Jahren ab. Wir vertreiben nach und nach alle kleinen Unternehmer aus dem Geschäft. Und was ist das Ergebnis? An ihrer Stelle finden wir große Gesellschaften wie die Railroad oder die General Iron, die ihre Direktoren in New York oder Philadelphia sitzen haben und sich nicht um unsere Drohungen kümmern. Wir können uns zwar an ihren hiesigen Bossen schadlos halten; aber das bedeutet doch nur, daß an ihrer Stelle dann andere geschickt werden. Und damit bringen wir uns selbst in Gefahr. Die kleinen Unternehmer konnten uns nichts anhaben. Sie hatten weder das Geld noch die Macht dazu. Solange wir sie nicht allzusehr ausgepreßt haben, blieben sie in der Gegend und in unserer Gewalt. Wenn aber diese großen Gesellschaften merken, daß wir zwischen ihnen und ihren Profiten stehen, werden sie keine Mühen und Kosten scheuen, uns zu jagen und vor Gericht zu schleppen.«

Bei diesen bedenklichen Worten wurde es still, die Gesichter verfinsterten sich, und man tauschte düstere Blicke aus. So allmächtig und unangefochten waren sie gewesen, daß sie schon den bloßen Gedanken an eine im Hintergrund lauernde mögliche Vergeltung aus ihren Köpfen verbannt hatten. Aber jetzt ließ diese Vorstellung selbst die Verwegensten unter ihnen frösteln.

»Mein Rat lautet«, fuhr der Sprecher fort, »daß wir auf die kleinen Unternehmer weniger starken Druck ausüben. An dem Tag, an dem sie alle vertrieben sind, wird nämlich die Macht unserer Gesellschaft gebrochen sein.«

Unangenehme Wahrheiten sind nicht beliebt. Ärgerliche Rufe ertönten, als der Sprecher seinen Sitz wieder einnahm. McGinty erhob sich mit düsterer Miene.

»Bruder Morris«, sagte er, »du warst schon immer eine Unke. Solange die Logenmitglieder zusammenhalten, gibt es in diesen Vereinigten Staaten keine Macht, die es mit ihnen aufnehmen kann. Also wirklich, haben wir das denn nicht oft genug vor Gericht erprobt? Ich vermute, auch die großen Gesellschaften finden es bequemer, zu zahlen als zu kämpfen, so wie die kleinen Gesellschaften. Und nun, Brüder« – McGinty nahm die schwarze Samtmütze und die Stola ab, während er sprach –, »hat diese Loge für heute abend ihre Geschäfte beendet, abgesehen von einer Kleinigkeit, die dann beim Abschied noch erwähnt werden kann. Jetzt ist der Augenblick zu brüderlicher Erquickung und Harmonie gekommen.«

Die menschliche Natur ist wahrlich seltsam. Hier saßen nun diese Männer, denen Mord ein wohlvertrautes Geschäft war und die schon oft einen Familienvater, einen Mann, gegen den sie gar keinen persönlichen Groll hegten, ohne eine Spur von Gewissensbissen oder Erbarmen gegenüber seinem weinenden Weib und den hilflosen Kindern erschlagen hatten, und trotzdem konnten sie von zarter oder trauriger Musik zu Tränen gerührt werden. McMurdo besaß eine schöne Tenorstimme, und wenn es ihm nicht zuvor schon gelungen wäre, sich das Wohlwollen der Loge zu erwerben, hätte man es ihm, nachdem er alle mit *I'm Sitting on the Stile, Mary* und *On the Banks of Allan Water* entzückt hatte, nicht mehr länger versagen können. Schon an seinem ersten Abend hatte sich der neue Lehrling zu einem der beliebtesten Brüder gemausert und war bereits zur Beförderung und für hohe Aufgaben vorgemerkt. Freilich bedurfte es, neben der guten Kameradschaft, noch anderer Qualitäten, die einen tüchtigen Freimaurer ausmachten, und hiervon erhielt er, ehe der Abend vorüber war, noch eine Probe. Die Whiskyflasche hatte schon viele Male die Runde gemacht, und die Männer waren erhitzt und zu allen Schandtaten bereit, als sich ihr Logenmeister noch einmal erhob, um das Wort an sie zu richten.

»Jungs«, sagte er, »in dieser Stadt gibt es einen Mann, der eine Tracht Prügel braucht, und es liegt an euch, dafür zu sorgen, daß er sie auch erhält. Ich spreche von James Stanger vom *Herald*. Ihr habt doch mitbekommen, wie er wieder sein Maul gegen uns aufgerissen hat?«

Zustimmendes Gemurmel setzte ein, vermengt mit manchem gebrummten Fluch. McGinty zog ein Stück Papier aus der Westentasche.

»›Recht und Ordnung!‹ So lautet seine Überschrift. ›Schrekkensherrschaft im Kohle- und Eisenrevier. Zwölf Jahre sind inzwischen vergangen seit den ersten Meuchelmorden, die die Existenz einer kriminellen Organisation mitten unter uns bewiesen haben. Seit jenem Tag haben die Greueltaten nie wieder ein Ende gefunden, und heute haben sie ein Ausmaß erreicht, das uns zum Schandfleck der zivilisierten Welt macht. Nimmt unser großes Land den Fremden, der die Despotien Europas flieht, um solcher Ergebnisse willen in seinen Schoß auf? Damit die Fremden ihrerseits zu Tyrannen werden just über jene Männer, die ihnen Zuflucht gewährt haben, und damit just im Schutze der geweihten Falten des Sternenbanners der Freiheit ein Regime des Schreckens und der Gesetzlosigkeit errichtet werde, ein Regime, das uns mit Grauen erfüllte, läsen wir von seiner Existenz unter der kraftlosesten Monarchie des Ostens? Die Männer sind bekannt. Die Organisation ist allgemein und öffentlich bekannt. Wie lange sollen wir das noch ertragen? Kann unser Leben jemals ...‹ Aber, jetzt hab ich wirklich genug von dem Geschmiere vorgelesen!« rief der Stuhlmeister; er warf das Blatt auf den Tisch. »So spricht der über uns. Meine Frage an euch lautet jetzt: Wie sollen wir ihm aufwarten?«

»Umlegen!« rief ein Dutzend wütender Stimmen.

»Ich protestiere«, sagte Bruder Morris, der Mann mit der hohen Stirn und dem rasierten Gesicht. »Ich sage euch, Brüder, daß wir in diesem Tal zu hart vorgehen und daß es zu einem Punkt kommen wird, wo sich alle in einem Akt der Selbstverteidigung zusammentun, um uns auszulöschen. James Stanger ist ein alter Mann. Er genießt Ansehen in der Gemeinde und im Revier. Seine Zeitung steht für alles, was im Tal solide ist. Wenn dieser Mann erschlagen wird, dann gibt es quer durch den Staat einen Aufruhr, der nur mit unserer Vernichtung enden kann.«

»Und wie würde man unsere Vernichtung bewerkstelligen, Mister Kleinmut?« rief McGinty. »Etwa mit der Polizei? Die wird doch zur Hälfte von uns bezahlt, und die andere Hälfte hat Angst vor uns. Oder vielleicht durch die Gerichtshöfe und den Richter? Haben wir das denn nicht früher schon durchprobiert, und was ist dabei je herausgekommen?«

»Es gibt einen Richter Lynch, der sich des Falles annehmen könnte«, sagte Bruder Morris.

Allgemeines Wutgeheul war die Antwort auf diesen Hinweis.

»Ich brauche nur den Finger zu heben«, rief McGinty, »und könnte damit zweihundert Mann in dieser Stadt einrücken lassen, die sie von oben bis unten aufräumen würden.« Dann erhob er plötzlich seine Stimme und zog die gewaltigen schwarzen Augenbrauen zu einem schrecklichen Stirnrunzeln zusammen: »Paß auf, Bruder Morris, ich habe dich im Auge, und das schon seit geraumer Zeit. Du selbst hast keinen Mut und versuchst nun, anderen den Mut zu nehmen. Es wird ein Unglückstag für dich sein, Bruder Morris, wenn dein Name auf unsere Tagesordnung kommt, und ich glaube, genau da sollte ich ihn schon notieren.«

Morris war leichenblaß geworden, und die Knie schienen unter ihm nachzugeben, als er in seinen Stuhl zurückfiel. Mit zitternder Hand hob er sein Glas und trank, ehe er zu einer Antwort imstande war.

»Ich bitte dich, ehrwürdiger Meister, und jeden Bruder in dieser Loge um Entschuldigung, wenn ich mehr gesagt habe, als mir zukommt. Ich bin ein treues Mitglied – ihr alle wißt das –, und nur meine Furcht, daß der Loge Schaden entsteht, läßt mich so ängstliche Worte gebrauchen. Aber in deine Urteilskraft habe ich mehr Vertrauen als in meine eigene, ehrwürdiger Meister, und ich verspreche dir, keinen Anstoß mehr zu erregen.«

Des Logenmeisters Stirn glättete sich, als er die demütigen Worte hörte.

»Sehr gut, Bruder Morris. Auch mir täte es leid, wenn es nötig wäre, dir eine Lektion zu erteilen. Aber solange ich auf diesem Stuhl sitze, sind wir in Wort und Tat eine einige Loge. Und nun, Jungs«, fügte er, sich im Kreise umsehend, hinzu, »will ich noch Folgendes sagen: Wenn Stanger seinen vollen Lohn erhält, gibt es vermutlich mehr Scherereien, als wir brauchen können. Diese Redakteure halten alle zusammen, und jede Zeitung im Staat würde sofort nach Polizei und Truppen rufen. Aber ich schätze, ihr könnt ihm eine ganz schön strenge Verwarnung zukommen lassen. Willst du das übernehmen, Bruder Baldwin?«

»Klar!« sagte der junge Mann eifrig.

»Wie viele willst du mitnehmen?«

»Ein halbes Dutzend; und zwei, um die Tür zu bewachen. Du kommst mit, Gower; und du, Mansel; und du, Scanlan; und noch die beiden Willabys.«

»Ich habe dem neuen Bruder versprochen, daß er mitgehen darf«, sagte der Stuhlmeister.

Ted Baldwin bedachte McMurdo mit einem Blick, der verriet, daß er weder vergessen noch vergeben hatte.

»Na schön, wenn er will, kann er mitkommen«, sagte er mürrisch. »Das genügt. Je schneller wir an die Arbeit gehen, desto besser.«

Unter Gebrüll und Schlachtrufen und Bruchstücken trunkener Lieder löste sich die Gesellschaft auf. In der Bar wimmelte es noch von Zechern, und viele der Brüder blieben dort zurück. Die kleine Schar, die zum Dienst abkommandiert worden war, trat auf die Straße hinaus, dann marschierten sie zu zweit und zu dritt über den Bürgersteig weiter, um kein Aufsehen zu erregen. Die Nacht war bitterkalt, und ein Halbmond strahlte glitzernd am frostigen, mit Sternen übersäten Himmel. Die Männer hielten an und versammelten sich in einem Hof gegenüber einem hohen Gebäude. Zwischen den hell erleuchteten Fenstern standen in goldenen Druckbuchstaben die Worte *Vermissa Herald*. Von innen ertönte das Gerassel der Druckerpresse.

»Du da«, sagte Baldwin zu McMurdo, »du kannst unten an der Tür warten und aufpassen, daß der Weg für uns frei bleibt. Arthur Willaby kann bei dir bleiben. Ihr anderen kommt mit mir. Habt keine Angst, Jungs; wir haben nämlich ein Dutzend

Zeugen dafür, daß wir genau in diesem Moment in der Bar vom Union House sind.«

Es war fast Mitternacht, und die Straße lag verlassen da, abgesehen von ein paar Zechern auf dem Heimweg. Die Gruppe überquerte die Straße; Baldwin und seine Männer stießen die Tür des Zeitungsbüros auf, stürmten hinein und eilten die vor ihnen liegende Treppe hinauf. McMurdo und ein weiterer Mann blieben unten zurück. Aus dem Zimmer oben ertönte ein Schrei, ein Hilferuf, und dann das Geräusch trampelnder Füße und kippender Stühle. Einen Augenblick später kam ein grauhaariger Mann auf den Treppenabsatz herausgestürzt. Noch ehe er weiterkommen konnte, wurde er gepackt, und seine Brille klirrte McMurdo vor die Füße. Es gab einen dumpfen Schlag und ein Stöhnen. Dann lag er auf dem Gesicht, und ein halbes Dutzend Stöcke klapperte durcheinander, als sie über ihn herfielen. Er krümmte sich, und seine langen, schmalen Glieder zuckten unter den Schlägen. Endlich hörten die anderen auf; nur Baldwin, dessen Gesicht zu einem teuflischen Grinsen erstarrt war, hieb weiter auf den Kopf des Mannes ein, den dieser vergeblich mit seinen Armen zu schützen versuchte. Sein weißes Haar war blutbefleckt. Baldwin beugte sich immer noch über sein Opfer, um ihm jedesmal, wenn er eine Blöße entdeckte, einen kurzen, heimtückischen Streich zu versetzen, als McMurdo die Treppe hinaufstürmte und ihn zurückstieß.

»Du bringst den Mann noch um«, sagte er. »Hör auf!«

Baldwin sah in verblüfft an.

»Verflucht nochmal!« rief er. »Wie kommst du dazu, dich einzumischen – du Logenneuling? Zurück!« Er hob den Stock, aber McMurdo hatte rasch die Pistole aus der Hüfttasche gezogen.

»Zurück mit *dir!*« rief er. »Ich puste dir das Gesicht weg, wenn du mich anrührst. Und was die Loge angeht – hat der Stuhlmeister nicht befohlen, daß der Mann nicht getötet werden soll? Und was tust du gerade anderes, als ihn zu töten?«

»Das stimmt, was er sagt«, bemerkte einer der Männer.

»Bei Gott, ihr solltet euch lieber beeilen!« rief der Mann unten. »In den Fenstern geht überall Licht an, und in fünf Minuten habt ihr den ganzen Ort auf dem Hals.«

In der Tat ertönte Geschrei auf der Straße, und unten in der Eingangshalle versuchte sich eben eine kleine Gruppe von Metteuren und Schriftsetzern zum Handeln aufzuraffen. Die Verbrecher ließen den schlaffen und reglosen Körper des Redakteurs am oberen Treppenabsatz liegen, stürmten hinunter und machten sich rasch über die Straße davon. Als sie das Union House erreicht hatten, mischten sich ein paar von ihnen unter das Gedränge in McGintys Saloon, um dem Boss über die Bartheke hinweg zuzuflüstern, daß der Auftrag korrekt ausgeführt worden sei. Die anderen, darunter McMurdo, liefen in Seitenstraßen davon und gelangten so auf Umwegen nach Hause.

11. DAS TAL DER ANGST

Als McMurdo am nächsten Morgen aufwachte, hatte er guten Grund, sich seiner Aufnahme in die Loge zu erinnern. Sein Kopf schmerzte vom vielen Trinken, und der Arm, den man gebrandmarkt hatte, war heiß und geschwollen. Da er seine eigene besondere Einnahmequelle hatte, pflegte er nur unregelmäßig zur Arbeit zu gehen, und so frühstückte er spät, blieb den Morgen über zu Hause und schrieb einen langen Brief an einen Freund. Danach las er den *Daily Herald*. In einer im letzten Augenblick noch eingerückten Extraspalte stand: »Freveltat im Büro des *Herald*. Redakteur schwer verletzt.« Es handelte sich um einen kurzen Bericht über den Tathergang, mit dem McMurdo einiges vertrauter war, als es der Verfasser je sein konnte. Der Text endete mit folgender Feststellung:

> Die Sache liegt jetzt in den Händen der Polizei; aber man darf kaum hoffen, daß ihre Bemühungen bessere Resultate zeitigen werden als in der Vergangenheit. Einige der Männer wurden erkannt, und es besteht Hoffnung, daß eine Überführung erfolgen kann. Urheber der Freveltat war, man braucht es kaum noch zu erwähnen, jene infame Gesellschaft, die diese Gemeinde seit so langer Zeit schon in Knechtschaft hält und gegen die der *Herald* einen so kompromißlosen Standpunkt vertritt. Mr. Stangers zahlreiche Freunde werden sich freuen zu hören, daß, obwohl er grausam und brutal geschlagen wurde und schwere Verletzungen am Kopf davontrug, keine unmittelbare Lebensgefahr besteht.

Darunter wurde noch gemeldet, daß eine mit Winchesterbüchsen bewaffnete Wache der Coal and Iron Police zum Schutz des Büros abgestellt worden sei.

McMurdo hatte die Zeitung weggelegt und zündete sich mit einer von den Exzessen des vergangenen Abends noch zittrigen Hand eben seine Pfeife an, als es draußen klopfte und seine Wirtin ihm einen Brief brachte, den ein Bursche gerade abgegeben hatte. Er war nicht unterzeichnet und lautete wie folgt:

> Ich würde Sie gerne sprechen, möchte das aber lieber nicht bei Ihnen zu Hause tun. Sie finden mich neben der Fahnenstange auf dem Miller Hill. Wenn Sie gleich dorthin kommen, habe ich Ihnen etwas zu sagen, das für uns beide wichtig ist.

McMurdo las den Brief zweimal höchst verwundert, denn er konnte sich nicht vorstellen, was er bedeutete oder wer sein Verfasser war. Wäre er von weiblicher Hand geschrieben gewesen, so hätte er vermutet, daß er den Auftakt zu einem jener Abenteuer darstellte, die in seiner Vergangenheit ganz alltäglich gewesen waren. Aber es handelte sich um die Handschrift eines Mannes, und überdies eines gebildeten. Nach einigem Zögern entschloß er sich schließlich, der Sache auf den Grund zu gehen.

Miller Hill ist ein schlecht gepflegter öffentlicher Park genau im Zentrum der Stadt. Im Sommer ist er ein beliebtes Ausflugsziel, aber im Winter ist er völlig trostlos. Von seiner Kuppe aus reicht der Blick nicht nur über die ganze schmutzige, wuchernde Stadt, sondern auch über das gewundene Tal darunter, mit seinen verstreuten, den Schnee schwärzenden Gruben und Fabriken auf beiden Seiten, sowie über die bewaldeten und weißbemützten Bergketten, die es begrenzen. McMurdo schlenderte den gewundenen, von Immergrünhekken gesäumten Pfad hinauf, bis er das verlassene Restaurant erreichte, welches das Zentrum des sommerlichen Frohsinns bildet. Daneben stand eine nackte Fahnenstange, und darunter ein Mann – den Hut in die Stirn gezogen und den Mantelkragen hochgeschlagen. Als er ihm das Gesicht zuwandte, erkannte McMurdo in ihm Bruder Morris, der sich in der Nacht zuvor den Zorn des Logenmeisters zugezogen hatte. Beim Zusammentreffen entboten beide den Gruß der Loge.

»Ich wollte mit Ihnen reden, Mister McMurdo«, sagte der ältere Mann; er sprach zögernd, was verriet, daß er sich unsicher fühlte. »Nett von Ihnen, daß Sie gekommen sind.«

»Warum haben Sie denn nicht Ihren Namen auf den Brief geschrieben?«

»Man muß vorsichtig sein, Mister. Heutzutage weiß man nie, wie die Dinge auf einen zurückfallen. Man weiß auch nie, wem zu trauen ist und wem nicht.«

»Bestimmt kann man doch den Logenbrüdern trauen?«

»Nein, nein; nicht immer«, rief Morris heftig. »Alles, was wir sagen, selbst was wir denken, scheint diesem Mann zugetragen zu werden – McGinty.«

»Hören Sie mal«, sagte McMurdo streng; »erst gestern abend habe ich, wie Sie wohl wissen, unserem Logenmeister aufrichtige Treue geschworen. Wollen Sie etwa von mir verlangen, meinen Eid zu brechen?«

»Wenn Sie das so sehen«, antwortete Morris betrübt, »dann kann ich nur sagen, daß es mir leid tut, Ihnen die Mühe bereitet zu haben, sich mit mir zu treffen. Es steht schlimm, wenn zwei freie Bürger einander nicht mehr ihre Gedanken anvertrauen können.«

McMurdo, der seinen Gesprächspartner sehr genau beobachtet hatte, lockerte ein wenig seine Haltung.

»Ich habe doch nur von meinem Standpunkt aus gesprochen«, sagte er. »Ich bin, wie Sie wissen, ein Neuling, und das alles ist mir noch fremd. Es steht mir nicht zu, Mr. Morris, den Mund aufzumachen, und wenn Sie es für richtig halten, mir irgend etwas zu sagen – hier bin ich, um es mir anzuhören.«

»Und es dann Boss McGinty zu hinterbringen«, sagte Morris verbittert.

»Also da tun Sie mir jetzt wirklich unrecht«, rief McMurdo. »Was mich angeht, so bin ich der Loge gegenüber loyal, das sage ich Ihnen ganz offen; aber ich wäre ja eine armselige Kreatur, wenn ich weitererzählen würde, was Sie mir Vertrauliches sagen wollen. Das erfährt außer mir kein Mensch; ich mache Sie allerdings darauf aufmerksam, daß Sie möglicherweise weder Hilfe noch Sympathie bei mir finden.«

»Ich habe es längst aufgegeben, das eine oder das andere zu erwarten«, sagte Morris. »Vielleicht lege ich jetzt mit dem, was ich sage, mein Leben ganz in Ihre Hände; aber so schlimm Sie auch sind – und gestern abend sah es so aus, als ob Sie vorhätten, schlimmer als der Schlimmste zu werden –, noch ist Ihnen alles neu, und Ihr Gewissen kann noch nicht so verhärtet sein wie das der anderen. Deshalb glaubte ich, mit Ihnen sprechen zu können.«

»Schön, was haben Sie zu sagen?«

»Wenn Sie mich verraten, sollen Sie verflucht sein!«

»Ich habe doch schon gesagt, daß ich das nicht tue.«

»Dann möchte ich Sie fragen: Damals, als Sie in Chicago dem Freimaurerbund beigetreten sind und die Barmherzigkeits- und Treuegelübde abgelegt haben, ist Ihnen da je in den Sinn gekommen, daß es Sie auf den Weg des Verbrechens führen könnte?«

»Wenn Sie das als Verbrechen bezeichnen«, antwortete McMurdo.

»Als Verbrechen bezeichnen!« rief Morris mit vor Leidenschaft bebender Stimme. »Sie haben noch wenig davon gesehen, wenn Sie es anders bezeichnen können. War das ein Verbrechen, als gestern nacht ein Mann, alt genug, um Ihr Vater zu sein, geschlagen wurde, bis das Blut von seinen weißen Haaren tropfte? War das ein Verbrechen – oder wie sonst würden Sie es bezeichnen?«

»Es gibt welche, die würden es Krieg nennen«, sagte McMurdo. »Ein Krieg zweier Klassen, an dem alle beteiligt sind, so daß jeder sich durchschlägt, so gut es geht.«

»Haben Sie denn an so etwas gedacht, als Sie in Chicago dem Freimaurerbund beigetreten sind?«

»Nein, das muß ich zugeben.«

»Auch ich nicht, als ich ihm in Philadelphia beigetreten bin.

Dort war er einfach ein gemeinnütziger Verein und ein Treffpunkt für Gleichgesinnte. Dann habe ich von diesem Ort hier erfahren – verflucht sei die Stunde, als ich seinen Namen zum ersten Mal hörte! – und bin hergezogen, um mich zu verbessern. Mein Gott, um mich zu verbessern! Meine Frau und meine drei Kinder kamen mit mir. Ich eröffnete auf dem Marktplatz einen Kurzwarenladen und hatte guten Erfolg. Es sprach sich herum, daß ich Freimaurer bin, und ich wurde gezwungen, der hiesigen Loge beizutreten, genau wie Sie gestern abend. Ich bekam das Schandmal in den Unterarm und noch Schlimmeres ins Herz eingebrannt. Ich erkannte, daß ich unter dem Befehl eines finsteren Schurken stand und im Netzwerk des Verbrechens gefangen war. Was konnte ich denn tun? Jedes Wort, das ich äußerte, um die Zustände zu verbessern, wurde als Verrat aufgefaßt, genau wie gestern abend. Ich kann nicht fliehen, denn alles, was ich auf der Welt besitze, steckt in meinem Laden. Wenn ich den Bund verlasse, weiß ich wohl, daß das für mich den Tod bedeutet, und Gott weiß, was sonst noch für meine Frau und die Kinder. Oh, Himmel, es ist furchtbar – furchtbar!« Er hielt die Hände vor das Gesicht, und sein Körper schüttelte sich in konvulsivischem Schluchzen.

McMurdo zuckte mit den Achseln.

»Sie waren zu weich für das Geschäft«, sagte er. »Sie taugen nicht für solche Arbeit.«

»Ich war rechtschaffen und religiös gewesen; sie aber machten mich zu einem ihrer Verbrecher. Einmal bin ich zu einem Auftrag ausgewählt worden. Ich wußte wohl, was mir blühen würde, wenn ich mich weigerte. Vielleicht bin ich ein Feigling. Vielleicht macht mich der Gedanke an meine arme kleine Frau und die Kinder zu einem. Jedenfalls bin ich mitgegangen. Ich glaube, das wird mich für immer verfolgen. Es war ein einsames Haus, zwanzig Meilen von hier, hinter der Bergkette da drüben. Mich hatte man zur Tür abkommandiert, genau wie Sie gestern abend. Den Auftrag selbst wollten sie mir nicht anvertrauen. Die anderen gingen hinein. Als sie wieder herauskamen, waren ihre Hände bis zu den Gelenken blutig. Während wir uns entfernten, drang aus dem Haus hinter uns das Geschrei eines Kindes. Es war ein fünfjähriger Junge; er hatte mit ansehen müssen, wie sein Vater ermordet wurde. Ich bin vor Entsetzen fast ohnmächtig geworden, und trotzdem hatte ich eine kühne und lächelnde Miene zu bewahren, denn ich wußte wohl, daß sie, wenn ich es nicht täte, demnächst aus meinem Haus mit blutigen Händen herauskämen und daß es dann mein kleiner Fred wäre, der nach seinem Vater schreien würde. Aber von nun an war ich ein Verbrecher – Mitbeteiligter an einem Mord, in dieser Welt für immer verloren, verloren auch in der nächsten. Ich bin ein guter Katholik, aber der Priester wollte kein Wort mehr mit mir reden, als er hörte, daß ich ein Scowrer bin, und ich wurde aus meiner Glaubensgemeinschaft verstoßen. So steht es mit mir. Und nun sehe ich Sie den gleichen Weg beschreiten und frage Sie, wie soll das enden? Wollen Sie ebenfalls ein kaltblütiger Mörder werden, oder läßt sich das noch irgendwie verhindern?«

»Was würden Sie denn tun?« fragte McMurdo unvermittelt. »Sie würden Anzeige erstatten?«

»Gott bewahre!« rief Morris. »Wahrhaftig, schon der bloße Gedanke würde mich das Leben kosten.«

»Schon gut«, sagte McMurdo. »Ich glaube, Sie sind ein Schwächling und machen zu viel Aufhebens von der Sache.«

»Zu viel Aufhebens! Warten Sie, bis Sie hier länger gelebt haben. Schauen Sie das Tal hinunter. Sehen Sie, wie es überschattet wird von dieser Wolke aus hundert Schloten. Ich sage Ihnen, die Wolke des Mordes hängt noch dicker und tiefer über den Köpfen der Leute. Das ist das Tal der Angst – das Tal des Todes. Der Schrecken sitzt in den Herzen der Leute, von der Abenddämmerung bis zum Morgengrauen. Warten Sie nur, junger Mann, Sie werden es selbst noch erfahren.«

»Schön, ich werde Ihnen Bescheid geben, wenn ich mehr gesehen habe«, sagte McMurdo gleichgültig. »Eines ist allerdings schon sehr klar: Sie sind nicht der Mann für diesen Ort, und je schneller Sie verkaufen – selbst wenn Sie nur ein Zehntel von dem kriegen, was der Laden wert ist –, desto besser wird es für

Sie sein. Was Sie gesagt haben, ist bei mir sicher aufgehoben, aber bei Gott! Wenn ich zu dem Schluß käme, daß Sie ein Spitzel sind ...«

»Nein, nein!« rief Morris kläglich.

»Na gut, belassen wir's dabei. Ich werde mir merken, was Sie gesagt haben, und eines Tages komme ich vielleicht darauf zurück. Ich nehme an, Ihre Worte waren freundlich gemeint. Aber jetzt will ich nach Hause.«

»Ein Wort noch, bevor Sie gehen«, sagte Morris. »Man könnte uns zusammen gesehen haben. Vielleicht will man wissen, worüber wir gesprochen haben.«

»Ah; gut, daß Sie daran gedacht haben.«

»Ich habe Ihnen eine Verkäuferstelle in meinem Laden angeboten.«

»Und ich habe sie abgelehnt. Darum ging es. Also, bis dann, Bruder Morris, und möge es Ihnen in Zukunft besser ergehen.«

Am gleichen Nachmittag noch, als McMurdo rauchend und gedankenverloren neben dem Ofen seines Wohnzimmers saß, schwang die Tür auf, und ihr Rahmen füllte sich mit der riesigen Gestalt von Boss McGinty. Er machte das Logenzeichen und blickte dann den jungen Mann, indem er sich ihm gegenübersetzte, eine Zeitlang fest an – ein Blick, der ebenso fest erwidert wurde.

»Ich bin kein großer Besuchemacher, Bruder McMurdo«, sagte er endlich. »Ich schätze, ich bin zu sehr mit den Leuten beschäftigt, die mich besuchen. Aber ich dachte, ich mach mal eine Ausnahme und schau mal bei dir zu Hause vorbei.«

»Es macht mich stolz, Sie hier zu sehen, Councillor«, antwortete McMurdo herzlich; er holte eine Flasche Whisky aus dem Schrank. »Es ist mir eine unverhoffte Ehre.«

»Wie geht's dem Arm?« fragte der Boß.

McMurdo verzog das Gesicht.

»Naja, er macht sich immer noch bemerkbar«, sagte er. »Aber das ist die Sache wert.«

»Ja, das ist die Sache wert«, antwortete der andere; »für diejenigen, die loyal sind und dabei bleiben und der Loge eine

Hilfe sind. Worüber hast du denn mit Bruder Morris heute morgen auf dem Miller Hill gesprochen?«

Die Frage kam so plötzlich, daß er gut daran getan hatte, eine Antwort vorzubereiten. Er brach in herzhaftes Lachen aus.

»Morris wußte nicht, daß ich mir meinen Lebensunterhalt hier zu Haus verdienen kann. Er wird es auch nicht erfahren; für meinen Geschmack macht er zuviel Trara um sein Gewissen. Aber er hat ein gutes Herz, der alte Knabe. Er hat geglaubt, ich hab nichts in der Hand und er tut mir einen Gefallen, wenn er mir eine Verkäuferstelle in seinem Kurzwarenladen anbietet.«

»Oh, das war es also?«

»Ja, das war es.«

»Und du hast sie abgelehnt?«

»Natürlich. Kann ich denn nicht mit vier Stunden Arbeit in meinem Schlafzimmer zehnmal soviel verdienen?«

»Allerdings. Ich würd mich aber nicht zu sehr mit Morris abgeben.«

»Warum nicht?«

»Tja, ich schätze, einfach weil ich es dir sage. Den meisten Leuten hier genügt das schon.«

»Vielleicht genügt es den meisten Leuten, aber mir genügt's nicht, Councillor«, sagte McMurdo dreist. »Wenn Sie ein Menschenkenner sind, werden Sie das wissen.«

Der dunkle Riese starrte ihn an, und seine haarige Pranke schloß sich einen Augenblick lang um das Glas, als ob er es seinem Gegenüber an den Kopf schleudern wollte. Dann lachte er auf seine laute, rauhe und unaufrichtige Weise.

»Du bist mir wirklich eine komische Nummer«, sagte er. »Na schön, wenn du unbedingt Gründe willst, sollst du sie haben. Hat Morris nichts gegen die Loge geäußert?«

»Nein.«

»Auch nicht gegen mich?«

»Nein.«

»Klar, weil er's nicht gewagt hat, dir zu trauen. In seinem Herzen ist er nämlich kein loyaler Bruder. Wir wissen das wohl, deshalb beobachten wir ihn und warten auf den richtigen Zeitpunkt, um ihm eine Lehre zu erteilen. Ich glaube, dieser Zeitpunkt rückt immer näher. In unserer Hürde ist kein Platz für räudige Schafe. Und wenn du Umgang hast mit einem Kerl, der illoyal ist, könnten wir auf den Gedanken kommen, du seist ebenfalls illoyal. Kapiert?«

»Es ist unwahrscheinlich, daß ich weiter mit ihm Umgang habe; ich mag ihn nämlich nicht«, antwortete McMurdo. »Aber was das Wort ›illoyal‹ angeht: das würde außer Ihnen keiner ein zweites Mal gegen mich gebrauchen.«

»Tja, das wär's dann«, sagte McGinty; er trank sein Glas aus. »Ich bin hergekommen, um dir zur rechten Zeit einen Rat zu geben, und den hast du auch gekriegt.«

»Ich wüßte noch gern«, sagte McMurdo, »wie Sie erfahren haben, daß ich überhaupt mit Morris gesprochen habe.«

McGinty lachte.

»Das ist doch mein Geschäft, zu wissen, was in diesem Ort vorgeht«, sagte er. »Ich schätze, du rechnest am besten immer damit, daß ich alles erfahre, was passiert. Tja, es ist Zeit, und ich wollt bloß noch ...«

Sein Abschied wurde jedoch auf eine sehr unerwartete Weise abgebrochen. Mit jähem Krach flog die Tür auf, und drei aufmerksam gespannte Gesichter starrten unter den Schirmen ihrer Polizeimützen drohend zu ihnen herein. McMurdo sprang auf und wollte schon die Pistole ziehen, hielt aber auf halbem Wege inne, als ihm bewußt wurde, daß zwei Winchesterbüchsen auf seinen Kopf gerichtet waren. Ein uniformierter Mann trat ins Zimmer, einen sechsschüssigen Revolver in der Hand. Es war Captain Marvin, vormals bei der Polizeitruppe von Chicago und nun bei der Coal and Iron. Er schüttelte den Kopf mit einem halben Lächeln zu McMurdo.

»Ich hab's mir doch gedacht, daß er wieder Scherereien machen wird, der durchtriebene Mr. McMurdo aus Chicago«, sagte er. »Können es halt nicht lassen, was? Nehmen Sie Ihren Hut und kommen Sie mit.«

»Dafür werden Sie wohl bezahlen müssen, Captain Marvin«,

sagte McGinty. »Ich wüßte gern, wie Sie dazu kommen, so in ein Haus einzudringen und ehrbare, unbescholtene Männer zu belästigen?«

»Sie halten sich raus aus dieser Sache, Councillor McGinty«, sagte der Captain. »Wir sind nicht hinter Ihnen her, sondern hinter diesem McMurdo. Sie sollten uns lieber helfen und nicht in unserer Pflicht behindern.«

»Er ist ein Freund von mir, und für sein Verhalten stehe ich gerade«, sagte der Boß.

»Nach allem, was man so hört, Mr. McGinty, müssen Sie vielleicht bald für Ihr eigenes Verhalten gradestehen«, antwortete der Captain der Polizei. »Dieser McMurdo war schon ein Gauner, bevor er hierher gekommen ist; und ein Gauner ist er nach wie vor. Haltet ihn in Schach, Leute, während ich ihn entwaffne.«

»Da ist meine Pistole«, sagte McMurdo kühl. »Wenn Sie und ich alleine wären, Captain Marvin, von Angesicht zu Angesicht, könnten Sie mich wahrscheinlich nicht so einfach festnehmen.«

»Wo ist Ihr Haftbefehl?« fragte McGinty. »Bei Gott! Man könnte ebensogut in Rußland statt in Vermissa leben, solange Leute wie Sie bei der Polizei das Sagen haben. Das ist eine kapitalistische Ausschreitung, und dafür werden Sie sich noch zu verantworten haben, schätze ich.«

»Tun Sie, so gut Sie können, was Sie für Ihre Pflicht halten, Councillor. Wir kümmern uns um unsere.«

»Was wirft man mir denn vor?« fragte McMurdo.

»Beteiligung am Anschlag auf den alten Redakteur Stanger im Büro des *Herald*. Es war bestimmt nicht Ihre Schuld, daß die Anklage nicht auf Mord lautet.«

»Na, wenn das alles ist, was Sie gegen ihn haben«, rief McGinty lachend, »dann können Sie sich eine Menge Ärger ersparen, wenn Sie die Sache sofort wieder fallenlassen. Dieser Mann war bei mir im Saloon und hat bis Mitternacht gepokert; ich kann ein Dutzend Leute beibringen, die das bezeugen.«

»Das ist Ihre Angelegenheit, und das können Sie wohl morgen im Gerichtssaal regeln. Jetzt aber los, McMurdo, und schön ruhig, wenn Sie keinen Gewehrkolben über den Schädel wollen. Sie treten hübsch beiseite, Mr. McGinty, ich warne Sie; ich dulde nämlich keinen Widerstand, wenn ich im Dienst bin.«

So entschieden war das Auftreten des Captain, daß sowohl McMurdo als auch sein Boss gezwungen waren, sich mit der Situation abzufinden. Dem letzteren gelang es, mit dem Gefangenen vor dem Abschied noch ein paar geflüsterte Worte zu wechseln.

»Was ist mit ...?« Er ließ den Daumen nach oben zucken, um auf die Münzapparatur anzuspielen.

»Alles in Ordnung«, flüsterte McMurdo, der ein sicheres Versteck unter den Dielen eingerichtet hatte.

»Ich sage dir Lebwohl«, sagte der Boß; er schüttelte ihm die Hand. »Ich geh jetzt zu Rechtsanwalt Reilly und kümmere mich persönlich um die Verteidigung. Du hast mein Wort darauf, daß sie dich nicht festhalten können.«

»Darauf würd ich nicht wetten. Bewacht den Gefangenen, ihr zwei, und erschießt ihn, wenn er irgendwelche Spielchen versucht. Ich durchsuche noch das Haus, bevor ich gehe.«

Das tat Marvin, fand aber offenbar keine Spur von der verborgenen Apparatur. Als er wieder herabgekommen war, eskortierten er und seine Männer McMurdo zum Hauptquartier. Die Dunkelheit war schon hereingebrochen, und ein scharfer Blizzard wehte, so daß die Straßen fast verlassen waren; ein paar Bummler folgten jedoch der Gruppe und riefen, durch ihre Unsichtbarkeit ermutigt, dem Gefangenen Verwünschungen zu.

»Lyncht den verfluchten Scowrer!« riefen sie. »Lyncht ihn!« Sie lachten und spotteten, als er ins Polizeigebäude gestoßen wurde. Nach einer kurzen formellen Vernehmung durch den diensthabenden Inspektor führte man ihn in die Sammelzelle. Hier fand er Baldwin und drei weitere Verbrecher aus der vergangenen Nacht vor; alle waren sie an diesem Nachmittag festgenommen worden und warteten nun auf ihre Verhandlung am nächsten Morgen.

Aber selbst mitten in diese Festung des Gesetzes reichte der lange Arm der Freimaurer. Spät abends kam ein Gefängnisaufseher mit einem Bündel Stroh für die Nachtlager, aus dem er zwei Flaschen Whisky, einige Gläser und eine Packung Spielkarten hervorzog. Sie verbrachten eine ausgelassene Nacht, ohne einen ängstlichen Gedanken an das Verfahren des kommenden Morgens.

Sie hatten auch keine Veranlassung dazu, wie das Ergebnis zeigen sollte. Der Richter hätte auf Grund der Zeugenaussagen unmöglich ein Urteil sprechen können, durch das die Angelegenheit einer höheren Instanz überantwortet worden wäre. Einerseits waren die Metteure und Drucker gezwungen, zuzugeben, daß die Beleuchtung unzureichend und sie selbst höchst verwirrt waren und daß es ihnen schwerfalle, die Identität der Angreifer mit absoluter Sicherheit zu beschwören, obschon sie glaubten, daß die Angeklagten dabei gewesen seien. Beim Kreuzverhör durch den geschickten Anwalt, den McGinty engagiert hatte, waren sie in ihren Angaben sogar noch nebulöser. Der Geschädigte hatte bereits ausgesagt, von der Plötzlichkeit des Überfalls so überrascht gewesen zu sein, daß er außer der Tatsache, daß der erste Mann, der ihn geschlagen habe, einen Schnurrbart trug, keine Angaben machen könne. Er wisse, fügte er hinzu, daß es Scowrers gewesen seien, da ihm in der Gemeinde unmöglich sonst noch jemand feindlich gesinnt sein könne, und man habe ihn wegen seiner unverblümten Leitartikel schon lange bedroht. Andererseits wurde durch die einstimmige und unerschütterliche Zeugenaussage von sechs Bürgern, einschließlich jenes hohen städtischen Beamten, Councillor McGinty, klar nachgewiesen, daß die Männer bei einer Kartenrunde im Union House gesessen hatten, und zwar bis sehr weit über die Stunde hinaus, da der Überfall erfolgte. Unnötig zu erwähnen, daß sie freigesprochen wurden, wobei der Richter sich schier noch entschuldigte für die Unannehmlichkeiten, die man ihnen bereitet hatte, und gleichzeitig Captain Marvin und der Polizei für ihren übertriebenen Diensteifer einen Verweis erteilte.

Das Urteil wurde vom Gerichtssaal, wo McMurdo viele vertraute Gesichter entdeckte, mit lautem Beifall begrüßt. Logenbrüder lächelten und winkten. Aber es gab auch andere, die mit zusammengepreßten Lippen und brütender Miene dasaßen, als die Männer der Reihe nach aus der Anklagebank marschierten. Einer von ihnen, ein kleiner, dunkelbärtiger, resoluter Bursche faßte seine Gedanken und die seiner Gefährten in Worte, als die Exgefangenen an ihm vorbeigingen.

»Ihr verdammten Mörder!« sagte er. »Wir werden's euch schon noch zeigen.«

12. DIE DUNKELSTE STUNDE

Wenn es noch irgend etwas gebraucht hätte, um Jack McMurdos Beliebtheit bei seinen Gefährten Auftrieb zu geben, so wären das seine Festnahme und Freilassung gewesen. Daß ein Mann schon am Abend seiner Aufnahme in die Loge etwas getan haben sollte, was ihn vor den Richter brachte, stellte in den Annalen des Bundes einen neuen Rekord dar. Er hatte bereits den Ruf eines lustigen Kumpans, eines fröhlichen Nachtschwärmers und obendrein eines Mannes von heftigem Temperament, der nicht einmal vom allmächtigen Boß selbst eine Beleidigung hinnehmen würde. Überdies aber vermittelte er seinen Kameraden den Eindruck, es gebe unter ihnen allen nicht einen, dessen Gehirn mit größerer Leichtigkeit einen blutdürstigen Plan aushecken könnte und dessen Hand tauglicher wäre, ihn auszuführen. »Das wird einmal der Junge für einen sauberen Job«, sagten die Ältesten einander und warteten auf eine passende Gelegenheit, ihn einzusetzen. McGinty hatte schon Handlanger genug; er erkannte aber, daß dieser in höchstem Maße fähig war. Er fühlte sich wie ein Mann, der einen wilden Bluthund an der Leine hält. Für die kleineren Arbeiten gab es die Köter; aber eines Tages würde er diese Kreatur auf ihr Opfer loslassen. Ein paar Logenmitglieder, darunter Ted Baldwin, verübelten dem Neuling seinen raschen Aufstieg und haßten ihn dafür; sie hielten sich jedoch von ihm fern, denn er war ebenso schnell bereit zu kämpfen wie zu lachen.

Aber wenn er auch bei seinen Kameraden in der Gunst stieg, so gab es doch eine andere Instanz – eine, die ihm noch lebenswichtiger geworden war –, wo sie im Sinken war. Ettie Shafters Vater wollte nichts mehr mit ihm zu tun haben und gestattete ihm nicht mehr, das Haus zu betreten. Ettie selbst war zu sehr verliebt, um ihn völlig aufzugeben; ihr gesunder Menschenverstand warnte sie jedoch vor den Folgen einer Heirat mit einem

Mann, den man für einen Verbrecher hielt. Eines Morgens, nach einer schlaflosen Nacht, beschloß sie, mit ihm zu sprechen, vielleicht zum letzten Mal, und einen entschiedenen Versuch zu unternehmen, ihn jenen üblen Einflüssen, die ihn verzehrten, zu entziehen. Sie ging zu seiner Wohnung, worum er sie schon oft gebeten hatte, und gelangte in den Raum, den er als Wohnzimmer benutzte. Er saß mit dem Rücken zur Tür und einem Brief vor sich an einem Tisch. Plötzlich überkam sie eine Anwandlung mädchenhaften Schabernacks – sie war ja erst neunzehn. Er hatte sie nicht gehört, als sie die Tür aufschob. Jetzt trippelte sie auf Zehenspitzen vorwärts und legte ihm leicht die Hand auf die gebeugten Schultern.

Wenn sie die Absicht gehabt hatte, ihn zu erschrecken, so gelang ihr das zweifellos, aber nur um ihrerseits erschreckt zu werden. Mit einem Tigersprung fuhr er herum, und schon griff seine rechte Hand nach ihrer Kehle. Im gleichen Augenblick zerknüllte die andere Hand das Blatt Papier vor ihm. Einen Moment lang stand er mit funkelndem Blick da. Dann traten Verblüffung und Freude an die Stelle der Wildheit, die seine Züge verzerrt hatte – eine Wildheit, vor der sie entsetzt zurückgeschaudert war, wie vor etwas, das sich noch nie zuvor in ihr sanftes Leben gedrängt hatte.

»Du bist es!« sagte er und wischte sich die Stirn. »Du kommst zu mir, mein herzliebstes Herz, und ich weiß nichts Besseres zu tun, als dich erwürgen zu wollen! Komm doch, Liebling«; er streckte die Arme aus. »Laß es mich wiedergutmachen.«

Aber das jähe Aufleuchten jener schuldbewußten Furcht, die sie in seinem Gesicht gelesen, hatte sie noch nicht verwunden. All ihre weiblichen Instinkte sagten ihr, daß das nicht nur das Erschrecken eines Mannes war, den man überrascht hat. Schuldbewußtsein – das war es – Schuldbewußtsein und Furcht.

»Was ist denn über dich gekommen, Jack?« rief sie. »Warum bist du meinetwegen so erschrocken? Oh, Jack, wenn dein Gewissen ruhig wäre, hättest du mich nicht so angesehen.«

»Naja, ich war mit den Gedanken gerade woanders, und

wenn du so leise hereingetrippelt kommst, auf deinen Feenfüßchen ...«

»Nein, nein; es war mehr als das, Jack.« Dann kam ihr plötzlich ein Verdacht. »Laß mich doch mal den Brief sehen, den du gerade geschrieben hast.«

»Ach Ettie, das kann ich nicht.«

Ihr Verdacht wurde zur Gewißheit.

»Er ist an eine andere Frau!« rief sie. »Ich weiß es. Warum solltest du ihn mir sonst vorenthalten? War es deine Frau, an die du geschrieben hast? Woher soll ich denn wissen, ob du nicht verheiratet bist – du, ein Fremder, den niemand kennt?«

»Ich bin nicht verheiratet, Ettie. Hör mal, ich schwöre es. Du bist für mich die einzige Frau auf der Welt. Beim Kreuze Christi, ich schwöre es!«

Er war vor leidenschaftlicher Inbrunst so bleich, daß sie nicht umhin konnte, ihm zu glauben.

»Na gut«, rief sie, »und warum willst du mir dann den Brief nicht zeigen?«

»Ich will es dir sagen, acushla«, antwortete er. »Ich bin durch Eid gebunden, ihn keinem zu zeigen, und ebenso wie ich dir gegenüber mein Wort nicht brechen würde, so muß ich es auch jenen gegenüber halten, denen ich es versprochen habe. Es geht um Logenangelegenheiten, und die müssen selbst für dich geheim bleiben. Kannst du denn nicht verstehen, daß ich erschrocken bin, als eine Hand auf mich fiel, wo es doch die Hand eines Polizisten hätte sein können?«

Sie spürte, daß er die Wahrheit sagte. Er nahm sie in die Arme und küßte ihre Ängste und Zweifel weg.

»Komm, setz dich zu mir. Das ist zwar ein schäbiger Thron für so eine Königin, aber es ist der beste, den dein armer Liebhaber auftreiben kann. Bald wird er besser für dich sorgen, denke ich mir. Jetzt ist dir wieder leichter ums Herz, ja?«

»Wie kann es mir jemals leichter sein, Jack, wenn ich weiß, daß du ein Verbrecher unter Verbrechern bist – wenn ich jeden Tag damit rechnen muß, daß du wegen Mord auf der Anklagebank sitzt? McMurdo der Scowrer – so hat einer unserer Gäste dich gestern genannt. Es fuhr mir wie ein Messer durchs Herz.«

»Ach was, auch harte Worte brechen keine Knochen.«

»Aber sie sind wahr.«

»Nein, Liebes, es ist nicht so schlimm, wie du denkst. Wir sind doch bloß arme Kerle und versuchen, auf eigene Faust zu unserem Recht zu kommen.«

Ettie schlang die Arme um den Hals des Geliebten.

»Hör auf damit, Jack! Um meinetwillen – um Gottes willen, hör auf damit! Um dich darum zu bitten, bin ich heute hergekommen. Oh, Jack, schau, auf den Knien flehe ich dich an. Hier, vor dir auf den Knien, beschwöre ich dich: Hör auf damit!«

Er hob sie auf und drückte besänftigend ihren Kopf an seine Brust.

»Ach, mein Liebling, du weißt ja nicht, worum du mich da bittest. Wie soll ich denn aufhören, wenn ich damit meinen Eid breche und meine Kameraden im Stich lasse? Wenn du begreifen könntest, wie es um mich steht, würdest du mich niemals darum bitten. Außerdem, selbst wenn ich wollte, wie sollte ich es denn anstellen? Du glaubst doch nicht, daß die Loge einen Mann, der all ihre Geheimnisse kennt, einfach ziehen lassen würde?«

»Daran habe ich gedacht, Jack. Ich habe alles geplant. Vater hat etwas Geld gespart. Er ist den Ort hier leid, wo die Angst vor diesen Leuten unser Leben verdüstert. Er ist bereit zu gehen. Wir könnten zusammen fliehen nach Philadelphia oder New York, wo wir vor ihnen sicher wären.«

McMurdo lachte.

»Die Loge hat einen langen Arm. Glaubst du denn, er würde nicht von hier bis nach Philadelphia oder New York reichen?«

»Na gut, dann in den Westen oder nach England oder nach Deutschland, wo Vater herstammt. Irgendwohin, bloß weg aus diesem Tal der Angst.«

McMurdo dachte an den alten Bruder Morris.

»Das ist nun schon das zweite Mal, daß ich das Tal so nennen höre«, sagte er. »Dieser Schatten scheint ja wirklich schwer zu lasten auf einigen von euch.«

»Er verdüstert jeden Augenblick unseres Lebens. Glaubst du denn, daß Ted Baldwin uns je vergeben hat? Was glaubst du, was uns geschehen würde, wenn er keine Angst vor dir hätte? Könntest du nur diesen Ausdruck in seinen dunklen, hungrigen Augen sehen, wenn ihr Blick auf mich fällt!«

»Bei Gott! Ich werd ihm bessere Manieren beibringen, wenn ich ihn dabei erwische. Aber jetzt hör zu, Kleines. Ich kann hier nicht weg. Ich kann nicht! Glaub mir das ein für allemal. Aber wenn du mich meine eigenen Mittel und Wege wählen läßt, will ich zusehen, daß ich eine Möglichkeit finde, ehrenhaft aus der Sache herauszukommen.«

»Bei so etwas geht es doch nicht um Ehre.«

»Na, na, das ist Ansichtssache. Aber wenn du mir sechs Monate Zeit läßt, schaff ich es so, daß ich fortgehen kann, ohne mich schämen zu müssen, wenn ich anderen ins Gesicht sehe.«

Das Mädchen lachte vor Freude.

»Sechs Monate!« rief sie. »Ist das ein Versprechen?«

»Naja, es können auch sieben oder acht sein. Aber spätestens in einem Jahr lassen wir das Tal hinter uns.«

Mehr hatte Ettie nicht erreichen können, aber es war immerhin etwas. Da war dieses Licht in der Ferne, das die Düsternis der unmittelbaren Zukunft erhellte. Sie kehrte ins Haus ihres Vaters zurück – leichteren Herzens denn je, seit Jack McMurdo in ihr Leben getreten war.

Man könnte meinen, als Mitglied des Bundes hätte er über all dessen Angelegenheiten unterrichtet sein müssen; bald sollte er jedoch herausfinden, daß die Organisation umfassender und komplexer war als die bloße Loge. Selbst Boss McGinty wußte über vieles nicht Bescheid, denn es gab noch einen Beamten mit der Bezeichnung »Großredner«, der weiter streckenabwärts in Hobson's Patch wohnte und über mehrere Logen Macht besaß, von der er heftig und willkürlich Gebrauch machte. McMurdo bekam ihn nur ein einziges Mal zu Gesicht – eine verschlagene kleine grauhaarige Ratte mit einem schleichenden Gang und einem verstohlenen Blick voller Bosheit. Evans Pott lautete sein Name, und selbst der große Boss von Vermissa verspürte ihm gegenüber etwas von dem Ekel und der Furcht, die der gewaltige Danton gegenüber dem mickerigen, aber gefährlichen Robespierre verspürt haben mochte.

Eines Tages erhielt Scanlan, McMurdos Wohngenosse, von McGinty einen Brief; beigeschlossen war eine Nachricht von Evans Pott, die McGinty davon in Kenntnis setzte, daß er zwei gute Männer, Lawler und Andrews, mit dem Auftrag herüberschicke, in der Umgebung etwas zu erledigen; im Interesse der Sache sei es jedoch am besten, keine Einzelheiten über das Ziel ihres Einsatzes mitzuteilen. Ob der Logenmeister sich darum kümmern könnte, daß für ihre Unterkunft und Bequemlichkeit gesorgt wäre, bis der Zeitpunkt zum Handeln käme? McGinty schrieb ergänzend, daß im Union House niemandes Aufenthalt geheim bleiben könne und daß er daher McMurdo und Scanlan verbunden wäre, wenn sie die Fremden ein paar Tage lang in ihrer Pension aufnähmen.

Am selben Abend trafen die Männer ein; jeder trug eine Reisetasche. Lawler war ein älterer Mann, schlau, schweigsam und beherrscht; er trug einen alten schwarzen Gehrock, der ihm, zusammen mit dem weichen Filzhut und dem struppigen, grauen Bart, eine gewisse Ähnlichkeit mit einem Wanderprediger verlieh. Sein Gefährte, Andrews, war fast noch ein Knabe; er hatte ein offenes Gesicht, war gutgelaunt und gab sich so unbeschwert wie einer, der in die Ferien fährt und jede Minute davon zu genießen gedenkt. Beide Männer waren vollkommene Abstinenzler und benahmen sich in jeder Hinsicht wie mustergültige Mitglieder der Bruderschaft – bloß daß sie eben Meuchler waren, die sich für diese mörderische Vereinigung schon oft als höchst taugliche Werkzeuge erwiesen hatten. Lawler hatte bereits vierzehn Aufträge dieser Art ausgeführt, und Andrews drei.

Sie waren, wie McMurdo feststellte, gerne bereit, über ihre vergangenen Taten zu sprechen, die sie mit dem leicht verschämten Stolz von Männern aufzählten, die der Gemeinschaft gute und selbstlose Dienste erwiesen haben. Was jedoch ihre unmittelbar bevorstehende Aufgabe betraf, so waren sie verschwiegen.

»Die haben uns ausgewählt, weil weder ich noch der Junge hier trinken«, erklärte Lawler. »Sie können darauf zählen, daß wir nicht mehr sagen, als wir sollen. Ihr dürft das nicht falsch auffassen, aber so lauten die Befehle des Großredners, und die halten wir ein.«

»Klar, wir ziehen doch alle am gleichen Strang«, sagte Scanlan, McMurdos Gefährte, als die vier zusammen beim Abendbrot saßen.

»Das kannst du laut sagen, und von mir aus schwatzen wir bis in die Puppen darüber, wie wir Charlie Williams oder Simon Bird umgelegt oder irgendwelche anderen früheren Aufträge ausgeführt haben. Aber über eine noch nicht erledigte Arbeit sprechen wir kein Wort.«

»Hier in der Gegend gibt es ein halbes Dutzend Kerle, mit denen ich mal ein Wörtchen zu reden hätte«, sagte McMurdo fluchend. »Es wird doch nicht etwa Jack Knox aus Ironhill sein, hinter dem ihr her seid? Ich gäb nämlich einiges dafür, um zu erleben, wie der sein Fett kriegt.«

»Nein; der ist noch nicht dran.«

»Dann vielleicht Herman Strauss?«

»Nein, auch er nicht.«

»Tja, wenn ihr's uns nicht sagen wollt – wir können euch nicht zwingen; aber wissen tät ich's schon gern.«

Lawler lächelte und schüttelte den Kopf. Aus ihm war nichts herauszulocken.

Trotz der Verschwiegenheit ihrer Gäste waren Scanlan und McMurdo fest entschlossen, bei der »Lustbarkeit«, wie sie es nannten, mit dabei zu sein. Als McMurdo sie daher eines Morgens zu früher Stunde die Treppe herunterschleichen hörte, weckte er Scanlan, und die beiden schlüpften eilig in ihre Kleider. Als sie angezogen waren, stellten sie fest, daß die anderen sich davongestohlen und die Haustür hinter sich offengelassen hatten. Noch dämmerte es nicht, und im Laternenlicht konnten sie die beiden Männer in einiger Entfernung auf der Straße erkennen. Sie folgten ihnen vorsichtig und mit lautlosen Schritten durch den tiefen Schnee.

Die Pension lag nahe am Stadtrand, und bald hatten sie die Straßenkreuzung außerhalb der Ortsgrenze erreicht. Hier warteten bereits drei Männer, mit denen sich Lawler und Andrews kurz und lebhaft unterhielten. Dann gingen sie alle zusammen weiter. Es handelte sich offenbar um einen bedeutenden Auftrag, der etliche Leute erforderte. Von dieser Kreuzung aus führten mehrere Wege zu verschiedenen Minen. Die Fremden schlugen den in Richtung Crow Hill ein, einem riesigen Betrieb, der sich in tüchtigen Händen befand; dank seinem energischen und furchtlosen Direktor aus Neuengland, Josiah H. Dunn, war man in der Lage, während der langen Schreckensherrschaft etwas Ordnung und Disziplin aufrechtzuerhalten.

Der Tag brach nun an, und eine Reihe von Arbeitern schritt, einzeln und in Gruppen, langsam den rußgeschwärzten Pfad entlang.

McMurdo und Scanlan bummelten mit diesen und behielten die Männer, denen sie folgten, im Auge. Dann umgab sie dichter Nebel, und aus seinem Zentrum ertönte plötzlich der Schrei einer Dampfpfeife. Das war das Zehn-Minuten-Signal, ehe die Förderkörbe hinabfuhren und das Tagewerk begann.

Als sie den offenen Platz rund um den Grubenschacht erreichten, warteten dort schon einhundert Bergleute; sie stampften mit den Füßen und bliesen sich auf die Finger, denn es war bitterkalt. Die Fremden standen in einer kleinen Gruppe im Schatten des Maschinenhauses. Scanlan und McMurdo erklommen einen Schlackenhaufen, von dem aus die ganze Szene vor ihnen lag. Sie sahen den Maschinisten, einen großen bärtigen Schotten namens Menzies, aus dem Maschinenhaus herauskommen und in seine Trillerpfeife blasen, damit man die Förderkörbe herabließ. Im selben Augenblick schritt ein hochgewachsener, gelenkiger junger Mann mit glattrasiertem, ernstem Gesicht eifrig auf die Schachtöffnung zu. Als er dort ankam, fiel sein Blick auf die stille und regungslose Gruppe unter dem Maschinenhaus. Die Männer hatten die Hüte in die Stirn gezogen und die Kragen hochgeschlagen, um ihre Gesichter abzuschirmen. Einen Moment lang legte Todesahnung ihre kalte Hand auf das Herz des Grubendirektors. Aber schon im nächsten Augenblick hatte er sie abgeschüttelt und dachte nur noch an seine Pflicht gegenüber fremden Eindringlingen.

»Wer seid ihr?« fragte er, als er auf sie zuging. »Was lungert ihr hier herum?«

Es kam keine Antwort; aber der Knabe namens Andrews trat vor und schoß ihn in den Bauch. Die hundert wartenden Bergleute standen so bewegungs- und hilflos da, als wären sie gelähmt. Der Direktor schlug beide Hände auf die Wunde und krümmte sich zusammen. Dann taumelte er weg, aber ein zweiter Meuchler schoß, und er fiel seitwärts zu Boden; er schlug mit den Beinen aus und krallte seine Finger in einen Haufen Schlacke. Bei diesem Anblick stieß Menzies, der Schotte, ein Wutgeheul aus und stürzte sich mit einem eisernen Schraubenschlüssel auf die Mörder, wurde jedoch von zwei Kugeln ins Gesicht getroffen, was ihn unmittelbar zu ihren Füßen tot niedersinken ließ. Einige der Bergleute drängten nach vorne, und es erhob sich ein unartikulierter Schrei des Mitleids und der Wut, aber ein paar der Fremden leerten ihre sechsschüssigen Revolver über die Köpfe der Menge, und sie stoben auseinander und zerstreuten sich; manche stürmten wie wild in Richtung Vermissa nach Hause zurück. Als sich einige der Mutigsten wieder aufgerafft hatten und man zur Mine zurückkehrte, war die mörderische Bande schon in den Morgennebeln verschwunden – ohne einen einzigen Zeugen, der imstande gewesen wäre, die Identität dieser Männer zu beschwören, die vor einhundert Zuschauern dieses doppelte Verbrechen verübt hatten.

Scanlan und McMurdo machten sich auf den Rückweg; Scanlan war etwas bedrückt, denn es war der erste Mordauftrag, dessen Ausführung er mit eigenen Augen gesehen, und es schien weniger lustig, als man ihn glauben gemacht hatte. Die entsetzlichen Schreie der Ehefrau des toten Direktors verfolgten sie, als sie stadtwärts eilten. McMurdo war zwar in sich gekehrt und still; aber er zeigte kein Mitgefühl für das Schwachwerden seines Gefährten.

»Klar, das ist wie ein Krieg«, sagte er wiederholt. »Was ist es anderes als ein Krieg zwischen uns und denen, und wir schlagen zurück, so gut wir nur können?«

An diesem Abend ging es im Logenraum des Union House hoch her – nicht nur wegen der Ermordung des Direktors und des Maschinisten der Crow-Hill-Mine, wodurch dieses Unternehmen fortan den übrigen erpreßten und in Furcht und Schrecken versetzten Gesellschaften angeglichen würde, sondern auch wegen eines fernen Triumphes, den die Loge ihrerseits errungen hatte. Es stellte sich nämlich heraus, daß der Großredner – als er fünf gute Männer nach Vermissa entsandte, um einen Anschlag auszuführen – eine Gegenleistung verlangt hatte: Insgeheim sollten drei Vermissa-Leute ausgewählt und herübergeschickt werden, um William Hales aus Stake Royal zu töten, einen der bekanntesten und beliebtesten Grubenbesitzer im Distrikt Gilmerton, einen Mann, von dem man glaubte, daß er auf der Welt keinen einzigen Feind habe, da er in jeder Hinsicht ein mustergültiger Arbeitgeber war. Allerdings hatte er auf Tüchtigkeit bei der Arbeit bestanden und daher gewisse betrunkene und müßige Angestellte entlassen, die zu den Mitgliedern des allmächtigen Bundes zählten. An seiner Tür befestigte Todesdrohungen hatten seine Entschlossenheit nicht geschwächt, und somit sah er sich in einem freien, zivilisierten Lande zum Tode verurteilt.

Die Vollstreckung war nun vorschriftsmäßig vollzogen worden. Ted Baldwin, der sich auf dem Ehrenplatz neben dem Logenmeister spreizte, hatte das Kommando geleitet. Sein gerötetes Gesicht und die glasigen, blutunterlaufenen Augen zeugten von Schlaflosigkeit und Trunk. Er und seine beiden Kameraden hatten die vergangene Nacht in den Bergen verbracht. Sie waren zerzaust und vom Wetter gezeichnet. Aber keine Helden, die von einem aussichtslosen Unternehmen wider Erwarten zurückkehrten, hätten von ihren Kameraden wärmer empfangen werden können. Die Geschichte wurde unter Ausrufen des Ergötzens und unter brüllendem Gelächter wieder und wieder erzählt. Als der Mann bei Einbruch der Nacht nach Hause fuhr, hatten sie ihm aufgelauert und hierzu auf einem abschüssigen Hügel Posten bezogen, wo sein Pferd im Schritt gehen mußte. Um sich die Kälte vom Leibe zu halten, war er so in Pelz vermummt, daß er seine Pistole nicht zu fassen bekam. Sie hatten ihn herausgezerrt und immer wieder auf ihn geschossen.

Keiner von ihnen kannte den Mann; aber ein Mord ist an sich schon etwas Aufregendes, und sie hatten den Scowrers von Gilmerton gezeigt, daß man sich auf die Vermissa-Leute verlassen konnte. Allerdings hatte es einen Zwischenfall gegeben, denn ein Mann und seine Frau kamen den Hügel heraufgefahren, während sie noch ihre Revolver auf den bereits stummen Körper abfeuerten. Man hatte erwogen, die beiden zu erschießen; aber es waren harmlose Leute, die nichts mit den Minen zu tun hatten, daher befahl man ihnen streng, weiterzufahren und Stillschweigen zu bewahren, damit ihnen nichts Schlimmes geschehe. Und so hatte man die blutbefleckte Gestalt liegen lassen, als Warnung für alle hartherzigen Arbeitgeber, und die drei edlen Rächer waren in die Berge enteilt, wo die ungezähmte Natur herabreicht bis zu den Rändern der Hochöfen und Schlackenhalden.

Es war ein großer Tag für die Scowrers gewesen. Der Schatten hatte sich noch dunkler über das Tal gesenkt. Aber so wie der kluge General im Moment des Sieges seine Anstrengungen zu verdoppeln beschließt, damit dem Gegner keine Zeit bleibt, sich nach der Niederlage wieder zu ordnen, so hatte auch Boß McGinty, der sein Operationsfeld mit düsterem und tückischem Blick überschaute, einen neuen Angriff auf jene geplant, die sich ihm widersetzten. Noch in derselben Nacht, als die halbbetrunkene Gesellschaft aufbrach, nahm er McMurdo am Arm und führte ihn beiseite in den Nebenraum, wo schon ihre erste Unterredung stattgefunden hatte.

»Paß auf, mein Junge«, sagte er, »ich habe einen Auftrag, der deiner endlich würdig ist. Seine Erledigung bleibt allein dir überlassen.«

»Freut mich zu hören«, antwortete McMurdo.

»Du kannst noch zwei Leute mitnehmen – Manders und Reilly. Die sind schon zum Dienst abgestellt. Wir werden in diesem Distrikt erst Ordnung haben, wenn Chester Wilcox erledigt ist, und jede Loge im Kohlenrevier wird dir dankbar sein, wenn du's schaffst, ihn fertigzumachen.«

»Ich werd jedenfalls mein Bestes tun. Wer ist er, und wo finde ich ihn?«

McGinty nahm seine ewig halbzerkaute, halbaufgerauchte Zigarre aus dem Mundwinkel und begann, eine grobe Skizze auf ein Blatt zu zeichnen, das er aus seinem Notizbuch gerissen hatte.

»Er ist der Obersteiger der Iron Dyke Company. Er ist ein hartgesottener Zeitgenosse, ein alter Colour-Sergeant aus dem Bürgerkrieg, grauhaarig und über und über mit Narben bedeckt. Wir haben's schon zweimal bei ihm versucht, aber ohne Glück, und Jim Carnaway hat dabei sein Leben gelassen. Jetzt liegt's bei dir, die Sache zu übernehmen. Das hier ist das Haus; es liegt ganz einsam am Iron-Dyke-Weg, ohne ein anderes in Hörweite; so wie du's hier auf der Karte siehst. Bei Tag hat's allerdings keinen Zweck. Er ist bewaffnet und schießt schnell und gut, ohne lang zu fragen. Aber nachts – also, da wären er, seine Frau, drei Kinder und eine Haushaltshilfe. Du kannst nicht lange auswählen. Es heißt alle oder keinen. Wenn du an der Haustür einen Sack Sprengstoff mit einer lange Lunte anbringen kannst . . .«

»Was hat der Mann getan?«

»Hab ich dir nicht gesagt, daß er Jim Carnaway erschossen hat?«

»Und warum hat er ihn erschossen?«

»Was zum Donnerwetter geht dich das an? Carnaway war nachts bei seinem Haus, und da hat er ihn erschossen. Das muß mir und dir genügen. Du sollst die Sache nur in Ordnung bringen.«

»Da wären noch diese zwei Frauen und die Kinder. Fliegen die mit in die Luft?«

»Das müssen sie wohl; wie sollen wir ihn sonst erwischen?«

»Scheint mir etwas hart für sie; die haben ja nichts getan.«

»Was ist denn das für ein Geschwätz? Willst du dich etwa drücken?«

»Sachte, Councillor, sachte. Hab ich je etwas gesagt oder getan, weswegen Sie glauben könnten, ich will mich vor einer Anordnung meines Logenmeisters drücken? Ob's recht oder unrecht ist – das zu bestimmen ist Ihre Sache.«

»Dann machst du's also?«

»Ja, natürlich.«

»Wann?«

»Tja, Sie geben mir am besten ein oder zwei Nächte Zeit, damit ich mir das Haus ansehen und einen Plan ausarbeiten kann. Dann ...«

»Sehr gut«, sagte McGinty; er schüttelte ihm die Hand. »Ich überlasse alles dir. Das wird ein großer Tag, wenn du uns die Nachricht bringst. Es ist der entscheidende Schlag, der sie alle in die Knie zwingen wird.«

McMurdo dachte lange und gründlich über den Auftrag nach, der ihm so plötzlich in die Hände gelegt worden war. Das abgeschiedene Haus, in dem Chester Wilcox wohnte, lag etwa fünf Meilen entfernt in einem angrenzenden Tal. Noch in derselben Nacht brach er ganz alleine auf, um sich auf die Unternehmung vorzubereiten. Es war schon hell, als er von seiner Erkundung zurückkehrte. Am nächsten Tag besprach er sich mit seinen beiden Untergebenen, Manders und Reilly, unbekümmerten Burschen, die so übermütig waren, als ginge es auf eine Hirschjagd. Zwei Nächte später trafen sie sich außerhalb der Stadt; alle drei waren bewaffnet, und einer von ihnen trug einen Sack voll Sprengstoff, wie man ihn in den Gruben benutzt. Es war bereits zwei Uhr morgens, als sie das einsame Haus erreichten. Die Nacht war windig; zerrissene Wolken trieben rasch über das Gesicht eines Dreiviertelmondes. Man hatte sie ermahnt, sich vor den Wachhunden in acht zu nehmen, daher rückten sie behutsam vor, den entsicherten Revolver in der Hand. Aber außer dem Heulen des Windes ertönte kein Geräusch, und nichts bewegte sich außer den schwankenden Zweigen über ihnen. McMurdo lauschte an der Tür des einsamen Hauses, aber drinnen war alles still. Dann lehnte er den Pulversack daran, schlitzte mit dem Messer ein Loch hinein und befestigte die Zündschnur. Als sie richtig brannte, nahmen er und seine beiden Gefährten Reißaus und befanden sich bereits in einiger Entfernung sicher und geborgen in einem schützenden Graben, als das ohrenbetäubende Krachen der Explosion und das tiefe, dunkle Rumpeln des zusammenstürzenden Gebäudes ihnen anzeigten, daß ihre Arbeit getan war. Noch nie in den blutbefleckten Annalen des Bundes war ein Job sauberer erledigt worden. Aber ach, diese so wohl organisierte und kühn geplante Tat sollte ganz umsonst gewesen sein! Gewarnt vom Schicksal der zahlreichen Opfer und im Wissen, daß man seine Vernichtung vorgesehen hatte, waren Chester Wilcox und seine Familie erst am Tag zuvor in ein sichereres und weniger bekanntes Quartier umgezogen, wo ein Polizeiposten sie bewachen sollte. Das Schießpulver hatte somit ein leeres Haus zerrissen, und der grimmige alte Colour-Sergeant aus dem Bürgerkrieg brachte den Bergleuten von Iron Dyke weiterhin Disziplin bei.

»Überlaßt ihn mir«, sagte McMurdo. »Der Mann gehört mir; ich krieg ihn bestimmt noch, und wenn ich ein Jahr darauf warten muß.«

Die Loge sprach einstimmig ihren Dank und ihr Vertrauen aus, und somit fand die Sache vorerst ein Ende. Als ein paar Wochen später die Zeitungen berichteten, daß auf Wilcox aus dem Hinterhalt geschossen worden sei, war es ein offenes Geheimnis, daß McMurdo noch immer an seinem unerledigten Auftrag arbeitete.

Dies also waren die Methoden des Freimaurerbundes, und dies also waren die Taten der Scowrers, dank denen sie ihr Regiment der Angst ausdehnten über den großen und reichen Bezirk, in dem sie so lange Zeit ihr schreckliches Wesen trieben.

Warum sollten diese Seiten mit weiteren Verbrechen besudelt werden? Habe ich nicht genug gesagt, um die Männer und ihre Methoden sichtbar zu machen? Diese Taten sind historisch belegt, und es gibt Dokumente, wo man ihre Details nachlesen mag. Dort kann man erfahren, wie die Polizisten Hunt und Evans erschossen wurden, weil sie es gewagt hatten, zwei Mitglieder des Bundes festzunehmen – eine in der Vermissa-Loge geplante doppelte Greueltat, kaltblütig verübt an zwei hilflosen und unbewaffneten Männern. Dort mag man auch nachlesen, wie Mrs. Larbey erschossen wurde, während sie gerade ihren Ehemann pflegte, den man auf Befehl von Boss McGinty fast totgeschlagen hatte. Der ältere Jenkins wurde getötet, kurz danach auch sein Bruder; James Murdoch wurde verstümmelt, die Familie Staphouse in die Luft gesprengt, die Stendals ermordet – dies alles folgte dicht aufeinander im selben schrecklichen Winter. Dunkel lag der Schatten auf dem Tal der Angst. Der Frühling war gekommen mit strömenden Bächen und blühenden Bäumen. Hoffnung erfüllte die ganze, so lange von einem eisernen Griff festgehaltene Natur; aber nirgendwo gab es Hoffnung für die Männer und Frauen, die unter dem Joch des Schreckens lebten. Noch nie war die Wolke über ihnen so dunkel und hoffnungslos gewesen wie im Frühsommer des Jahres 1875.

13. GEFAHR

Es war der Höhepunkt der Schreckensherrschaft. McMurdo, der bereits zum Aufseher ernannt worden war und alle Aussichten hatte, McGinty eines Tages als Logenmeister nachzufolgen, war bei den Versammlungen seiner Gefährten inzwischen so unentbehrlich, daß man nichts mehr ohne seine Hilfe und seinen Rat unternahm. Je beliebter er indessen bei den Freimaurern wurde, desto finsterer waren die Blicke, die ihm begegneten, wenn er durch die Straßen von Vermissa ging. Trotz ihrer Angst faßten sich die Bürger ein Herz, um sich gegen ihre Unterdrücker zusammenzuschließen. Gerüchte über geheime Zusammenkünfte in der *Herald*-Redaktion und über die Verteilung von Feuerwaffen an die gesetzestreuen Leute waren zur Loge gedrungen. Aber McGinty und seine Männer ließen sich durch solche Berichte nicht beunruhigen. Sie waren zahlreich, entschlossen und wohlbewaffnet. Ihre Widersacher waren verstreut und machtlos. Dies alles würde, wie bereits in der Vergangenheit, in ziellosem Gerede und vielleicht mit wichtigtuerischen Festnahmen enden. Das war die Meinung von McGinty, McMurdo und all den kühneren Männern.

Es war ein Samstagabend im Mai. Samstags fand immer der Logenabend statt, und McMurdo war eben dabei, das Haus zu verlassen, als Morris, keiner der Kühneren des Ordens, ihn besuchen kam. Seine Stirn war sorgenzerfurcht, und sein freundliches Gesicht wirkte abgehetzt und eingefallen.

»Darf ich offen mit Ihnen reden, Mr. McMurdo?«

»Natürlich.«

»Ich kann nicht vergessen, daß ich Ihnen einmal mein Herz ausgeschüttet habe und daß Sie's für sich behalten haben, obwohl sogar der Boss persönlich zu Ihnen gekommen ist, um Sie darüber auszufragen.«

»Was sollte ich denn sonst tun, wenn Sie sich mir anvertrauten? Nicht, daß ich mit dem, was Sie gesagt haben, einverstanden gewesen wäre.«

»Das weiß ich wohl. Aber Sie sind der einzige, mit dem ich gefahrlos sprechen kann. Ich habe hier ein Geheimnis« – er legte die Hand an die Brust –, »und es brennt mir fast das Leben aus dem Leib. Ich wünschte, es wäre irgendeinem von euch zugefallen, anstatt mir. Wenn ich es verrate, bedeutet es mit Sicherheit Mord. Wenn ich es nicht tue, stürzt es uns wahrscheinlich alle ins Verderben. Gott steh mir bei, aber ich verliere darüber fast den Verstand!«

McMurdo blickte den an allen Gliedern zitternden Mann ernst an. Er goß etwas Whisky in ein Glas und reichte es ihm.

»Das ist die richtige Medizin für Leute wie Sie«, sagte er. »Jetzt lassen Sie mal hören, worum es geht.«

Morris trank, und sein bleiches Gesicht nahm einen Hauch Farbe an.

»Ich kann Ihnen alles in einem Satz sagen«, begann er. »Ein Detektiv ist uns auf der Spur.«

McMurdo starrte ihn verblüfft an.

»Mann, sind Sie verrückt?« sagte er. »Die ganze Gegend ist doch voll von Polizei und Detektiven, und was haben die uns jemals anhaben können?«

»Nein, nein; es ist kein Mann aus dem Distrikt. Die kennen wir, wie Sie richtig sagen, und die können nur wenig ausrichten. Aber haben Sie schon mal von Pinkerton's gehört?«

»Ich hab von Leuten gelesen, die so heißen.«

»Also Sie können mir glauben, wenn die einem auf der Spur sind, hat man keine Chance. Das ist kein wurstiger Beamtenladen. Das ist ein todernstes Geschäftsunternehmen, das auf Erfolge aus ist und durchhält, bis es sie auf Teufel komm raus auch erzielt. Und wenn ein Pinkerton-Mann sich erst einmal richtig hineinkniet, sind wir alle verloren.«

»Wir müssen ihn töten.«

»Ah, der Gedanke kommt Ihnen natürlich zuerst! So geht es immer aus bei der Loge. Habe ich Ihnen nicht gesagt, daß es mit Mord endet?«

»Was heißt denn schon Mord? Das erregt hier doch kein Aufsehen.«

»Ja, allerdings; aber ich will nicht noch auf den Mann aufmerksam machen, der ermordet werden soll. Ich käme nie wieder zur Ruhe. Dennoch sind es unsere eigenen Hälse, die vielleicht auf dem Spiel stehen. Was, in Gottes Namen, soll ich nur tun?« In seiner qualvollen Unentschlossenheit schwankte er hin und her.

Doch seine Worte hatten McMurdo zutiefst bewegt. Es war leicht zu erkennen, daß er des anderen Ansicht über die Gefahr und die Notwendigkeit, ihr zu begegnen, teilte. Er packte Morris an den Schultern und schüttelte ihn mit ernster Miene.

»Hören Sie, Mann«, rief er, und vor Erregung kreischte er fast, »Rumsitzen und Jammern wie ein altes Weib bei der Totenwache bringt überhaupt nichts. Jetzt müssen Tatsachen her. Wer ist der Bursche? Wo steckt er? Wie haben Sie von ihm erfahren? Warum sind Sie damit zu mir gekommen?«

»Ich bin zu Ihnen gekommen, weil Sie der einzige sind, der mir einen Rat geben kann. Ich habe Ihnen doch erzählt, daß ich im Osten einen Laden hatte, bevor ich hierher gezogen bin. Ich habe dort gute Freunde zurückgelassen, und einer von ihnen arbeitet beim Telegraphenamt. Hier ist ein Brief, den ich gestern von ihm erhalten habe. Es geht um den Abschnitt hier oben auf der Seite. Sie können es selbst lesen.«

Und das las McMurdo:

»Was machen denn die Scowrers bei euch? Man liest ja darüber eine ganze Menge in den Zeitungen. Unter uns gesagt: Ich rechne damit, bald Neues von dir zu hören. Fünf große Unternehmen und die beiden Eisenbahngesellschaften haben sich inzwischen dahinter geklemmt. Sie meinen es todernst, und du kannst darauf wetten, daß sie es auch schaffen. Sie haben sich voll darauf eingelassen. In ihrem Auftrag hat Pinkerton die Sache angepackt, und sein bester Mann, Birdy Edwards, ist bereits im Einsatz. Der Sache soll ganz schnell ein Ende gemacht werden.«

»Jetzt lesen Sie das Postskriptum.«

»Was ich dir mitteile, habe ich natürlich im Amt erfahren; mehr war nicht herauszubekommen. Jeden Tag gehen einem meterweise seltsam verschlüsselte Nachrichten durch die Hände, und man kann nichts damit anfangen.«

McMurdo saß eine Zeitlang schweigend da, den Brief in den unruhigen Händen. Die Nebel hatten sich für einen Moment gelüftet, und vor ihm lag der Abgrund.

»Weiß sonst noch jemand davon?« fragte er.

»Ich habe es sonst niemandem erzählt.«

»Aber dieser Mann – Ihr Freund –, hat er noch jemand, dem er voraussichtlich schreiben würde?«

»Naja, ich glaube schon, daß er noch ein paar kennt.«

»Von der Loge?«

»Das ist durchaus wahrscheinlich.«

»Ich frage deshalb, weil er dann vermutlich eine Beschreibung dieses Burschen, Birdy Edwards, mitgeliefert hat. So könnten wir ihm auf die Schliche kommen.«

»Naja, möglich ist es schon. Aber ich glaube eigentlich nicht, daß er ihn kennt. Er berichtet mir immer nur die Neuigkeiten, die ihn auf dem Amtsweg erreicht haben. Woher sollte er diesen Pinkerton-Mann kennen?«

McMurdo fuhr plötzlich auf.

»Mensch!« rief er, »jetzt weiß ich, wer es ist. Was war ich für ein Narr, daß ich darauf nicht gekommen bin! Herrgott, aber wir haben Glück! Wir werden ihn ausschalten, bevor er Unheil anrichten kann. Hören Sie, Morris; wollen Sie diese Sache mir überlassen?«

»Natürlich, wenn Sie sie mir nur vom Hals schaffen!«

»Das geht klar. Sie können sich völlig raushalten und mich machen lassen. Nicht mal Ihr Name braucht erwähnt zu werden. Ich nehme alles auf mich – als hätte ich den Brief erhalten. Sind Sie damit einverstanden?«

»Genau darum wollte ich Sie bitten.«

»Dann lassen Sie es dabei und halten Sie weiterhin den Mund. Ich geh jetzt zur Loge; der alte Pinkerton wird sich noch leid tun, dafür sorgen wir.«

»Ihr werdet den Mann doch nicht umbringen?«

»Je weniger Sie wissen, Freund Morris, desto ruhiger ist Ihr Gewissen und desto besser können Sie schlafen. Stellen Sie keine Fragen und lassen Sie den Dingen ihren Lauf. Ich hab jetzt die Sache im Griff.«

Morris schüttelte traurig den Kopf, als er ging.

»Ich habe das Gefühl, daß sein Blut an meinen Händen klebt«, seufzte er.

»Notwehr ist noch lange kein Mord«, sagte McMurdo grimmig lächelnd. »Er oder wir! Der Mann würde vermutlich uns alle vernichten, wenn wir ihn lange genug im Tal ließen. Wahrhaftig, Bruder Morris, wir müssen Sie noch zum Stuhlmeister wählen; Sie haben nämlich mit Sicherheit die Loge gerettet.«

Doch aus seinen Handlungen ging klar hervor, daß er sich über diese ungewohnte Störung ernstere Gedanken machte, als seine Worte erkennen ließen. Möglicherweise lag es an seinem schlechten Gewissen; vielleicht auch am guten Ruf des Pinkerton-Unternehmens; vielleicht an der Gewißheit, daß große reiche Gesellschaften es sich zur Aufgabe gemacht hatten, mit den Scowrers aufzuräumen; aber ganz gleich, welche Gründe er haben mochte: Seine Handlungen waren die eines Mannes, der sich auf das Schlimmste gefaßt macht. Jedes Papier, das ihn belasten konnte, wurde vernichtet, ehe er das Haus verließ. Danach stieß er einen langen zufriedenen Seufzer aus, als glaubte er sich nun in Sicherheit; gleichwohl muß ihn die Gefahr noch immer irgendwie bedrückt haben, denn auf seinem Weg zur Loge machte er halt beim alten Shafter. Das Haus war ihm zwar verboten, aber als er ans Fenster klopfte, kam Ettie heraus zu ihm. Die tanzende irische Ausgelassenheit war aus den Augen ihres Geliebten verschwunden. Sie las die Gefahr in seinem ernsten Gesicht.

»Es ist etwas geschehen!« rief sie. »Oh, Jack, du bist in Gefahr!«

»Nicht doch, so schlimm ist es nicht, mein Liebchen. Trotzdem wäre es vielleicht klug, daß wir aufbrechen, bevor es schlimmer wird.«

»Aufbrechen!«

»Ich habe dir einmal versprochen, daß ich eines Tages gehen werde. Ich glaube, es ist bald soweit. Ich habe heute abend eine Nachricht erhalten – eine schlechte Nachricht –, und ich sehe Scherereien kommen.«

»Die Polizei?«

»Nun ja, ein Pinkerton. Aber du wirst bestimmt nicht wissen, was das ist, acushla, und was es für meinesgleichen bedeuten kann. Ich stecke zu tief in dieser Geschichte und muß möglicherweise bald verschwinden. Du hast gesagt, daß du mich begleiten würdest, wenn ich gehe.«

»Oh, Jack, es wäre deine Rettung.«

»Ich bin in mancher Beziehung ein ehrlicher Mensch, Ettie. Nicht um alles in der Welt könnte ich deinem hübschen Köpfchen ein Haar krümmen, und niemals könnte ich dich auch nur einen Zentimeter herabziehen von dem goldenen Thron über den Wolken, wo ich dich immerzu sehe. Willst du mir vertrauen?«

Wortlos legte sie ihre Hand in seine.

»Gut, dann hör zu, was ich sage, und tu alles so, wie ich es dir auftrage, denn das ist unser einziger Ausweg. In diesem Tal wird bald etwas geschehen. Ich spüre es in jeder Faser. Wahrscheinlich müssen dann viele von uns sehen, wie sie zurechtkommen. Ich bin jedenfalls einer davon. Wenn ich gehe, dann mußt du unbedingt mit mir kommen – bei Tag oder Nacht!«

»Ich komme dir nach, Jack.«

»Nein, nein; du wirst *mit* mir kommen. Wenn mir dieses Tal verschlossen ist und ich nie mehr zurückkehren kann, wie könnte ich dich dann hierlassen, wo ich mich doch vielleicht vor der Polizei verstecken muß, ohne die geringste Chance einer Nachricht von dir? Du mußt unbedingt mit mir kommen. In dem Ort, wo ich herkomme, kenne ich eine redliche Frau, und dort werd ich dich lassen, bis wir heiraten können. Wirst du mitkommen?«

»Ja, Jack, ich komme mit.«

»Gott segne dich für dein Vertrauen zu mir. Ich wäre ja eine

Ausgeburt der Hölle, wenn ich es mißbrauchen würde. Und nun merk dir, Ettie: Es wird nur ein Stichwort sein; und wenn es dich erreicht, läßt du alles stehen und liegen und kommst sofort zur Wartehalle am Bahnhof; dort wartest du, bis ich dich abhole.«

»Bei Tag oder Nacht – ich werde auf das Stichwort hin kommen, Jack.«

Etwas erleichtert darüber, daß seine Vorkehrungen zur Flucht eingeleitet waren, setzte McMurdo nun seinen Weg zur Loge fort. Sie hatte sich bereits versammelt, und nur mit Hilfe von komplizierten Zeichen und Gegenzeichen konnte er die äußeren und inneren Türhüter passieren, die sie bewachten. Freudiges und willkommen heißendes Stimmengewirr empfing ihn, als er eintrat. Der langgestreckte Raum war dicht gefüllt, und durch die Schwaden von Tabaksqualm erkannte er die wirre schwarze Mähne des Stuhlmeisters, die grausamen, abweisenden Züge Baldwins, das Geiergesicht des Sekretärs Harraway, und ein Dutzend weitere, die zu den Anführern der Loge zählten. Daß sie alle da waren und nun über seine Neuigkeiten beratschlagen sollten, erfüllte ihn mit Freude.

»Wir sind wahrhaftig froh, daß du da bist, Bruder!« rief der Stuhlmeister. »Wir haben hier eine Sache, da braucht es die Urteilskraft eines Salomo, um sie in Ordnung zu bringen.«

»Es geht um Lander und Egan«, erklärte sein Nachbar, als er sich setzte. »Beide erheben Anspruch auf das Kopfgeld, das die Loge ausgesetzt hat für die Erschießung des alten Crabbe drüben in Stylestown; wer soll da entscheiden, wessen Kugel getroffen hat?«

McMurdo erhob sich von seinem Platz und streckte die Hand hoch. Sein Gesichtsausdruck ließ die Zuhörer vor Aufmerksamkeit erstarren. Es herrschte die absolute Stille gespannter Erwartung.

»Ehrwürdiger Meister«, sagte er feierlich, »ich stelle einen Dringlichkeitsantrag.«

»Bruder McMurdo stellt einen Dringlichkeitsantrag«, sagte McGinty. »Das ist ein Antrag, der gemäß den Gesetzen dieser Loge Vorrang genießt. Alsdann, Bruder, wir hören.«

McMurdo zog den Brief aus der Tasche.

»Ehrwürdiger Meister, meine Brüder«, sagte er, »ich bin heute der Überbringer schlechter Nachrichten; aber es ist besser, sie zu kennen und zu erörtern, als ohne Vorwarnung von einem Schlag getroffen zu werden, der uns alle vernichten würde. Ich bin im Besitz von Informationen, daß die mächtigsten und reichsten Unternehmen dieses Staates sich verbündet haben, um uns zu beseitigen, und daß bereits in diesem Augenblick ein Pinkerton-Detektiv, ein gewisser Birdy Edwards, im Tal damit beschäftigt ist, Beweismaterial zu sammeln, das vielen von uns wahrscheinlich einen Strick um den Hals legen wird und jeden in diesem Raum in eine Gefängniszelle schickt. Das ist die Situation, zu deren Erörterung ich den Dringlichkeitsantrag gestellt habe.«

Totenstille herrschte im Saal. Der Stuhlmeister machte ihr schließlich ein Ende.

»Welchen Beweis hast du dafür, Bruder McMurdo?« fragte er.

»Es steht in diesem Brief, der in meine Hände gelangt ist«, sagte McMurdo. Er las die Passage laut vor. »Es ist Ehrensache für mich, daß ich keine weiteren Einzelheiten über den Brief mitteilen und ihn euch auch nicht übergeben kann; aber ich versichere euch, daß sonst nichts drinsteht, was die Interessen der Loge betrifft. Ich habe euch die Sache so vorgetragen, wie sie zu mir gelangt ist.«

»Ich möchte bemerken, Bruder Stuhlmeister«, sagte einer der älteren Brüder, »daß ich bereits von Birdy Edwards gehört habe und daß es heißt, er sei der beste Mann bei der Pinkerton-Truppe.«

»Kennt ihn jemand vom Sehen?« fragte McGinty.

»Ja«, sagte McMurdo, »ich.«

Verblüfftes Gemurmel ging durch den Saal.

»Ich glaube, wir haben ihn bereits völlig in der Hand«, fuhr er mit frohlockendem Lächeln fort. »Wenn wir schnell und klug handeln, können wir kurzen Prozeß machen. Wenn ihr mir vertraut und mich unterstützt, haben wir nur wenig zu befürchten.«

»Was haben wir denn überhaupt zu befürchten? Was kann er von unseren Geschäften wissen?«

»Das könnte man vielleicht fragen, wenn alle so zuverlässig wären wie Sie, Councillor. Aber dieser Mann hat die ganzen Millionen der Kapitalisten im Rücken. Glaubt ihr denn, daß es in all unseren Logen nicht einen einzigen schwächeren Bruder gibt, der gekauft werden könnte? Der kommt schon an unsere Geheimnisse ran – vielleicht kennt er sie bereits. Es gibt nur ein sicheres Mittel.«

»Daß er nie das Tal verläßt«, sagte Baldwin.

McMurdo nickte.

»Gratuliere, Bruder Baldwin«, sagte er. »Du und ich, wir hatten unsere Differenzen; aber heut abend hast du das entscheidende Wort gesprochen.«

»Wo hält er sich denn auf? Wie können wir ihn erkennen?«

»Ehrwürdiger Meister«, sagte McMurdo ernst. »Ich möchte Ihnen zu bedenken geben, daß das eine zu lebenswichtige Angelegenheit ist, um sie in offener Loge zu erörtern. Nicht daß ich irgend jemand hier in Zweifel ziehe – Gott bewahre! – aber wenn diesem Mann auch nur ein einziges getratschtes Wort zu Ohren käme, wären all unsere Chancen, ihn zu erwischen, zunichte gemacht. Ich möchte die Loge bitten, ein Komitee von Vertrauensmännern zu wählen, Bruder Stuhlmeister – Sie selbst, wenn ich vorschlagen darf; Bruder Baldwin hier und noch fünf andere. Dann kann ich frei darüber sprechen, was ich weiß und zu welchem Vorgehen ich raten würde.«

Der Vorschlag wurde sofort angenommen und das Komitee gewählt. Außer dem Stuhlmeister und Baldwin bestand es aus dem geiergesichtigen Sekretär Harraway; aus Tiger Cormac, dem brutalen jungen Meuchelmörder; dem Schatzmeister Carter sowie den Brüdern Willaby, furchtlosen und verwegenen Männern, die vor nichts zurückschreckten.

Das Gelage der Loge war kürzer und gedämpfter als üblich, denn auf der Stimmung der Männer lastete eine Wolke, und viele von ihnen sahen an jenem heiteren Himmel, unter dem sie schon so lange hausten, zum ersten Mal die Wolke der rächenden göttlichen Gesetze aufziehen. Die Greueltaten, die sie anderen zugefügt hatten, waren so sehr ein Teil ihres geregelten Lebens geworden, daß der Gedanke an Vergeltung in weite Ferne gerückt war; um so bestürzender erschien er nun, da diese Vergeltung so nahe war. Sie brachen früh auf und ließen ihre Anführer bei ihren Beratungen zurück.

»Alsdann, McMurdo«, sagte McGinty, als sie alleine waren. Die sieben Männer saßen starr auf ihren Plätzen.

»Ich habe eben gesagt, daß ich Birdy Edwards kenne«, erklärte McMurdo. »Ich brauche wohl nicht zu erwähnen, daß er sich nicht unter diesem Namen hier aufhält. Er ist zwar bestimmt mutig, aber nicht verrückt. Er läuft unter dem Namen Steve Wilson und wohnt in Hobson's Patch.«

»Woher weißt du das?«

»Weil ich mit ihm mal ins Gespräch gekommen bin. Damals hab ich mir wenig dabei gedacht und hätte ohne den Brief keinen weiteren Gedanken daran verschwendet; aber heute bin ich sicher, daß das der Mann ist. Ich hab ihn im Zug getroffen, als ich am Mittwoch Richtung Tal gefahren bin – so einen aufdringlichen Kauz hab ich noch nie erlebt. Er sagt, er sei Journalist. Im Moment hab ich ihm das geglaubt. Er will für seine *New York Press* alles wissen, was er über die Scowrers und das, was er ›Ausschreitungen‹ nennt, kriegen kann. Hat mir alle möglichen Fragen gestellt, um irgendwas für seine Zeitung in Erfahrung zu bringen. Klar, daß ich nichts verraten habe. ›Ich würde dafür bezahlen, und ich zahle gut‹, sagt er, ›wenn ich Stoff bekomme, der für meine Redaktion geeignet ist.‹ Ich hab ihm erzählt, was er vermutlich hören wollte, und er hat mir einen Zwanzigdollarschein gegeben, für die Information. ›Sie bekommen zehnmal soviel‹, sagt er, ›wenn Sie mir alles liefern können, was ich brauche.‹«

»Was hast du ihm denn erzählt?«

»Lauter Zeug, das ich gerade erfinden konnte.«

»Woher weißt du, daß er kein Zeitungsmann ist?«

»Das will ich euch sagen. Er ist in Hobson's Patch ausgestiegen, und ich auch. Zufällig gehe ich ins Telegraphenamt, und er kommt gerade heraus.

›Nun sehen Sie sich das an‹, sagt der Telegraphist, nachdem er draußen war, ›ich schätze, dafür sollten wir eigentlich doppelte Gebühren verlangen.‹ ›Das schätze ich auch‹, sage ich. Er hat das Formular mit einem Zeug ausgefüllt, das ebensogut chinesisch sein kann, so wenig werden wir daraus schlau. ›Davon läßt er jeden Tag ein Blatt raus‹, sagt der Angestellte. ›Ja‹, sage ich; ›das sind Sonderberichte für seine Zeitung, und er hat Angst, daß die anderen sie ihm klauen.‹ So hat es der Telegraphist gesehen und auch ich damals; aber heute seh ich es anders.«

»Mensch, ich glaube, du hast recht!« sagte McGinty. »Aber was sollen wir deiner Ansicht nach tun?«

»Warum nicht einfach gleich runterfahren und ihn erledigen?« schlug jemand vor.

»Klar, je schneller, je besser.«

»Ich würde noch in dieser Minute aufbrechen, wenn ich wüßte, wo man ihn finden kann«, sagte McMurdo. »Er wohnt in Hobson's Patch, aber ich weiß nicht, in welchem Haus. Ich habe allerdings einen Plan – vorausgesetzt, ihr wollt meinem Rat folgen.«

»Und wie sieht der aus?«

»Ich fahre morgen früh nach Hobson's Patch. Mit Hilfe des Telegraphisten werd ich ihn finden. Ich schätze, der weiß, wo er wohnt. Tja, und dann erzähle ich ihm, daß ich auch Freimaurer bin. Gegen einen entsprechenden Preis biete ich ihm alle Logengeheimnisse an. Darauf springt er garantiert an. Ich erzähle ihm, daß die Unterlagen bei mir zu Hause liegen und daß es mich den Kopf kosten würde, ihn kommen zu lassen, solange noch Leute in der Nähe sind. Er wird einsehen, daß das Hand und Fuß hat. Um zehn soll er kommen; dann kann er alles sehen. Das lockt ihn bestimmt herbei.«

»Und dann?«

»Den Rest könnt ihr euch selber ausmalen. Das Haus der Witwe MacNamara liegt einsam. Sie ist treu wie Gold und stocktaub. Im Haus wohnen nur noch Scanlan und ich. Wenn ich von Birdy Edwards eine Zusage bekomme – da geb ich euch noch Bescheid –, würde ich sagen, daß ihr alle sieben um neun Uhr zu mir kommt. Dann lassen wir ihn herein. Wenn er da je lebend herauskommt – tja, dann wäre Birdy Edwards' Glück *der* Gesprächsstoff für den Rest seiner Tage.«

»Bei Pinkerton's wird bald eine Stelle frei, wenn ich mich nicht irre«, sagte McGinty. »Es bleibt dabei, McMurdo. Morgen um neun sind wir bei dir. Hast du erst mal die Tür hinter ihm zugemacht, kannst du den Rest uns überlassen.«

14. EINE FALLE FÜR BIRDY EDWARDS

Wie McMurdo gesagt hatte, lag das Haus, in dem er wohnte, einsam und war für so ein Verbrechen, wie sie vorhatten, sehr gut geeignet. Es befand sich am äußersten Rand der Stadt und stand ein gutes Stück von der Straße entfernt. In jedem anderen Fall hätten die Verschwörer, wie so manches Mal zuvor, ihren Mann einfach herausgelockt und ihre Revolver auf ihn abgefeuert; in diesem besonderen Fall war es jedoch unerläßlich herauszufinden, wieviel er wußte, woher er es wußte und was bereits an seinen Auftraggeber weitergeleitet worden war. Möglicherweise kamen sie zu spät, und die Arbeit war längst getan. Wäre dies tatsächlich der Fall, könnten sie zumindest Rache nehmen an dem Mann, der es getan hatte. Sie waren jedoch voller Hoffnung, daß dem Detektiv noch nichts von großer Bedeutung zur Kenntnis gelangt war; denn andernfalls, so argumentierten sie, hätte er sich nicht die Mühe gemacht, derartig belanglose Informationen, wie McMurdo ihm dem Vernehmen nach präsentiert hatte, aufzuschreiben und weiterzuleiten. Wie auch immer – all das würden sie aus seinem eigenen Mund erfahren. War er erst einmal in ihrer Gewalt, würden sie schon einen Weg finden, ihn zum Sprechen zu bringen. Schließlich beschäftigten sie sich nicht zum ersten Mal mit einem widerspenstigen Zeugen.

McMurdo fuhr, wie verabredet, nach Hobson's Patch. Die Polizei schien sich an jenem Morgen besonders für ihn zu interessieren, und Captain Marvin – der Mann, der auf ihre alte Bekanntschaft aus Chicago hingewiesen hatte – sprach ihn sogar an, als er am Bahnhof wartete. McMurdo wandte sich jedoch ab und weigerte sich, mit ihm zu sprechen. Am Nachmittag war er von seiner Mission zurück und suchte McGinty im Union House auf.

»Er kommt«, sagte er.

»Gut!« sagte McGinty. Der Riese war in Hemdsärmeln; quer über seine geräumige Weste schimmerten Ketten und Petschafte, und durch die Fransen seines borstigen Bartes glitzerte ein Diamant. Politik und Getränke hatten den Boss zu einem ebenso reichen wie mächtigen Mann gemacht. Um so schrecklicher für ihn war daher jenes Bild von einem Gefängnis oder Galgen, das am vergangenen Abend undeutlich vor ihm aufgetaucht war.

»Glaubst du, er weiß viel?« fragte er besorgt.

McMurdo wiegte düster den Kopf.

»Er ist schon einige Zeit hier – mindestens sechs Wochen. Ich schätze, er ist nicht hierhergekommen, um sich die Landschaft anzuschauen. Wenn er die ganze Zeit über mitten unter uns gearbeitet hat, mit dem Geld der Eisenbahngesellschaften im Rücken, dann würd ich doch annehmen, daß er Resultate erzielt und weitergeleitet hat.«

»Es gibt in der Loge nicht einen schwachen Mann«, rief McGinty. »Treu wie Gold, jeder von ihnen. Großer Gott, da ist allerdings noch dieses Stinktier Morris. Wie steht's mit dem? Wenn einer uns verrät, dann bestimmt er. Ich würde am liebsten vor heute abend noch ein paar von den Jungs vorbeischikken, die ihn mal kräftig durchprügeln und sehen, was sie aus ihm herauskriegen können.«

»Tja, das könnte nichts schaden«, antwortete McMurdo. »Ich will allerdings nicht leugnen, daß ich Morris ganz gern habe und daß es mir leid täte, wenn ihm etwas passieren würde. Er hat ein paarmal mit mir über Logenangelegenheiten gesprochen, und obwohl er die vielleicht nicht so auffaßt wie Sie oder ich, ist er mir nie wie einer vorgekommen, der andere verpfeift. Trotzdem, ich will mich natürlich nicht zwischen ihn und Sie stellen.«

»Ich werd's dem alten Teufel schon noch zeigen«, sagte McGinty fluchend. »Ich hab ihn schon das ganze Jahr im Auge.«

»Tja, das müssen Sie am besten wissen«, antwortete McMurdo. »Aber was immer Sie vorhaben, müssen Sie auf morgen verschieben; wir dürfen nämlich nicht auffallen, ehe die

Pinkerton-Angelegenheit geregelt ist. Wir können es uns nicht leisten, ausgerechnet heute die Polizei aufzuscheuchen.«

»Du hast recht«, sagte McGinty. »Und wir werden von Birdy Edwards selbst erfahren, wie er an seine Neuigkeiten rankommt, und wenn wir ihm zuerst das Herz rausschneiden müssen. Meinst du nicht, er wittert eine Falle?«

McMurdo lachte.

»Ich hab ihn wohl an seinem schwachen Punkt erwischt«, sagte er. »Wenn der auf eine gute Scowrer-Spur stößt, ist er imstande, ihr bis nach Hause zu folgen. Ich hab das Geld gekriegt«, McMurdo grinste, als er ein Bündel Dollarnoten zum Vorschein brachte, »und kriege noch mal soviel, wenn er alle meine Papiere gesehen hat.«

»Was für Papiere?«

»Nun, es gibt keine Papiere. Aber ich hab ihm den Kopf vollgeredet von Satzungen und so, und er stellt sich vor, wenn er rausgeht, sei alles und jedes zu Ende gebracht und erledigt.«

»Wahrhaftig, damit hat er recht«, sagte McGinty grimmig. »Hat er dich nicht gefragt, warum du ihm die Unterlagen nicht gebracht hast?«

»Als ob ich solche Dinge mit mir herumschleppen könnte, ich, ein Verdächtiger! Und nachdem mich ausgerechnet heute Captain Marvin am Bahnhof angesprochen hat!«

»Ja, davon hab ich gehört«, sagte McGinty. »Ich schätze, von dieser Sache wirst du das schwerere Ende abkriegen. Wir können ihn zwar in einen aufgelassenen Schacht schmeißen, wenn wir ihn erledigt haben; aber egal, wie wir's anpacken, wir kommen nicht daran vorbei, daß der Mann in Hobson's Patch gewohnt hat und daß du heute dort warst.«

McMurdo zuckte mit den Achseln.

»Wenn wir's richtig anstellen, können sie den Mord nie beweisen«, sagte er. »Sobald es dunkel ist, kann ihn niemand zum Haus kommen sehen, und ich möchte wetten, daß ihn auch niemand gehen sieht. Und nun passen Sie auf, Councillor. Ich zeige Ihnen jetzt meinen Plan und bitte Sie, die anderen darauf vorzubereiten. Ihr alle werdet frühzeitig kommen. Sehr gut. Er erscheint um zehn. Er soll dreimal klopfen, worauf ich ihm die Tür öffne. Dann schlüpfe ich hinter ihn und schließe sie ab. Von da an gehört der Mann uns.«

»Das hört sich ja alles einfach und klar an.«

»Ja, aber der nächste Schritt will gut überlegt sein. Der Bursche ist knallhart. Er ist schwer bewaffnet. Ich hab ihn zwar ganz schön zum Narren gehalten, aber wahrscheinlich ist er trotzdem auf der Hut. Angenommen, ich führe ihn direkt in ein Zimmer mit sieben Leuten drin, wo er erwartet hat, mich allein anzutreffen. Da gibt's doch sofort eine Schießerei, und jemand wird noch verletzt.«

»Stimmt.«

»Und der Lärm hetzt uns gleich jeden verfluchten Cop im Ort auf den Hals.«

»Ich schätze, da hast du recht.«

»Ich möchte folgendermaßen vorgehen: Ihr seid alle in dem großen Raum – demselben, den Sie von unserer Plauderei damals schon kennen. Ich mach ihm die Tür auf, führe ihn ins Wohnzimmer neben der Tür und laß ihn dort allein, während ich die Papiere hole. Das gibt mir die Gelegenheit, euch zu sagen, wie die Dinge sich anlassen. Dann kehr ich mit ein paar gefälschten Papieren zu ihm zurück. Während er sie liest, stürz ich mich auf ihn und pack ihn an seiner Schußhand. Ihr hört mich rufen und stürmt herein. Je schneller, je besser; er ist nämlich so stark wie ich, und vielleicht ist es zuviel für mich. Aber ich denke, bis ihr kommt, kann ich ihn festhalten.«

»Der Plan ist gut«, sagte McGinty. »Die Loge wird dafür tief in deiner Schuld stehen. Ich schätze, wenn ich einmal den Stuhl verlasse, kann ich schon einen Kandidaten für meine Nachfolge vorschlagen.«

»Nicht doch, Councillor, ich bin doch fast noch ein Lehrling«, sagte McMurdo; aber sein Gesicht verriet, was er von dem Kompliment des großen Mannes hielt.

Nachdem er nach Hause zurückgekehrt war, traf er seine eigenen Vorbereitungen für den harten Abend, der ihm bevorstand. Zunächst reinigte, ölte und lud er seinen Smith & Wesson-Revolver. Dann inspizierte er den Raum, in dem der Detektiv in die Falle gehen sollte. Es handelte sich um ein geräumiges Zimmer mit einem langen Kieferntisch in der Mitte und einem großen Ofen am einen Ende. Auf allen anderen Seiten waren Fenster. An diesen gab es keine Läden – nur leichte Vorhänge, die sich zuziehen ließen. McMurdo musterte sie aufmerksam. Ohne Zweifel mußte ihm klargeworden sein, daß das Zimmer für eine derartig geheime Angelegenheit äußerst exponiert war. Seine große Entfernung von der Straße machte diesen Umstand jedoch weniger bedeutsam. Schließlich besprach er die Angelegenheit noch mit seinem Wohngenossen. Scanlan, obschon ein Scowrer, war ein harmloser kleiner Mann, der zu schwach war, um der Meinung seiner Kameraden Widerpart zu bieten; insgeheim jedoch entsetzten ihn die Bluttaten, an denen er manchmal gezwungenermaßen teilgenommen hatte. McMurdo unterrichtete ihn kurz von dem, was geplant war.

»Und wenn ich du wäre, Mike Scanlan, würd ich die Nacht fortgehen und mich da raushalten. Hier wird noch vor morgen früh ein blutiges Geschäft abgewickelt.«

»Also wirklich, Mac«, antwortete Scanlan, »mir fehlt's bestimmt nicht am Willen, sondern an den Nerven. Als ich Direktor Dunn dort an der Kohlengrube niedersinken sah, da war das mehr, als ich verkraften kann. Ich bin nicht geschaffen für sowas, wie du oder McGinty. Drum, wenn es die Loge mir nicht übelnimmt, mach ich es so, wie du vorgeschlagen hast, und laß euch heute abend allein.«

Die Männer kamen frühzeitig, wie vereinbart. Nach außen wirkten sie wie respektable Bürger, wohlgekleidet und sauber; wer sich jedoch mit Gesichtszügen auskannte, hätte in jenen harten Mündern und erbarmungslosen Augen wenig Hoffnung für Birdy Edwards gelesen. In dem Raum gab es nicht einen Mann, dessen Hände nicht schon dutzendemal rot von Blut gewesen waren. Was das Morden anging, waren sie Menschen gegenüber so abgestumpft wie ein Schlächter gegenüber einem Schaf. Der überragende Mann, sowohl im Äußeren wie im Ausmaß der Schuld, war natürlich der furchtbare Boss. Harraway, der Sekretär, war ein magerer, verbitterter Mann mit einem langen, dürren Hals und nervös zuckenden Gliedern – ein Mann von unbestechlicher Genauigkeit, was die Finanzen des Ordens betraf, und ohne jeden Sinn für Gerechtigkeit oder Ehrlichkeit gegenüber einem Außenstehenden. Der Schatzmeister, Carter, war ein Mann mittleren Alters mit einem leidenschaftslosen, ziemlich verdrießlichen Gesichtsausdruck und gelber Pergamenthaut. Er war ein fähiger Organisator, und die entscheidenden Details von nahezu jeder Greueltat entstammten seinem ränkeschmiedenden Gehirn. Die beiden Willabys waren Männer der Tat, hochgewachsene, geschmeidige junge Burschen mit entschlossenen Gesichtern, während ihr Gefährte, Tiger Cormac, ein wuchtiger, dunkelhaariger Jüngling, wegen seiner Wildheit sogar bei seinen eigenen Kameraden gefürchtet war. Dies also waren die Männer, die sich an jenem Abend unter McMurdos Dach versammelten, um den Pinkerton-Detektiv zu töten.

Ihr Gastgeber hatte Whisky auf den Tisch gestellt, und sie hatten sich beeilt, ihm angesichts der bevorstehenden Arbeit tüchtig zuzusprechen. Baldwin und Cormac waren bereits halb betrunken, und das Getränk hatte ihre ganze Wildheit zutage treten lassen. Cormac hielt einen Augenblick lang die Hände an den Ofen – man hatte ihn angezündet, denn die Frühlingsnächte waren noch kalt.

»Das wird reichen«, sagte er und stieß einen Fluch aus.

»Allerdings«, sagte Baldwin, die Bedeutung dieser Worte erfassend. »Wenn er erst daran festgebunden ist, holen wir schon die Wahrheit aus ihm raus.«

»Die werden wir bestimmt aus ihm rausholen, keine Angst«, sagte McMurdo. Er hatte Nerven aus Stahl, dieser Mann; denn obwohl die ganze Last des Unternehmens auf ihm lag, gab er sich so kühl und unbekümmert wie immer. Die anderen bemerkten es und waren voller Lob.

»Du bist der richtige Mann für ihn«, sagte der Boss beifällig. »Der wird nicht den leisesten Schimmer haben, bis deine

Hände an seiner Kehle liegen. Schade, daß deine Fenster keine Läden haben.«

McMurdo ging von einem Fenster zum anderen und zog die Vorhänge dichter zusammen.

»So, jetzt kann bestimmt keiner mehr reinlinsen. Die Stunde ist gleich um.«

»Vielleicht kommt er gar nicht. Vielleicht wittert er die Gefahr«, sagte der Sekretär.

»Keine Angst, er wird schon kommen«, antwortete McMurdo. »Der ist mindestens so begierig zu kommen, wie ihr, ihn zu sehen. Hört doch!«

Sie saßen alle wie Wachsfiguren da; einigen stockte das Glas auf halbem Weg zu den Lippen. Dreimal hatte es laut an der Tür geklopft.

»Still!«

McMurdo hob warnend die Hand. Ein frohlockender Blick huschte durch die Runde, und Hände legten sich auf verborgene Waffen.

»Kein Sterbenswörtchen!« wisperte McMurdo, als er aus dem Zimmer ging und behutsam die Tür hinter sich schloß.

Die Mörder warteten angespannt lauschend. Sie zählten die Schritte ihres Kameraden im Flur. Dann hörten sie ihn die Haustür öffnen. Ein paar Worte erklangen, so als begrüßte man sich. Dann vernahmen sie fremde Schritte und eine unbekannte Stimme. Einen Augenblick später schlug die Tür zu und der Schlüssel drehte sich im Schloß. Ihr Opfer saß sicher in der Falle. Tiger Cormac lachte gräßlich, und Boss McGinty schlug ihm seine große Hand auf den Mund.

»Sei still, du Narr!« flüsterte er. »Du stürzt uns noch ins Verderben!«

Aus dem Nebenzimmer drang das Gemurmel einer Unterhaltung. Sie schien endlos. Dann öffnete sich die Tür, und McMurdo erschien, den Finger auf den Lippen.

Er trat an das Tischende und sah sie reihum an. Eine feine Veränderung war mit ihm vorgegangen. Sein Gebaren war das eines Mannes, dem eine große Arbeit bevorsteht. Seine Miene hatte die Festigkeit von Granit angenommen. In wilder Erregung leuchteten seine Augen hinter der Brille. Er war sichtlich zu einem Führer geworden. Sie starrten ihn mit ungeduldigem Interesse an, aber er sagte nichts. Er sah von Mann zu Mann, immer noch mit demselben eigenartig starren Blick.

»Und«, rief Boss McGinty endlich, »ist er da? Ist Birdy Edwards da?«

»Ja«, antwortete McMurdo langsam. »Birdy Edwards ist da. Ich bin Birdy Edwards!«

Nach dieser kurzen Auskunft verstrichen zehn Sekunden, in deren Verlauf der Raum hätte leer sein können, so tief war die Stille. Das Zischen eines Kessels auf dem Ofen hörte sich scharf und schrill an. Sieben weiße Gesichter, alle nach oben gewandt zu dem Mann, der sie beherrschte, waren vor Entsetzen absolut bewegungslos. Mit einem plötzlichen Schauer von Scherben barsten die Fenster und starrten alsbald von gleißenden Gewehrläufen, während die Vorhänge aus ihren Befestigungen gerissen wurden. Bei diesem Anblick stieß Boss McGinty das Gebrüll eines verwundeten Bären hervor und stürzte zur halbgeöffneten Tür. Dort empfing ihn die Mündung eines Revolvers; hinter dem Visier funkelten die strengen blauen Augen Captain Marvins von der Coal and Iron Police. Der Boss prallte zurück und fiel in seinen Stuhl.

»Dort sind Sie sicherer, Councillor«, sagte der Mann, den sie als McMurdo gekannt hatten. »Und du, Baldwin, wenn du nicht deine Hand vom Revolver nimmst, betrügst du nur den Henker. Finger weg, oder, bei meinem Schöpfer... Na also, so ist's recht. Rund ums Haus stehen vierzig bewaffnete Männer, ihr könnt euch selbst ausmalen, was für'ne Chance ihr habt. Nehmen Sie ihnen die Waffen ab, Marvin!«

Unter der Bedrohung der Gewehre war kein Widerstand möglich. Die Männer wurden entwaffnet. Dumpf, blöde und völlig fassungslos saßen sie immer noch um den Tisch.

»Ich möchte euch gern noch etwas sagen, bevor wir auseinandergehen«, sagte der Mann, der sie in die Falle gelockt hatte. »Ich schätze, wir sehen uns wahrscheinlich erst wieder, wenn ich im Gerichtsgebäude auf dem Zeugenstand stehe. Hier habt ihr was zum Nachdenken in der Zwischenzeit. Jetzt wißt ihr, wer ich bin. Endlich kann ich meine Karten auf den Tisch legen. Ich bin Birdy Edwards von Pinkerton's. Ich wurde dazu ausgewählt, eure Bande zur Strecke zu bringen. Ich mußte ein hartes und gefährliches Spiel spielen. Nicht eine Seele, nicht eine einzige Seele, nicht einmal meine Nächsten und Liebsten wußten von diesem Spiel, außer Captain Marvin hier und meinen Auftraggebern. Aber heute abend ist es Gott sei Dank vorbei, und ich bin der Sieger!«

Die sieben bleichen, starren Gesichter sahen zu ihm auf. Unversöhnlicher Haß lag in ihren Augen. Er las die starrsinnige Drohung darin.

»Ihr glaubt vielleicht, das Spiel sei doch noch nicht zu Ende. Nun, darauf laß ich es ankommen. Jedenfalls sind einigen von euch die Karten aus der Hand genommen, und außer euch werden heute abend noch sechzig weitere ein Gefängnis von innen sehen. Ich muß euch noch sagen: Als mir dieser Auftrag erteilt wurde, da hätt ich nie geglaubt, daß es so eine Gesellschaft wie eure gibt. Ich hielt das für Zeitungsgeschwätz und hatte vor, das auch nachzuweisen. Man sagte mir, es habe mit den Freimaurern zu tun, und so bin ich nach Chicago gegangen und aufgenommen worden. Darauf war ich überzeugter denn je, daß es sich bloß um Zeitungsgeschwätz handelt, denn ich habe nichts Unrechtes in dem Bund entdeckt, wohl aber eine Menge Gutes. Trotzdem, ich mußte meinen Auftrag ausführen, und so machte ich mich auf in die Kohletäler. Als ich hier ankam, fand ich heraus, daß ich mich geirrt hatte und daß es doch nicht nur ein Schauermärchen war. Und so bin ich eben geblieben, um mich der Sache anzunehmen. Ich habe nie einen Mann getötet in Chicago. Ich habe nie in meinem Leben einen Dollar gemünzt. Die ich euch gegeben habe, waren so echt wie irgendeiner; aber noch nie habe ich mein Geld besser angelegt. Ich wußte, wie man bei euch Liebkind werden kann, darum hab ich euch vorgemacht, die Polizei sei hinter mir her. Alles lief genau nach meinem Plan.

So bin ich also eurer teuflischen Loge beigetreten und habe an den Sitzungen teilgenommen. Man wird vielleicht behaupten, ich sei genauso schlimm wie ihr. Sollen die behaupten, was sie wollen – solange ich euch nur erwischt habe! Aber, was war denn nun in Tat und Wahrheit? In der Nacht meiner Aufnahme habt ihr den alten Stanger zusammengeschlagen. Ich konnte ihn nicht warnen, dazu war keine Zeit mehr; aber ich habe deine Hand festgehalten, Baldwin, als du ihn umbringen wolltest. Wenn ich selbst einmal etwas vorgeschlagen habe, um meinen Rang unter euch zu behaupten, dann nur Dinge, von denen ich wußte, daß ich sie verhindern konnte. Dunn und Menzies konnte ich nicht retten, weil ich zu wenig wußte; aber ich werde dafür sorgen, daß man ihre Mörder hängt. Ich habe Chester Wilcox rechtzeitig gewarnt, so daß er und seine Angehörigen in einem sicheren Versteck waren, als ich sein Haus in die Luft sprengte. Es gab viele Verbrechen, die ich nicht verhindern konnte; aber wenn ihr zurückblickt und überlegt, wie oft euer Opfer einen anderen Heimweg genommen oder sich in der Stadt aufgehalten hat, als ihr es holen wolltet; oder im Haus geblieben ist, als ihr damit gerechnet habt, daß es herauskommt – dann erkennt ihr mein Werk.«

»Du verdammter Verräter!« zischte McGinty zwischen den Zähnen.

»Nur zu, John McGinty; nennen Sie mich ruhig so, wenn es Sie erleichtert. Sie und Ihresgleichen waren Feinde Gottes und der Menschen hier. Es war ein ganzer Mann nötig, um sich zwischen Sie und die armen Teufel von Männern und Frauen zu stellen, die Sie im Würgegriff gehalten haben. Es gab nur eine Möglichkeit, das zu schaffen, und ich habe es geschafft. Sie nennen mich einen ›Verräter‹; aber ich schätze, es gibt Tausende, die werden mich einen ›Erlöser‹ nennen, der hinabgestiegen ist in die Hölle, um sie zu retten. Drei Monate habe ich dazu gebraucht. Noch mal würde ich solche drei Monate nicht durchmachen wollen, selbst wenn ich mich hinterher in Washington im Schatzamt austoben dürfte. Ich mußte bleiben, bis ich alles, jeden Mann und jedes Geheimnis, sicher in dieser Hand hier hatte. Ich hätte noch ein wenig länger gewartet, wenn mir nicht zu Ohren gekommen wäre, daß mein Geheimnis herauszukommen drohte. Ein Brief war in die Stadt gelangt, der euch alles aufgedeckt hätte. Daraufhin mußte ich handeln, schnell handeln. Mehr habe ich euch nicht zu sagen – außer einem: Wenn meine Stunde kommt, werde ich leichter sterben im Gedenken an die Arbeit, die ich in diesem Tal geleistet habe. Und nun, Marvin, will ich Sie nicht länger aufhalten. Lassen Sie Ihre Leute herein und bringen Sie's hinter sich.«

Viel gibt es nicht mehr zu berichten. Scanlan war ein versiegelter Brief mitgegeben worden, den er bei Miss Ettie Shafter abgeben sollte – ein Auftrag, den er augenzwinkernd und mit wissendem Lächeln entgegengenommen hatte. In den frühen Morgenstunden bestiegen eine schöne Frau und ein dick vermummter Mann einen Sonderzug, den die Eisenbahngesellschaft geschickt hatte, und verließen in rascher und ununterbrochener Fahrt das Land der Gefahr. Weder Ettie noch ihr Geliebter setzten je wieder einen Fuß in das Tal der Angst. Zehn Tage später wurden sie in Chicago getraut; der alte Jacob Shafter war Trauzeuge.

Der Prozeß gegen die Scowrers fand in einem weit entfernten Ort statt, wo ihre Anhänger die Gesetzeshüter nicht terrorisieren konnten. Vergeblich kämpften sie; vergeblich wurde das Geld der Loge – Geld, das man der gesamten Bevölkerung abgepreßt hatte – wie Wasser ausgeschüttet in dem Versuch, sie zu retten. Die kalte, klare, leidenschaftslose Aussage jenes Mannes, der jedes Detail ihres Lebens, ihrer Organisation und ihrer Verbrechen kannte, war durch keinen Winkelzug ihrer Verteidiger zu erschüttern. Endlich, nach so vielen Jahren, wurden sie zerbrochen und zersprengt. Die Wolke hob sich für immer vom Tal. McGinty ereilte das Schicksal am Galgen; er kroch und winselte, als seine letzte Stunde kam. Acht seiner Hauptgefolgsleute teilten sein Schicksal. Fünfzig weitere erhielten unterschiedlich hohe Gefängnisstrafen. Birdy Edwards' Werk war vollbracht.

Und doch war das Spiel, wie er geahnt hatte, noch nicht zu

Ende. Es ging in die nächste Runde, in die übernächste, und immer noch eine. Ted Baldwin zum Beispiel war dem Galgen entgangen; ebenso die Willabys; ebenso noch mehrere der Wildesten der Bande. Zehn Jahre lang waren sie aus der Welt; dann kam der Tag, da sie wieder frei waren – ein Tag, der das Ende seines friedlichen Lebens bedeuten würde; dessen war Edwards sich völlig sicher, denn er kannte die Männer. Sie hatten bei allem, was sie für heilig hielten, geschworen, ihre Kameraden mit seinem Blut zu rächen. Und sie bemühten sich nach Kräften, ihr Versprechen zu halten. Er floh aus Chicago, nachdem zwei Anschläge so knapp gescheitert waren, daß der dritte ihn mit Sicherheit erwischt hätte. Von Chicago ging er unter geändertem Namen nach Kalifornien, und dort geschah es, daß das Licht eine Zeitlang aus seinem Leben schwand, als Ettie Edwards starb. Einmal mehr wurde er beinahe getötet, und einmal mehr arbeitete er, unter dem Namen Douglas, in einem einsamen Canyon, wo er, mit einem englischen Partner namens Barker, ein Vermögen anhäufte. Schließlich erreichte ihn eine Warnung, daß die Bluthunde ihm abermals auf der Spur seien, und er setzte sich – gerade noch rechtzeitig – nach England ab. Und so kam John Douglas hierher, wo er ein zweites Mal eine gute Gemahlin fand und in Sussex fünf Jahre lang als Gutsherr auf dem Lande lebte – ein Leben, das mit den seltsamen Ereignissen endete, von denen wir bereits gehört haben.

EPILOG

Die polizeigerichtlichen Ermittlungen waren abgeschlossen, womit der Fall John Douglas einer höheren Instanz überantwortet wurde. Auch die Verhandlungen des Geschworenengerichts waren vorüber; man sprach ihn frei, da er in Notwehr gehandelt habe. »Schaffen Sie ihn um jeden Preis aus England heraus«, schrieb Holmes der Ehefrau. »Es gibt hier Mächte, die möglicherweise gefährlicher sind als jene, denen er entkommen ist. In England ist Ihr Gatte nicht sicher.«

Zwei Monate waren verstrichen, und wir hatten den Fall schon einigermaßen vergessen. Dann steckte eines Morgens in unserem Briefkasten ein rätselhafter Brief. »Meine Güte, Mr. Holmes! Meine Güte!« stand in dieser eigenartigen Epistel. Sie trug weder Absender noch Unterschrift. Ich lachte über die wunderliche Botschaft, Holmes jedoch zeigte sich ungewohnt ernst.

»Eine Teufelei, Watson!« bemerkte er und saß lange mit umwölkter Stirn da.

Spät an jenem Abend meldete Mrs. Hudson, unsere Wirtin, daß ein Gentleman Holmes zu sprechen wünsche und daß es sich um eine Angelegenheit von äußerster Wichtigkeit handle. Seiner Botin dicht auf den Fersen kam Mr. Cecil Barker herein, unser Freund aus dem Manor House. Sein Gesicht war abgehetzt und verstört.

»Ich habe schlechte Nachrichten – schreckliche Nachrichten, Mr. Holmes«, sagte er.

»Das habe ich befürchtet«, sagte Holmes.

»Sie haben doch nicht etwa ein Kabel erhalten, oder?«

»Nur einen Brief von jemandem, der eines erhalten hat.«

»Es geht um den armen Douglas. Man hat mir gesagt, daß er eigentlich Edwards heißt; aber für mich bleibt er immer der Jack Douglas aus Benito Canyon. Ich habe Ihnen doch berichtet, daß sie vor drei Wochen auf der *Palmyra* zusammen nach Südafrika gereist sind?«

»Genau.«

»Das Schiff ist gestern abend in Kapstadt eingelaufen. Heute morgen habe ich von Mrs. Douglas folgendes Kabel erhalten:

›Jack ist im Sturm vor St. Helena über Bord gegangen. Niemand weiß wie Unfall geschah – Ivy Douglas.‹«

»Ha! So kam das also«, sagte Holmes nachdenklich. »Tja, das war zweifellos gut inszeniert.«

»Heißt das, Sie glauben, daß es gar kein Unfall war?«

»Nie und nimmer.«

»Er wurde ermordet?«

»Ganz bestimmt!«

»Das glaube ich auch. Diese teuflischen Scowrers, diese verfluchte rachsüchtige Verbrecherbrut ...«

»Nein, nein, mein guter Sir«, sagte Holmes. »Hier hat ein Meister die Hand im Spiel. Das ist kein Fall von abgesägten Schrotflinten und plumpen sechsschüssigen Revolvern. Einen alten Meister erkennt man an seiner Pinselführung. Ich erkenne einen Moriarty, wenn ich einen sehe. Dieses Verbrechen geht von London aus, nicht von Amerika.«

»Aber aus welchem Motiv?«

»Weil es von einem Mann verübt wurde, der es sich nicht leisten kann, zu versagen – einem Mann, dessen einzigartige Position allein auf der Tatsache beruht, daß alles, was er tut, gelingen muß. Ein großes Gehirn und eine riesige Organisation haben sich der Aufgabe gewidmet, einen einzelnen Mann auszulöschen. Es ist, als knackte man eine Nuß mit dem Hammer – eine absurde Verschwendung von Energie; aber die Nuß wird gleichwohl sehr wirksam geknackt.«

»Wie kommt es, daß dieser Mann überhaupt etwas damit zu tun hat?«

»Ich kann nur sagen, daß der erste Hinweis auf die Sache, der uns erreichte, von einem seiner Handlanger kam. Diese Amerikaner waren gut beraten. Sie hatten einen Auftrag in England zu erledigen, also sind sie, was jedem ausländischen Kriminellen offensteht, eine Geschäftsbeziehung eingegangen mit diesem großen Berater in kriminellen Fragen. Von diesem Augenblick an war der Mann verloren. Zunächst beschränkte sich Moriarty darauf, mit Hilfe seines Apparats das Opfer ausfindig zu machen. Dann wies er darauf hin, wie man die Sache angehen könnte. Schließlich, als er aus den Berichten vom Versagen dieses Agenten erfuhr, schritt er selbst ein und führte einen Meisterstreich. Sie haben ja gehört, wie ich den Mann im Birlstone Manor House gewarnt habe, daß die künftigen Gefahren größer seien als die vergangenen. Hatte ich recht?«

Barker schlug sich in ohnmächtiger Wut die geballte Faust an die Stirn.

»Wollen Sie damit sagen, daß wir uns das gefallen lassen müssen? Wollen Sie behaupten, daß es keiner jemals mit diesem Oberteufel aufnehmen kann?«

»Nein, das will ich nicht behaupten«, sagte Holmes, und seine Augen schienen weit in die Zukunft zu blicken. »Ich behaupte nicht, daß er nicht geschlagen werden kann. Aber man muß mir Zeit lassen – man muß mir Zeit lassen!«

Wir alle saßen einige Minuten lang schweigend da, während jene schicksalsverkündenden Blicke weiterhin den Schleier zu durchdringen suchten.

Editorische Notiz

Die vorliegende Neuübersetzung folgt den englischen Standardausgaben von *The Valley of Fear*. Die Übersetzung ist vollständig und so wortgetreu wie möglich. Kleinere Abweichungen ergaben sich z. B. bei der Übertragung spezieller Begriffe aus der Freimaurerterminologie, für die es im Deutschen keine genaue Entsprechung gibt; hier galt es, sich mit einer möglichst bedeutungsnahen Wiedergabe zu behelfen. Unübersetzt übernommen wurden britische und amerikanische Institutionen (*Sussex Constabulary, Coal and Iron Police* etc.), Dienstgrade und Amtsbezeichnungen (*Sergeant, Councillor* etc.), Hausnamen (*Manor House, Union House* etc.) sowie Bezeichnungen, die den Rang von Eigennamen haben (z. B. *Scowrers*). All dies findet sich, sofern zum Verständnis des Textes erforderlich, in den Anmerkungen erläutert. – Das Tempus der wörtlichen Rede wurde den Gepflogenheiten im Deutschen behutsam angeglichen.

Anmerkungen

Seite 9
»Das griechische ›e‹ ...«: Gemeint ist, wie auch eine Illustration von Frank Wiles (im *Sherlock Holmes Handbuch*, p. 168, Zürich: Haffmans 1988) mit schöner Deutlichkeit zeigt, das kleine Epsilon.
Seite 10
»Professor Moriarty«: Holmes' großer, ja größter Gegenspieler. Weiteres Aufschlußreiches über ihn (»Er ist der Napoleon des Verbrechens, Watson ...«) findet sich in *Die Memoiren des Sherlock Holmes*, S. 273ff., Zürich: Haffmans 1985.
»Jahresrente«: Dr. Watson ist im Afghanistan-Krieg verwundet worden, weshalb er eine Rente bezieht. Näheres hierzu in Gisbert Haefs' Anmerkungen zu *Eine Studie in Scharlachrot*, Zürich: Haffmans 1984.
Seite 14
»seine unappetitliche Pfeife«: Holmes pflegt die in seiner aufgerauchten Pfeife verbliebenen, von Tabaksud durchsetzten Reste auszuklopfen und zu sammeln, um sie nachtsüber trocknen zu lassen und anderntags damit seine Morgenpfeife zu stopfen – in der Tat höchst unappetitlich.

Seite 16

Whitaker's Almanack: Damals meistverbreitetes Jahrbuch Großbritanniens, kompiliert von Joseph Whitaker (1820–1895).

»›Mahratta‹«: Die Mahratten, ein kriegerisches Volk Vorderindiens, Vorkämpfer des Hinduismus, widersetzten sich mehrfach der britischen Kolonialherrschaft, bis sie schließlich 1818, im sog. 3. Mahrattenkrieg, geschlagen und entmachtet wurden; fortan regierten sie lediglich einige kleine Vasallenstaaten.

Seite 21

»C. I. D.«: *The Criminal Investigation Department of Scotland Yard* = Kriminalpolizei.

Seite 23

Jean Baptiste Greuze (1725–1805), französischer Genre- und Portraitmaler.

»viertausend Pfund«/»siebenhundert Pfund«: Der Preis des Gemäldes entspräche, legt man den von Gisbert Haefs proponierten Multiplikator von 150 bzw. 200 zugrunde, einem heutigen DM-Wert von 600 000,–; das Gehalt des Professors beliefe sich demnach auf ca. DM 140 000,– im Jahr.

Seite 24

»Sein jüngerer Bruder ist Bahnhofsvorsteher...«: Professor Moriartys zweiter Bruder war Colonel; seine verleumderischen Leserbriefe zum Tode von Holmes und Moriarty veranlaßten Dr. Watson, *Das letzte Problem* zu schreiben in *Die Memoiren des Sherlock Holmes*.

Seite 25

Jonathan Wild: Hier irrt sich Holmes gleich zweifach: 1. lebte der 1682? geborene Kopf einer Diebes- und Hehlerorganisation nicht »so um 1750 herum«, sondern wurde bereits am 24. 5. 1725 auf dem öffentlichen Richtplatz Londons, Tyburn, gehenkt; und 2. kommt Wild sehr wohl in einem Roman vor, ja er taucht gleich in mehreren Werken der Literatur auf: In Henry Fieldings *History of the Life of the late Mr. Jonathan Wild the Great* ist er gar der Titelheld; Daniel Defoe schrieb einen *Account of Jonathan Wild,* und in John Gays *Beggar's Opera* ist der Hehlerkönig Peachum eindeutig ihm nachgebildet.

Seite 26

Colonel Sebastian Moran zeigt seine Fähigkeiten in *Das leere Haus* in *Die Rückkehr des Sherlock Holmes*, Zürich: Haffmans 1985.

»mehr, als der Premierminister verdient«: Laut *Encyclopaedia Britannica* (XI, 1911) existierte bis 1905 zwar der Titel, nicht jedoch das Amt des Ersten Ministers; folglich kann dieser überhaupt kein Gehalt beziehen. Zum Zeitpunkt der Romanhandlung war *Prime Minister* der Marquis von Salisbury; sein offizieller Kabinettsposten war *Secretary of State for Foreign Affairs*

(Außenminister). Die Dienstbezüge des weiland königl. brit. Außenministers waren leider nicht zu ermitteln; Hinweise nimmt die Redaktion dankend entgegen.

Seite 30.

»Weald-Forstes«: Waldreiches Gebiet, das sich zwischen Dover und Beachy Head über die Grafschaften Sussex und Kent nach Norden bis zur Ostgrenze von Surrey erstreckt.

»North Downs«: Baumlose Kreidehügelkette, die sich vom Norden Hampshires durch Surrey bis Kent erstreckt. (Siehe auch die Karte im Anhang des *Sherlock Holmes Handbuchs,* Zürich: Haffmans 1988).

»ersten Kreuzzuges«: Diese christliche Lustbarkeit, initiiert von Papst Urban II., begann 1095 und endete im Jahr 1099 mit der Eroberung Jerusalems durch das päpstliche Heer; an einem einzigen Tag, dem 15. 7. 1099, wurden in dieser Stadt von den Christen zwischen 60 000 und 70 000 Menschen geschlachtet.

»Hugo de Capus«: Bedeutende angelsächsische Holmes-Forscher sind der Auffassung, daß es sich hierbei um einen Neffen und Waffengefährten Wilhelms des Eroberers (1027?–1087) handelt, dessen Sohn Wilhelm Rufus, genannt »der Rote« (1056?–1100), Nachfolger seines Vaters auf dem englischen Königsthron, ihn, Hugo de Capus, mit dem Landgut belehnte. Der Name de Capus geht angeblich auf Hugo Capet (939–996) zurück, den Stifter des kapetingischen Königshauses.

Seite 31

»James' des Ersten«: James I. (1566–1625), König von England, Sohn der Maria Stuart.

»Fenstern mit Butzenscheiben« – im Original *diamond paned windows* (= »rautenförmige Fensterscheiben«): eine recht kühne, aus Gründen der Anschaulichkeit jedoch legitime Freiheit des Übersetzers.

Seite 38

»Damit wird London sich befassen müssen ...«: Zu Holmes' und Watsons Zeiten gab es außerhalb Londons praktisch keine qualifizierte Kriminalpolizei, infolgedessen bei komplizierten Fällen immer der Yard = London hinzugezogen wurde.

Seite 85

»parlamentstreuen Oberst ... im Verlaufe des Bürgerkriegs König Charles«: Charles I. (1600–1649), König von England seit 1625, regierte von 1629 bis 1640 ohne Parlament. Im Bürgerkrieg (1642–1648) zwischen Krone und Parlament, veranlaßt durch einen irischen Katholikenaufstand und durch die Verhaftung des puritanischen Parlamentariers John Pym, besiegte das Parlamentsheer des Independenten Oliver Cromwell 1648 bei Preston die Schotten, die Charles I. inzwischen zum Übertritt auf seine

Seite bewogen hatte. Das Parlament stellte, auf Betreiben Cromwells, den König unter Anklage; der Prozeß endete 1649 mit seiner Hinrichtung und der Abschaffung der Monarchie. Das republikanische Interregnum dauerte bis 1660.

»Besuch Georges des Zweiten«: George II. (1683–1760), König von England seit 1726. Stiftete, obschon es ihm an rechtem Verständnis für Kunst & Wissenschaften gebrach, die Universität Göttingen (1734) und das British Museum (1753).

Seite 89

»Unsere Seelen in Geduld fassen«. – Holmes zitiert hier das Neue Testament herbei, nämlich Lukas 21,19.

Seite 103

»Die Scowrers«: So oder auch »Scowerers« nannte man im 17. und 18. Jahrhundert in den englisch sprechenden Ländern (nächtliche) Straßendiebe. Da sich Äquivalentes bei uns nicht findet und die Näherungsversuche früherer deutscher Übersetzer (z. B. »Nachtschwärmer«) sich allesamt als unpassend und sinnentstellend erwiesen haben, wurde die originale Bezeichnung übernommen. Doyle stützte sich bei der Schilderung der Scowrers übrigens auf wahre Begebenheiten: Um die Mitte des 19. Jahrhunderts war ein irischer Geheimbund namens *Molly Maguires*, eine Mischung von Gewerkschaft und Terrororganisation, in den Kohlerevieren Pennsylvaniens, insbesondere in Shenandoah Valley, zugange. Die Mollys verkleideten sich gern mit Bettlaken oder als Frauen, besonders hartnäckige Gegner bedachten sie mit einer doppelten Ladung groben Schrots *(buckshot)*, weshalb sie auch *White Boys* und *Buckshots* genannt wurden.

Seite 108

»Logenmeister«: Um dem Leser lästig-häufiges Stöbern in den Anmerkungen zu ersparen, schiebe ich hier einen kurzen Abriß über die Freimaurerei ein.

Die Freimaurerei (engl. *free masonry*) geht zurück auf die handwerklichen Bruderschaften des Hochmittelalters, namentlich auf die Steinmetzbruderschaften jener Zeit, deren Ursprung bei den europäischen Wanderarbeitern liegt. Im 11. und 12. Jahrhundert wuchs in England, Frankreich und Deutschland die Bautätigkeit bedeutend an, und zu Kirchenbauten, die ursprünglich den Mönchen oblagen, wurden immer mehr Laien hinzugezogen. Allmählich entwickelte sich, unter der Führung kundiger Geistlicher, eine Laienbruderschaft mit Pflichten, die natürlich nicht so streng waren wie die der Ordensleute. So entstanden in England die *Guild of Masons*, in Frankreich die *Compagnonnage* und in Deutschland die *Bauhütte*. Die Mitglieder der Bauhütte gaben sich eine Ordnung und eigene Gesetze, die das moralische Verhalten der Brüder untereinander festlegten und die Unterlagen der Konstruktionslehre hüteten; geheime Zeichen und »Paßworte« sollten vor unliebsamer Konkurrenz schützen. Bei ihren Baustellen errichteten die Maurer sogenannte *Logen,* in denen sie ihre Freizeit verbrachten. Niemand, der nicht eingeweiht war, durfte die Schwelle der Loge überschreiten. Als die große Zeit des Dombaus zu Ende ging, begannen die Maurer, Männer aus anderen Berufen aufzunehmen. Aus der *operativen* (Werk-)Maurerei entstand allmählich die *spekulative* Freimaurerei. 1717 wurde in London die erste *Großloge* gegründet, und bald verbreitete sich das Freimaurertum über ganz Europa. Die Gründer übernahmen die Rangordnung *(Lehrling, Geselle, Meister)* sowie die Symbole der alten Steinmetzzunft (Zirkel, Senkblei, Zollstab, Spitzhammer, Kelle und verschlungene Schnur) und gaben 1723 ein Konstitutionenbuch *(The Constitutions of the Free-Masons)* heraus, worin die *alten Pflichten* formuliert sind. Nach diesen Vorschriften soll der Freimaurer durch tätige Humanität an der »Errichtung des auf Weisheit, Stärke und Schönheit gegründeten Tempels der allgemeinen Menschenliebe« mitwirken. Die Mitglieder des Bundes eigneten sich das Gedankengut der Aufklärung an, namentlich das Toleranzprinzip. Alle freien Männer von »gutem Rufe und guten Willens« durften in den Bund aufgenommen werden, ohne Rücksicht auf ihre nationale Zugehörigkeit oder politische Einstellung – diese Toleranz fand ihre Einschränkung freilich darin, daß Frauen der Beitritt verwehrt blieb und daß der Initiant an irgendeinen Gott glauben mußte (weswegen die Freimaurerei in den kommunistischen Staaten verboten ist). Theoretisch kann also auch heute noch jeder, der nicht Atheist ist, sei er nun Christ, Jude, Moslem, Hindu oder Buddhist, Freimaurer werden.

Die Logenmitglieder treffen sich im allgemeinen einmal in der Woche zu einem *Logenabend* in einem eigens dazu vorgesehenen Versammlungs- oder Bankettsaal. Den Saaleingang bewachen der *äußere* und der *innere Türhüter,* an denen nur vorbeikommt, wer die geheimen Zeichen, Gegenzeichen und Paßworte beherrscht. An der Spitze der Loge steht der *Logenmeister,* auch *Stuhlmeister* oder *Meister vom Stuhl* genannt, weil die Maurermeister des Mittelalters auf Stühlen saßen, während die Lehrlinge und Gesellen sich mit Bänken begnügen mußten; er leitet die Logenangelegenheiten. Ihm zur Seite stehen der *Zugeordnete Meister* und die *Logenbeamten.* Meister und Beamte werden in regelmäßigen Abständen von der Logenversammlung gewählt. Die Beamten setzen sich folgendermaßen zusammen: 2 *Aufseher, Zeremonienmeister, Sekretär, Archivar, Bibliothekar, Schatzmeister, Armenpfleger, Redner* und die *Schaffner.* Mehrere Logen eines Distrikts bilden eine *Distriktloge,* die Distriktlogen eines Landes bilden die *Großloge;* sie ist genau so organisiert wie eine einfache Loge, an den Amtsbezeichnungen ihrer Mitglieder haftet freilich das Präfix »Groß-« – also *Großmeister, Großaufseher* etc.

Wer Freimaurer werden will, hat sich einer hochdramatischen Aufnahmezeremonie zu unterziehen: Zunächst legt der Initiant Jacke, Krawatte und alles Geld und allen Schmuck ab, um zu zeigen, daß er »arm und mittellos« den Freimaurern beitritt. Das rechte Hosenbein wird bis zum Knie aufgerollt, die linke Brusthälfte entblößt und der rechte Schuh durch eine Sandale ersetzt. Man verbindet ihm die Augen, um den »Zustand der Blindheit« anzudeuten, und legt eine Schlinge um seinen Hals. Dann führt man ihn aus der »Kammer der verlorenen Schritte« (so lautet die Bezeichnung für den Raum neben dem Versammlungssaal) zur Schwelle der Loge, wo ihm ein Wächter den Eintritt verwehrt, indem er ihm einen Dolch auf die nackte Brust richtet. Schließlich geleitet man ihn zum Logenmeister, vor dem er niederkniet, eine Reihe ritueller Fragen beantwortet und den Eid der Geheimhaltung schwört. Sollte er irgendein Geheimnis verraten, werde ihm zur Strafe die »Kehle durchschnitten und die Zunge herausgerissen und im Sand vergraben«, was natürlich nur symbolisch zu verstehen ist (falls das ein Trost sein kann). Danach entfernt man ihm Augenbinde und Schlinge, und der frischgebackene Lehrling tritt ins »Licht des Freimaurertums«. Als Insignien seiner Zugehörigkeit erhält er: ein 24-Zoll Winkelmaß (Symbol der 24 Stunden des Tages, die mit »Arbeit, Gebet und Entspannung« zu verbringen sind); einen Hammer (Symbol der »Kraft des Gewissens«); einen Meißel, der für den »Nutzen der Bildung« steht sowie Schrift, Zeichen, Griff und Wort eines angenommenen Freimaurerlehrlings. Er wird ermahnt, dem »Gesetz der Freimaurerei, der Bibel und des Staates« zu gehorchen. Wenige Monate später kann er bereits die Grade des Gesellen und danach des Meisters erreichen.

Seite 113

»Sie gehörte zum deutschen Typ«: Die Shafters waren von Doyle ursprünglich als Deutsche angelegt, wurden jedoch in der während des 1. Weltkriegs erschienenen ersten Veröffentlichung des Romans zu Schweden, da es für die Angelsachsen damals keine »guten« Deutschen geben durfte. Erst in einigen modernen englischen und amerikanischen Ausgaben bekamen die Shafters ihre ursprüngliche Nationalität zurück.

Seite 120

»acushla« – (gälisch) Liebling

Seite 127

»Councillor«: entspricht hier etwa einem deutschen Stadtrat.

Seite 129

»Blüten zu schmeißen« – im Original »to shove the queer«: Laut dem von Siegmund A. Wolf herausgegebenen *Wörterbuch des Rotwelschen* (Mannheim 1956) bedeutet »Blüten schmeißen« *mit falschem Goldgeld (vergoldeten Zahlpfennigen) betrügen, indem diese in Zahlung gegeben, gewechselt oder auf die Straße geworfen, dann angeblich gefunden und mit einem ahnungslosen Partner geteilt werden, der den Anteil des betrügerischen »Finders« in gutem Silbergeld auszahlt.*

Seite 139

»Türhüter«: Tja, da hat sich Dr. Watson wohl vertan. Der »Türhüter« (*inner guard;* siehe Anmerkung zu Seite 108) müßte eigentlich ein »Zeremonienmeister« sein.

Seite 141

»Zugeordneten Meisters«: siehe Anmerkung zu Seite 108.

Seite 142

»In Freiheit der Ihre« – im Original »Yours in freedom«: Die Schlußfloskel eines deutschen Freimaurerbriefes lautet im allgemeinen: *I. d. u. H. Z. = In der uns Heiligen Zahl.*

»Z. M. E. O. F.«: »Zugeordneter Meister des Ehrwürdigen Ordens der Freimaurer«.

Seite 170

»Großredner«: siehe Anmerkung zu Seite 108.

Seite 171

»Danton gegenüber... Robespierre«: Georges Jacques Danton (1759–1794), französischer Revolutionär, wurde auf Veranlassung von Maximilien Robespierre (1758–1794), ebenfalls französischer Revolutionär, geköpft; letzterer teilte nur drei Monate später sein Schicksal.

Seite 177

»Colour-Sergeant aus dem Bürgerkrieg«: Im amerikanischen Bürgerkrieg (1861–1865) besiegten die Unionsstaaten die elf Konföderierten Südstaaten (die sich wegen der Sklavenfrage von der Union getrennt hatten) und stellten die Einheit der Union wieder her. Ein »Colour-Sergeant« ist für die Standarte eines Bataillons oder Regiments verantwortlich und entspricht etwa einem Oberfeldwebel.

Seite 182

»Pinkerton's«: Die *Pinkerton National Detective Agency* wurde von Allan J. Pinkerton (1819–1884) gegründet und war eine Agentur, die sich mit schwierigen Spezialaufgaben beschäftigte; während des amerikanischen Bürgerkriegs stellte sie den Unionsstaaten ihren hauseigenen Spion-Service zur Verfügung.

Seite 205 f.

»polizeigerichtlichen Ermittlungen«: Das »Polizeigericht« *(police-court)* ist ein städtisches oder Bezirksgericht, das kleinere Straftaten berät oder ggf. an das Geschworenengericht *(assizes)* weiterleitet.

»man hat mir gesagt, daß er eigentlich Edwards heißt« – Es ist kein Geheimnis, daß Conan Doyle sich auf Allan J. Pinkertons Buch *The Molly Maguires and the Detectives* (New York 1877) gestützt hat, in dem beschrieben wird, wie ein Pinkerton-Detektiv namens James McPharlan sich unter dem Namen James McKenna in die Organisation einschleuste. Je nachdem, ob man die Molly Maguires als Kämpfer gegen die Unterdrückung der Bergarbeiter durch die Kapitalisten oder als eine Bande von Mördern betrachtete, wurde McPharlan als Agent provocateur oder als selbstloser Held beschrieben.

Seite 207

»seine Augen schienen weit in die Zukunft zu blicken« – Was Sherlock Holmes dort sah, steht in *Das letzte Problem* in *Die Memoiren des Sherlock Holmes* (Zürich: Haffmans 1985). H. W.

SIR ARTHUR CONAN DOYLE, geboren am 22.5.1859 in Edinburgh, gestorben am 7.7.1930 in Crowborough/Sussex; promovierter Dr. med., geadelter Sir Arthur; Schöpfer der unsterblichen Dioskuren Sherlock Holmes und Dr. Watson.

Sämtliche Sherlock-Holmes-Geschichten und -Romane in 9 Bänden im Haffmans Verlag: *Eine Studie in Scharlachrot* (Romane 1. Deutsch von Gisbert Haefs, 1984) – *Das Zeichen der Vier* (Romane 2. Deutsch von Leslie Giger, 1988) – *Der Hund der Baskervilles* (Romane 3. Deutsch von Gisbert Haefs, 1984) – *Das Tal der Angst* (Romane 4. Deutsch von Hans Wolf, 1986) – *Die Abenteuer des Sherlock Holmes* (Erzählungen l. Deutsch von Gisbert Haefs, 1984) – *Die Memoiren des Sherlock Holmes* (Erzählungen 2. Deutsch von Nikolaus Stingl, 1985) – *Die Rückkehr des Sherlock Holmes* (Erzählungen 3. Deutsch von Werner Schmitz, 1985) – *Seine Abschiedsvorstellung* (Erzählungen 4. Deutsch von Leslie Giger, 1988) – *Sherlock Holmes´ Buch der Fälle* (Erzählungen 5. Deutsch von Hans Wolf, 1987) – Außerdem das *Sherlock-Holmes-Handbuch* (herausgegeben von Zeus Weinstein). Alle Bände neu ediert, neu übersetzt, mit Anmerkungen versehen, in der Baskerville gesetzt, schön gedruckt und elegant ausgestattet.

SIR ARTHUR CONAN DOYLE
SHERLOCK HOLMES
WERKAUSGABE IN NEUN EINZELBÄNDEN NACH DEN ERSTAUSGABEN NEU UND GETREU ÜBERSETZT

EINE STUDIE IN SCHARLACHROT
Romane Bd. I.
Aus dem Englischen von Gisbert Haefs

DAS ZEICHEN DER VIER
Romane Bd. II.
Deutsch von Leslie Giger

DER HUND DER BASKERVILLES
Romane Bd. III.
Deutsch von Gisbert Haefs

DAS TAL DER ANGST
Romane Bd. IV.
Deutsch von Hans Wolf

DIE ABENTEUER DES SHERLOCK HOLMES
Erzählungen Bd. I.
Deutsch von Gisbert Haefs

DIE MEMOIREN DES SHERLOCK HOLMES
Erzählungen Bd. II.
Deutsch von Nikolaus Stingl

DIE RÜCKKEHR DES SHERLOCK HOLMES
Erzählungen Bd. III.
Deutsch von Werner Schmitz

SEINE ABSCHIEDSVORSTELLUNG
Erzählungen Bd. IV.
Deutsch von Leslie Giger

SHERLOCK HOLMES' BUCH DER FÄLLE
Erzählungen Bd. V.
Deutsch von Hans Wolf

sowie

SHERLOCK-HOLMES-HANDBUCH
Conan-Doyle-Chronik. Die Plots aller Stories. Who-is-who in Sherlock Holmes.
Holmes-Illustrationen. Holmes-Verfilmungen. Karten, Fotos etc.
Herausgegeben von Zeus Weinstein.

AMBROSE BIERCE
WERKE IN 4 BÄNDEN
HERAUSGEGEBEN VON
GISBERT HAEFS

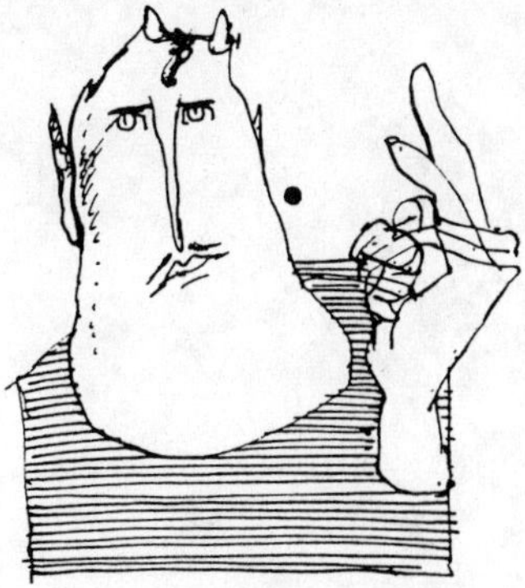

Band 1
DES TEUFELS WÖRTERBUCH
Deutsch von Gisbert Haefs

Band 2
GESCHICHTEN AUS DEM BÜRGERKRIEG
Deutsch von Jan Wellem van Diekmes

Band 3
HORRORGESCHICHTEN
Deutsch von Gisbert Haefs

Band 4
LÜGENGESCHICHTEN UND FANTASTISCHE FABELN
Deutsch von Viola Eigenberz
und Trautchen Neetix

G. K. CHESTERTON

Alle Geschichten um Father Brown
in 5 Bänden
Neu übersetzt und herausgegeben von
Hanswilhelm Haefs

I

FATHER BROWNs EINFALT

(The Innocence of Father Brown, 1911)

II

FATHER BROWNs WEISHEIT

(The Wisdom of Father Brown, 1914)

III

FATHER BROWNs UNGLÄUBIGKEIT

(The Incredulity of Father Brown, 1926)

IV

FATHER BROWNs GEHEIMNIS

(The Secret of Father Brown, 1927)

V

FATHER BROWNs SKANDALE

(The Scandal of Father Brown, 1929)

Jeder Band enthält einen Anhang mit Anmerkungen; der erste Band bringt eine biographische Skizze; der letzte einen bibliographischen Anhang. Alle Einband- und Titelzeichnungen von Tatjana Hauptmann.

RUDYARD KIPLINGs WERKE
»ZÜRCHER EDITION« IM HAFFMANS VERLAG
HERAUSGEGEBEN UND ÜBERSETZT VON
GISBERT HAEFS

Die Ausgabe lehnt sich an die von Kipling selbst gestaltete »Uniform Edition« seiner Werke an: gebunden, Fadenheftung, schwarzer Kopfschnitt, rote Elefantenhaut; mit Kiplings Vignette (der elefantenköpfige Ganesha, »Gott des glückhaften Beginnens«, mit Lotosbüschel).

Alle Bände sind originalgetreu, vollständig neu übersetzt und jeweils mit einem Anhang versehen, der neben editorischer Notiz und ausführlichen Anmerkungen die wichtigsten Ergebnisse der Rezeption enthält. Abweichungen von der Zusammenstellung der Originalbände gibt es nur, wo dies sinnvoller Ergänzung oder größerer Vollständigkeit dient – also mehr, nicht weniger.

DIE BALLADE VON OST UND WEST
Selected Poems / Ausgewählte Gedichte

DAS DSCHUNGELBUCH (The Jungle Book)
Erzählungen und (zweisprachige) Gedichte

DAS ZWEITE DSCHUNGELBUCH
(The Second Jungle Book)
Erzählungen und (zweisprachige) Gedichte

GENAU-SO-GESCHICHTEN (Just So Stories)
Erzählungen mit Illustrationen des Autors

KIM (Kim)
Roman

STALKY & CO. (Stalky & Co.)
Erzählungen und (zweisprachige) Gedichte

VIELERLEI SCHLICHE (Many Inventions)
Erzählungen

DIE VIELFALT DER GESCHÖPFE (A Diversity of Creatures)
Erzählungen

KIPLING COMPANION
Essay, Daten über Leben und Werk, Fotos, Zitate über RK,
Übersetzungsbeispiele, Ausgaben, Werkliste

Weitere Bände in Vorbereitung